BERND FRANZINGER

Tannenbergs letzter Fall

BERND FRANZINGER

Tannenbergs letzter Fall

Kriminalroman

GMEINER SPANNUNG

Bisherige Veröffentlichungen im Gmeiner-Verlag:
Sinnenrausch (2015), Schultheater (2014), Tannenberg ermittelt wieder in der Pfalz (2014), Hexenschuss (2013), Todesnetz (2012), Tannenberg ermittelt (2012), Familiengrab (2011), Zehnkampf (2010), Leidenstour (2009), Kindspech (2008), Jammerhalde (2007), Bombenstimmung (2006), Wolfsfalle (2005), Dinotod (2005), Ohnmacht (2004), Goldrausch (2004), Pilzsaison (2003)

Personen und Handlung sind frei erfunden.
Ähnlichkeiten mit lebenden oder toten Personen
sind rein zufällig und nicht beabsichtigt.

Besuchen Sie uns im Internet:
www.gmeiner-verlag.de

Im Ehnried 5, 88605 Meßkirch
Telefon 07575/2095-0
info@gmeiner-verlag.de

1. Auflage 2016

Herstellung: Mirjam Hecht
Umschlaggestaltung: U.O.R.G. Lutz Eberle, Stuttgart
unter Verwendung eines Fotos von: © Sylvie Corriveau / shutterstock.com
Druck: GGP Media GmbH, Pößneck
Printed in Germany
ISBN 978-3-8392-1952-2

»Die Sonne wurde schwarz wie ein Trauergewand und der ganze Mond wurde wie Blut.«

Offenbarung des Johannes

1

Tannenberg bremste sein BMW Cabrio scharf ab und steuerte es in die Parkbucht vor seinem Elternhaus. Wegen einer kurzfristig angesetzten Zeugenvernehmung hatte er sich ein paar Minuten verspätet. Sehr zum Missfallen seines Vaters, der Unpünktlichkeit auf den Tod nicht ausstehen konnte.

Noch bevor der Leiter der Kaiserslauterer Mordkommission einen Fuß auf den Bürgersteig gesetzt hatte, riss Jacob das Küchenfenster auf. »Rainer wartet schon seit einer geschlagenen Stunde auf dich, du elende Tranfunzel«, schimpfte der Senior der Großfamilie so laut, dass man es in der Beethovenstraße weithin hören konnte.

»Gemach, gemach, Vater«, erwiderte sein Sohn gelassen. »Es ging eben nicht früher«, stellte er klar. Wolfram Tannenberg zuckte mit den Schultern. »Du weißt schon, Vater, die berühmten Sachzwänge. Dagegen bin selbst ich machtlos.«

Aber Jacob ließ sich durch diese Erklärung nicht besänftigen. »Papperlapapp!«, schnatterte er wütend.

»Unsere Frauen sitzen die ganze Zeit über auf glühenden Kohlen«, keifte der aufgebrachte Rentner weiter. »Die wollen doch heute Abend zu diesem komischen Landfrauen-Treffen nach Krickenbach fahren. Was sag ich wollen, die müssen dahin, denn ohne die Rezepte deiner Mutter können diese alten Provinzschachteln ihr Heimatkochbuch nicht fertig machen.«

Demonstrativ tippte der ehemalige Mitarbeiter der Pfaff-Nähmaschinenfabrik auf seine Armbanduhr. »Das Treffen beginnt bereits in einer halben Stunde.« Seine Stimme wurde noch schärfer. »Mensch, Junge, die brauchen deine Rostlaube.

Sonst kommen die doch nicht nach Krickenbach! Oder sollen die etwa die weite Strecke laufen, he?«

Dieser Gedanke zauberte Tannenberg ein amüsiertes Schmunzeln auf die Lippen. »Mach doch nicht so 'n Aufstand, Vater. Wie ich die beiden kenne, sind sie eh noch nicht fertig.«

»Darum geht's doch gar nicht.«

»Worum geht's denn dann?«

»Johannas Auto ist in der Werkstatt!«, blaffte Jacob Tannenberg. »Hast du Schnarchnase das etwa vergessen?«

»Nein, das habe ich nicht. Aber was ist mit meinem Bruderherz? Der besitzt schließlich ebenfalls ein Auto.«

»Meine geliebte rothaarige Schwiegertochter hat Elternabend und braucht das Auto«, knurrte es zurück.

Wolfram Tannenberg ließ sich seine gute Laune nicht verderben. »Keine Panik, Vater. Eine halbe Stunde bis Krickenbach?«, erwiderte er mit Blick auf seine Armbanduhr. »Das schaffen unsere Herzdamen doch locker. Hanne hat ja bekanntermaßen Superbenzin im Blut.«

»Und was ist mit Rainer, dem armen Kerl?«

»Jo, und was ist mit mir?«, dröhnte eine dunkle Stimme aus dem Inneren des Einfamilienhauses. »Um mich kümmerst du dich überhaupt nicht mehr.«

»Armer Kerl? Dass ich nicht lache«, schnaubte Tannenberg an seinen Vater adressiert und betrat das Wohnhaus. »Rainer hat doch heute Abend eh nichts anderes vor, als mit mir und Heiner Skat zu spielen. Da kann er ruhig ein bisschen warten und sich darauf freuen. So wie ich das schon den ganzen Tag über tue. Vorfreude ist sowieso die schönste Freude. Beim Skatspielen hat er nämlich garantiert nichts mehr zu lachen.«

»Hört, hört, der notorische Loser versucht sich durch wüste Mitspielerbeschimpfungen Mut zu machen«, höhnte der Rechtsmediziner Dr. Rainer Schönthaler.

»Ha, ha.«

»Dann setze ich gleich noch eins drauf und fordere dich hiermit zu einer Schachpartie heraus. Quasi als Vorspeise. Bis Heiner kommt, wird es ohnehin wohl noch ein Weilchen dauern«, rief der Rechtsmediziner vom Küchentisch her.

»Nichts lieber als das«, erwiderte Tannenberg und gesellte sich zu seinem Freund.

Schmunzelnd hob Dr. Schönthaler sein Weizenbierglas, damit sein Freund es sehen konnte, und prostete ihm zu. »Na dann: Auf deine fürchterliche Niederlage, du notorisches Opfer.«

»Träum schön weiter, Rainer. Heute hast du keine Chance gegen mich.«

»Ach, du witterst wohl Morgenluft, weil du meinst, ich sei schon leicht narkotisiert.« Der Forensiker lachte. »Womit du durchaus recht haben könntest, denn dein lieber Herr Vater hat mir die Wartezeit mit Kristallweizen und Mirabellenschnaps ein wenig erträglicher gestaltet.«

»So etwas habe ich bereits geahnt, du alter Leichenschinder. Und ich dachte schon, du hättest dich mal wieder in der Pathologie über die Formalinbestände hergemacht«, prustete der Chef-Ermittler.

In diesem Augenblick öffnete Johanna von Hoheneck die Haustür. Sie trug eine himbeerfarbene Chinohose, einen modisch gestreiften Strickpullover und sportliche Low-Cut-Sneaker. Ihre schulterlangen blonden Haare hatte sie zu einem Zopf geflochten.

Tannenberg wurde bei diesem Anblick ganz warm ums Herz.

»Das wusste ich ja noch gar nicht, mein liebes Wölfchen«, säuselte Hanne.

»Was wusstest du noch nicht?«, plapperte ihr Lebensgefährte, der sie immer noch wie das siebte Weltwunder angaffte.

»Na ja, dass ich angeblich Superbenzin im Blut habe.«

Johanna von Hoheneck trippelte die Sandsteinstufen hinunter, umarmte ihren Freund und hauchte ihm einen zarten Kuss auf die Lippen.

Wie gut sie wieder riecht, so richtig zum Anknabbern, dachte Tannenberg, während er Hannes Duft in sich aufsog.

»Johanna rast nicht, sondern sie fährt langsam und sehr, sehr sicher«, stellte Margot, die ihr auf dem Fuß folgte, unmissverständlich klar.

»Weiß ich doch, Mutter. War ja nur ein Scherz.«

»Auf alle Fälle fährt Johanna bedeutend besser Auto als du«, frotzelte Jacob. Er grunzte abschätzig. »Wobei das nicht sonderlich schwer ist.«

»Mach du erst mal deinen Führerschein, bevor du hier große Töne spuckst«, konterte der Kriminalbeamte.

»Wozu denn, he? Ins Tchibo gehe ich eh immer zu Fuß. Dadurch bin ich bedeutend schneller, weil ich weder einen Parkplatz suchen noch Geld in diese modernen Raubritterautomaten werfen muss.«

Sein Zeigefinger schoss in die Höhe. »Und ich verpeste die Luft nicht mit Autoabgasen – so wie du Stinkstiefel. Du könntest ruhig zu Fuß zu deiner Dienststelle am Pfaffplatz laufen. Das dauert höchstens fünf Minuten.«

»Dann käme ich ja noch später nach Hause«, grinste der Chef-Ermittler.

Margot Tannenberg trat einen Schritt auf das Paar zu und lächelte ihren jüngsten Sohn versonnen an. »Ach, Wolfi, ich freue mich ja so unheimlich, dass ihr beiden Turteltäubchen bald heiraten werdet.«

»Wir auch.« Johanna strahlte übers ganze Gesicht. Sanft

stieß sie ihren zukünftigen Ehemann in die Seite. »Es hat schließlich lange genug gedauert, bis ich deinen Sohn endlich so weit hatte, dass er mich zum Traualtar führt.«

Das war nun doch ein wenig zu viel Gefühlsduselei, fand Tannenberg. Und das mitten auf der Beethovenstraße, wo die Häuserfassaden Ohren hatten! Mit einer überfallartigen Bewegung packte er Johanna von Hohenecks Unterarm und drückte ihr den Autoschlüssel in die Hand.

»Ihr müsst jetzt wirklich los, sonst kommt ihr tatsächlich zu spät zu eurem Landfrauen-Treffen«, drängte er. »Bitte fahr vorsichtig, Hanne. Ich möchte nämlich nicht, dass meinen beiden Lieblingsfrauen etwas passiert.«

»Mach dir keine Sorgen, Wolf, in etwa drei Stunden sind wir wieder zurück. Dann bist du ja sicher noch wach.«

»Aber klar doch«, schmunzelte Tannenberg – und das nicht ohne Hintergedanken.

Kurt, der schwanzwedelnd auf der Haustreppe stand und sein Herrchen nicht aus den Augen ließ, fühlte sich offensichtlich übergangen. Das vierbeinige Familienmitglied der Tannenbergs war schließlich eine Hunde*dame*. Sie konnte ja nichts dafür, dass ihr Herrchen ihr aus einer Bierlaune heraus einen Männernamen verpasst hatte. Kurt jaulte und bellte so lange, bis sein Herrchen reagierte.

»Entschuldigung, mein Fräulein.« Tannenberg lachte und korrigierte sich: »Richtig, ich habe ja *drei* Lieblingsfrauen.«

Der Leiter der Kaiserslauterer Mordkommission ging zur Treppe, beugte sich nach vorn und kraulte Kurt hinter den Ohren, was dieser mit einem wohligen Seufzen quittierte. Hinter seinem Rücken hörte er, wie Johanna den Motor startete. Er drehte sich um und winkte dem davonbrausenden BMW Cabrio hinterher.

»Und sie hat doch Benzin im Blut, auch wenn sie es nicht zugeben will«, murmelte der Leiter des K 1. Er hechtete die Sandsteinstufen hinauf, packte Kurt am Halsband und zog ihn ins Treppenhaus. »Wir beide wissen das.«

Johanna blickte schmunzelnd in den Rückspiegel. »Was für eine verrückte …«

»… Sippschaft, in die du da hineinheiratest«, schnitt ihr Margot das Wort ab.

Hanne hob die Augenbrauen. »Und das auch noch völlig freiwillig«, betonte sie.

Margot strahlte. »Das verstehe ich nur zu gut, meine Liebe, schließlich ist mein Wolfi ein richtig liebes Kerlchen.«

»Das ist wohl wahr«, bestätigte Johanna von Hoheneck, während sie an der Einmündung zur Logenstraße den Blinker setzte.

Die alte Dame lächelte noch immer versonnen vor sich hin. »Das war er schon als kleiner Bub. Er war ja so ein goldiger Fratz«, schwärmte sie weiter. Nach einem tiefen Atemzug ergänzte sie: »Bleibt es dabei, dass ihr in der Stiftskirche heiraten werdet?«

»Ja, das haben wir fest geplant.«

»Ist das schön«, freute sich ihre zukünftige Schwiegermutter. »Dort wurden Heiner und Wolfi getauft und konfirmiert.«

»Ach, das wusste ich gar nicht«, erwiderte Hanne. »Wolf hat mir nur erzählt, dass du Jacob in der Stiftskirche das Ja-Wort gegeben hast.«

Margot Tannenberg strich sich eine graue Haarsträhne hinters Ohr. Sie winkte ab. »Das ist schon so lange her, Johanna. Ich kann mich kaum mehr daran erinnern.«

»Das glaube ich dir nicht, Margot«, sagte Johanna von

Hoheneck mit einem süffisanten Lächeln. »Solch einen wichtigen Tag vergisst man doch nicht, oder?« Sie blickte zu ihrer Beifahrerin, die an ihrer Handtasche herumnestelte.

Die alte Dame zog den Reißverschluss zu, faltete ihre Hände auf dem Schoß und kreuzte die Daumen. »Natürlich nicht, Johanna«, antwortete sie. »Nicht umsonst heißt es ja, dass der Hochzeitstag für uns Frauen der schönste Tag in unserem Leben sei. Bei mir war er das hundertprozentig.«

»Toll, wenn man seine Hochzeit nach so vielen Ehejahren noch so positiv bewertet.«

Die schlichte Trauungszeremonie lief im Zeitraffer vor Margots geistigem Auge ab. Erst nach einem tiefen Atemzug konnte sie weitersprechen: »Jacob war damals ja so ein fescher Kerl, kann ich dir sagen. Die halbe Stadt war hinter ihm her. Alle wollten mit ihm poussieren.«

»Poussieren?«

»Ja, so hat man das damals eben genannt«, entgegnete Margot sichtlich verlegen. Sie räusperte sich und zeigte dann mit dem Finger auf sich. »Aber *ich* hab ihn mir geangelt und vor den Traualtar geschleppt.«

Johanna von Hoheneck lachte herzhaft. »Das hast du gut hingekriegt. Denn ohne Jacob keinen Wolf …«

»Und keinen Heiner.«

»Ja, genau«, entgegnete ihre zukünftige Schwiegertochter. »Und ohne Heiner keinen Tobias, keine Marieke, keine Emma und keinen Paul.«

»Nicht auszudenken, wenn es die alle nicht gäbe«, bemerkte Tannenbergs Mutter.

»Das wäre wirklich jammerschade.« Hanne tätschelte das Knie ihrer Beifahrerin. »Gut gemacht, Margot.«

»Mal was anderes, Johanna«, sagte die ›Göttin der Hausmannskost‹, wie Tannenberg manchmal seine Mutter titulierte. »Wie weit bist du denn eigentlich mit deinen Befragungen?«

»Fast fertig«, erwiderte Hanne, die als Historikerin am Institut für pfälzische Geschichte und Volkskunde arbeitete. Heute Abend wollte sie die Datenerhebung für ihre empirische Studie über die pfälzischen Landfrauen zum Abschluss bringen.

»Die Interviews gingen ganz locker und in angenehmer Atmosphäre über die Bühne. Deine Landfrauen sind ja derart nett und auskunftsfreudig. Mir haben die Befragungen richtig Spaß gemacht. Ich habe einige sehr interessante Dinge von ihnen erfahren.«

»Und welche?«, wollte Margot neugierig wissen.

»Zum Beispiel, dass die Landfrauen entgegen hartnäckiger Vorurteile ziemlich selbstbewusst und emanzipiert sind.«

»Also nicht nur die besten Dampfnudeln und die köstlichste Latwerge-Marmelade weit und breit fabrizieren, sondern auch den angeblichen Herren der Schöpfung anständig Paroli bieten«, scherzte die alte Dame.

Hanne lachte herzhaft. »So ist es.«

Das feuerrote BMW Cabrio passierte den Gelterswoog, wo gerade die Wettkampfmannschaft der Paddlergilde für eine Regatta trainierte.

»Früher haben wir hier am See fast jedes Sommerwochenende verbracht«, sagte Margot mit einem sanften Lächeln. »Das war unser Jahresurlaub. Zu mehr reichte es leider nicht. Aber unsere Buben haben sich nie darüber beklagt, dass wir nicht, wie die meisten ihrer Klassenkameraden, nach Italien oder Spanien gefahren sind.«

»Kinder haben damit eh viel weniger Probleme als Erwachsene. Denen gefällt es eigentlich überall. Hauptsache, sie haben ihre Familie und ihre Freunde dabei.«

»Wir konnten uns damals noch nicht einmal ein Auto leisten, weil wir ja unser Haus abbezahlen mussten«, schob Margot nach. »Aber später sind die Buben dann einige Jahre hintereinander mit dem CVJM an die Nordsee in ein Ferienlager gefahren. Jacob und ich sind in der Zeit durch unsere schöne Pfalz gewandert.«

»Warum denn in die Ferne schweifen, wenn das Gute liegt so nah?«, kommentierte Johanna von Hoheneck. »Diesen Satz habe ich übrigens des Öfteren bei meinen Interviews gehört.«

»Die Landfrauen sind eben sehr heimatverbunden«, entgegnete ihre Beifahrerin.

Johanna nickte. »Du, Margot, ich muss dir noch etwas Wichtiges erzählen.« Sie räusperte sich hinter vorgehaltener Hand. »Ich war vorhin beim Arzt.«

Erschrocken wandte sich Margot zu ihr um. Sie schluckte hart. »Etwas Schlimmes?«, fragte sie mit zitternder Stimme.

Johanna grinste über das ganze Gesicht. »Nein, eher etwas sehr, sehr Schönes.«

Margot verstand sofort. »Wirklich?«

»Ja, meine Liebe, du wirst noch einmal Oma. Eigentlich haben wir ja nicht mehr damit gerechnet.«

»Ach Gott, wie schön«, stieß Margot hocherfreut aus. »Weiß es Wolfi denn schon?«

»Nein, du bist die Erste, die es erfahren hat. Ich erzähle es ihm nachher in aller Ruhe. Bin gespannt, wie er reagieren wird.«

»Das kann ich dir verraten, Johanna: Wolfi wird sich wie ein Schneekönig freuen, dass er endlich Vater …« Margot stockte der Atem. Sie wollte nicht glauben, was sie da sah. »Oh mein Gott!«, keuchte sie.

Zu diesem Zeitpunkt saß Wolfram Tannenberg in seinem Wohnzimmer und grübelte angestrengt darüber nach, wie er am sinnvollsten auf Dr. Schönthalers letzten Schachzug reagieren sollte.

»An deiner Stelle würde ich meine Nerven schonen und aufgeben«, frotzelte der Rechtsmediziner. »Du hast eh keine Chance mehr. Noch zwei Züge ...« Er klatschte in die Hände. »Und dann bist du matt, alter Junge, schachmatt. Was für ein genialer Coup!«, prahlte er.

Tannenberg presste die Kiefer so fest aufeinander, dass die Zähne knirschten.

»Eine klassische Eröffnungsfalle, in die du Blindfuchs prompt hineingetappt bist«, provozierte sein Gegenüber weiter. Ein schadenfrohes Kichern.

»Halt den Schnabel und lass mich in Ruhe nachdenken«, schnauzte ihn Tannenberg an. »Mir fällt schon noch etwas ein.«

Dr. Schönthaler grinste überheblich, lehnte sich in seinem Stuhl zurück und breitete die Arme so aus, als wollte er am liebsten die ganze Welt umarmen.

»Und was, bitte schön, sollte das sein?«, posaunte der Pathologe lauthals hinaus. Dann streckte er die Arme nach vorn und zeigte die gespreizten Finger.

»Okay, okay, Wolf, von mir aus«, tönte er. »Dann verzweifele du noch eine Weile an meinem genialen Überraschungsangriff auf deinen Königsflügel, ich sorge derweil für Weizenbier-Nachschub. Den brauchen wir jetzt dringend: ich zwecks Jubelfeier, du zum Frustbetäuben.«

Bereits unmittelbar nach dem letzten Zug des Rechtsmediziners hatte Tannenberg die Aussichtslosigkeit seiner Lage erkannt, doch er wollte seinem arroganten Gegner den ihm zustehenden Triumpf nicht gönnen.

»Ich hab keinen Bock mehr auf Schach«, grummelte er und schob angewidert das karierte Holzbrett von sich.

Der Rechtsmediziner stellte zwei Flaschen Kristallweizen auf den Tisch und öffnete sie. Dann stellte er sich hinter seinen Freund, betrachtete sein Meisterwerk und rieb sich freudestrahlend die Hände.

»Also hast du's endlich kapiert, dass im übernächsten Zug unweigerlich das Matt droht?«, streute er genüsslich Salz in die Wunde.

Tannenberg verengte die Augen zu schmalen Schlitzen, antwortete aber nicht. Aus den Augenwinkeln heraus sah er durch sein Fenster, dass in Heiners gegenüberliegender Wohnung das Licht aufflammte.

»Dann gib halt endlich auf und leg deinen König um.«

»Nee«, knurrte Tannenberg. Ehe sich Dr. Schönthaler versah, räumte sein Freund die Figuren ab, verstaute sie in der Holzkiste und stellte das Schachbrett an die Wand. »Ich hatte von vornherein keine Lust auf eine Schachpartie.«

»Ach, du wolltest mir also nur einen Freundschaftsdienst erweisen und mir ein Erfolgserlebnis verschaffen?«

»So ist es«, sagte Tannenberg. »Und vor allem wollte ich die Zeit überbrücken, bis Heiner endlich nach Hause kommt. Und das ist er jetzt. Also können wir bald loslegen. Bist du bereit für unsere Skatrunde?«

»Selbstverständlich bin ich das, du schlechter Verlierer«, erwiderte Dr. Schönthaler mit einem spöttischen Grinsen. »Obwohl sich an deinem intellektuellen Grundproblem«, er tippte an seine Schläfe, »durch den Wechsel des Spielmaterials nicht im Geringsten etwas ändert, denn auch in dieser Denksportdisziplin hast du noch nicht einmal die geringste Chance gegen mich.«

Wolfram Tannenberg verzog sein Gesicht zu einer Grimasse. »Du wirst bereits vor der ersten Schieberamsch-Runde von deinem hohen Ross herunter in den Dreck fallen, du großspuriger Aufschneider. Das verspreche ich dir.«

Zehn Minuten später saßen die drei Freunde in Tannenbergs gemütlicher Wohnküche und prosteten sich zu.

Heiner leckte sich nach einem großen Schluck den Bierschaum von den Lippen. »Auf einen spannenden Skatabend«, sagte er. »Den habe ich mir nach diesem nervigen Elternabend wahrlich verdient.«

»War's denn wieder so schlimm?«, fragte Dr. Schönthaler voller Mitgefühl, denn die Vorstellung, sein Geld damit verdienen zu müssen, indem man tagtäglich eine Horde verwöhnter und erziehungsresistenter Schüler zu domestizieren versuchte, erfüllte ihn stets mit Grauen. Da waren ihm die stummen Gesellen auf seinem Seziertisch doch bedeutend lieber.

»Schlimmer«, entgegnete der Deutschlehrer und teilte die Karten aus. »Heutzutage sind die Eltern anstrengender und unverschämter als ihre Kinder.«

»Schluss mit diesem Horrorthema!«, schimpfte Tannenberg. »Ab jetzt wird nur noch Skat gespielt und nicht mehr dumm rumgelabert!«

Dieser eindringliche Appell fruchtete, und die Männer konzentrierten sich auf die ausgegebenen Spielkarten. Der Leiter des K 1 spielte einen Grand mit den besten drei Buben so perfekt herunter, dass seine Gegner nicht einen einzigen Stich machen konnten.

»Hatte ich dir vorhin nicht versprochen, dass ich dir ganz schnell deine Grenzen aufzeigen werde?«, provozierte Tannenberg den Pathologen. Er reckte eine Hand empor und ließ die Finger aus der Faust hervorspringen. »Mit drei, Spiel vier, Schneider fünf …«, er nahm noch den Daumen seiner anderen Hand zu Hilfe, »und Schwarz sechs!«, jubilierte er.

»Anfängerglück«, kommentierte Dr. Schönthaler trocken. »Dann gewinn eben dein erstes Spiel. Dieser Pyrrhussieg sei dir von Herzen gegönnt. Wie heißt es doch so schön: Wer eins null führt, der stets verliert.«

Eine Etage tiefer war Jacob Tannenberg beim Abspann eines schon x-mal wiederholten, todlangweiligen Tatort-Krimis in seinem Fernsehsessel eingeschlafen. Eineinhalb Stunden später riss ihn die Schießerei eines actiongeladenen Spätfilms aus seinem Nickerchen. Er öffnete blinzelnd die Augen und wunderte sich, dass er nicht in seinem Bett lag. Übellaunig schaute er sich im Wohnzimmer um.

Als er seine Ehegattin nicht gleich entdeckte, rief er in alter Gewohnheit lauthals nach ihr: »Maaargot!«

Keine Antwort.

»Margot, wo steckst du denn?«, legte er knurrend nach.

Gähnend drückte er sich in die Höhe, schlüpfte in seine Filzpantoffeln und trottete durch die Parterrewohnung. Doch Margot war weder in der Küche noch im Bad noch im Schlafzimmer. Jacob warf sogar einen verschlafenen Blick in die Besenkammer.

Dann ist sie bestimmt oben bei ihrem geliebten Wölfchen und seinen versoffenen Skatbrüdern, erklärte er sich ihre Abwesenheit. Widerwillig quälte er sich die Treppe hinauf und läutete an der Wohnungstür seines jüngsten Sohnes.

»Wo steckt denn deine Mutter?«, grummelte er mit zerknittertem Gesicht dem Kriminalbeamten entgegen. »Ist sie bei euch?«

»Wieso bist du denn noch wach?«, fragte Tannenberg verwundert. »Als notorischer Frühaufsteher liegst du doch um diese Uhrzeit normalerweise schon seit über einer Stunde im Bett und träumst von einem FCK-Sieg gegen die Bayern.«

Der Senior ignorierte die Frotzelei. »Und? Ist sie nun bei euch oder nicht?«, wiederholte er.

Wolfram Tannenberg schüttelte den Kopf. »Nein, Hanne ist auch noch nicht zurück.«

Jacob kratzte sich hinter dem Ohr. »Komisch, sonst waren die beiden doch immer schon gegen 22 Uhr wieder da.«

»Mach dir mal keine Sorgen, Vater«, beschwichtigte ihn sein jüngster Sohn. »Vielleicht haben die Interviews mit den Landfrauen heute ein bisschen länger gedauert als sonst. Es war schließlich der letzte Befragungstermin. Unsere Herzdamen sitzen bestimmt gemütlich mit den Landfrauen zusammen und feiern noch ein bisschen den Abschluss.«

»Ich mach mir keine Sorgen, ich will nur endlich in mein Bett«, zeterte der Rentner. »Aber wenn deine Mutter nicht da ist, kann ich nicht einschlafen.«

»Alte Liebe rostet nicht«, bemerkte Tannenberg.

»Quatsch«, zischte Jacob. »Deine Mutter poltert nur immer so lange rum, bis sie endlich ins Bett kommt. Und bis dahin kann ich nicht einschlafen. Heute ginge das zwar, aber dann weckt sie mich bestimmt auf, wenn sie nach Hause kommt.«

Wolfram Tannenberg legte seinem Vater eine Hand auf die Schulter und schob ihn in Richtung Küche. »Komm, setz dich zu uns. Ich schenk dir ein Bierchen ein, und dann warten wir gemeinsam auf unsere Frauen. So vergeht die Wartezeit bedeutend schneller, als wenn du unten alleine vor dich hin schmollst.«

Jacob verschränkte trotzig die Arme vor der Brust. »Ich schmolle nicht vor mich hin, ich will nur endlich schlafen.«

20 Minuten später reichte es dem Senior dann endgültig.

Er stapfte in den Flur, riss das Mobilteil aus der Ladestation und drückte es Tannenberg in die Hand.

»Entweder du rufst jetzt sofort Johanna an und fragst, wo die beiden bleiben, oder ich tue es«, polterte er ungehalten. »Ich will jetzt endlich in mein Bett.«

»Okay, okay, du alte Nervensäge«, gab sich der Chef-Ermittler geschlagen. Vater reagiert immer öfter wie ein kleines Kind, dachte er, behielt seine Gedanken jedoch für sich.

Tannenberg rief das digitale Telefonbuch auf und wählte die eingespeicherte Nummer seiner zukünftigen Ehefrau. »The person you have called is temporarily not available. Please call again later«, tönte es aus der Hörmuschel.

»Komisch, dass nicht wenigstens ihre Mailbox angeht«, murmelte der Chef-Ermittler irritiert vor sich hin.

»Diese Standardansage bedeutet, dass sie ihr Handy vollständig ausgeschaltet hat«, erläuterte Heiner. »Denn im Stand-by-Modus würde sich ihre Mailbox melden.«

Sein zwei Jahre jüngerer Bruder warf die Stirn in Falten. »Das macht sie doch sonst nie, wenn sie außer Haus ist«, sagte er eher zu sich selbst.

»Wahrscheinlich wollte sie bei ihren Interviews nicht gestört werden und hat deshalb ihr iPhone ausgeschaltet«, spekulierte Dr. Schönthaler.

»Dann lass sofort eine Handyortung durchführen, damit wir wissen, wo sie sind«, forderte der Senior an Tannenberg adressiert. »Schließlich bist du der Leiter des K 1. Da geht das doch wohl ruckzuck, oder?«

Der Kriminalbeamte verdrehte genervt die Augen und legte das Mobilteil auf den Tisch neben den Kartenstapel. Er fixierte Jacob mit einem durchdringenden Blick.

»Einen Teufel werde ich tun, Vater«, schnauzte er zurück. »Erstens würde ich mich bei meinen Kollegen lächerlich machen, und zweitens kann man ein ausgeschaltetes Handy sowieso nicht orten. Für das Ausbleiben unserer Frauen gibt es bestimmt eine völlig harmlose Erklärung.« Er tippte auf seine Armbanduhr. »Ich bin mir sicher, in spätestens einer halben Stunde sind die beiden da.«

»Und wenn nicht?«, fauchte Jacob. »Die sind bestimmt entführt worden.«

»Blödsinn«, blaffte Tannenberg. »Wer sollte die beiden denn entführen? Bei uns gibt es doch nichts zu holen.«

Jacob Tannenberg grunzte höhnisch. »Bei dir und Heiner vielleicht nicht, aber bei mir schon.«

Verdutzt starrten die Brüder zuerst sich und anschließend ihren Vater an, der sie in der Vergangenheit schon des Öfteren mit spektakulären Erträgen seiner diversen Zockereien überrascht hatte.

So hatte der spielbesessene Rentner an der Börse mit Optionsscheinen eine enorme Stange Geld verdient, mit viel Glück ein hoch dotiertes Online-Pokerturnier gewonnen, mit einem von ihm entwickelten Tippsystem mehrere vierstellige Lottogewinne an Land gezogen und bei einer Tombola einen Motorroller gewonnen, mit dem Marieke und Johanna ab und an durch die Gegend knatterten.

»Was ist es denn diesmal für eine Zockerei?«, fragte Heiner amüsiert.

Sein Vater senkte die Stimme und flüsterte: »Ich habe vor gut zwei Jahren Gold gekauft und …«

»Gold?«, schnitt ihm Heiner das Wort ab. »Wie viel Geld hast du denn für diese riskante Zockerei aus dem Fenster geworfen?«

»Riskante Zockerei«, äffte ihn Jacob mit gespitzten Lippen nach. »Du bist und bleibst der typische lebenszeitverbeamtete Deutschlehrer: Nicht die geringste Ahnung von ökonomischen Zusammenhängen, aber große Töne über das Risiko von Rohstoff-Investments spucken.«

»Wie viel?«, hakte Heiner unbeeindruckt nach.

Jacob räusperte sich. »60.000.«

»Was?«, fauchte Tannenberg.

»Ja, was wohl? Euro natürlich«, schnaubte Jacob verächtlich. »Oder glaubst du etwa, die tauschen dir auf der Bank Tannenzapfen gegen Goldbarren ein, he?«

»Und wieso wissen wir davon nichts?«, klinkte sich Tannenberg ein.

»Weil es euch absolut nichts angeht, wo und in was ich mein sauer verdientes Geld investiere!«, stellte der Senior in unmissverständlichem Ton klar. »Ihr habt wohl Angst um euer Erbe, he?«, stichelte er.

Bevor seine Söhne reagieren konnten, schob er nach: »Keinen Grund zur Panik, Jungs. Seitdem ich gekauft habe, ist der Goldpreis regelrecht durch die Decke geschossen. Bis jetzt habe ich bereits 60 Prozent Gewinn gemacht. Und das steuerfrei!«

Jacob tippte auf seine Nasenspitze. »Euer alter Vater hat in finanziellen Dingen eben ein sehr gutes Näschen. Ich rieche förmlich gute Investments.« Plötzlich verfinsterte sich seine Miene.

»Aber wenn die Entführer etwas davon mitbekommen haben und mir nun im Austausch gegen deine Mutter und Johanna mein Gold abnehmen wollen …« Er schluckte hart, fuhr sich mit zitternder Hand über sein stoppeliges Kinn.

»Würdest du denn überhaupt so viel für die beiden lockermachen?«, konnte sich Wolfram Tannenberg nicht verkneifen.

Jacob fixierte seinen jüngsten Sohn mit einem stechenden Blick. »Auf solch eine schwachsinnige Frage gebe ich dir keine Antwort«, rüffelte er. Dann zeigte er auf die Wanduhr.

»Schon fast Mitternacht. Mensch, Junior, komm endlich in die Gänge. Wir müssen einen Suchtrupp zusammenstellen.«

»Einen Suchtrupp«, schnaubte Tannenberg verächtlich.

Obwohl er sich über die Panik seines Vaters amüsierte, musste er sich doch eingestehen, dass auch ihm allmählich ein wenig mulmig zumute wurde, Schließlich war Johanna normalerweise die Zuverlässigkeit in Person und würde Bescheid geben, wenn es später als gewöhnlich wird.

»Ich schau mal in Hannes Arbeitszimmer nach, ob ich die Telefonnummer einer der Landfrauen oder des Gemeindezentrums finde, in dem sie sich immer treffen«, sagte Johanna von Hohenecks zukünftiger Ehemann.

»Ja, mach das! Und zwar sofort«, drängte Jacob.

»Bin schon auf dem Weg. Zu deiner Beruhigung rufe ich gleich dort an. Irgendjemand wird ja wohl wissen, wo unsere beiden Nachtschwärmer abgeblieben sind.«

»Hoffentlich befinden sich die Telefonnummern nicht in den Unterlagen, die sie mitgenommen hat«, gab Dr. Schönthaler zu bedenken.

»Das werden wir gleich wissen«, entgegnete der Kriminalbeamte und verschwand in Johannas Arbeitszimmer.

Die Historikerin, die nach ihrer Rückkehr aus den USA seit einigen Jahren am Institut für pfälzische Geschichte und Volkskunde arbeitete, hasste Unordnung, nicht zuletzt im privaten Bereich und da insbesondere in der gemeinsamen Wohnung im ersten Obergeschoss des Elternhauses ihres zukünftigen Ehemanns. Ein Umstand, der des Öfteren mit Tannenbergs eher lockerem Umgang mit diesem Themenbereich kollidierte.

Als Kompromiss hatten die beiden vereinbart, dass jeder für sein eigenes Arbeitszimmer verantwortlich war und man sich weder um die Reinigung noch um die Ausgestaltung des jeweils anderen Refugiums kümmerte. Darüber hinaus hatte

Wolfram Tannenberg zähneknirschend akzeptiert, dass in den gemeinsam genutzten Wohnräumen Johannas Ordnungsliebe die Basis des Zusammenlebens bildete.

Tannenberg setzte sich an den Schreibtisch seiner Verlobten und blätterte als Erstes in ihrem aufgeschlagenen Terminkalender. Außer den eingetragenen Interviewterminen fand er jedoch keinerlei Hinweise auf die befragten Landfrauen.

Womöglich hatte sie die betreffenden Namen und Telefonnummern in ihrem Handy gespeichert. Und das hatte sie höchstwahrscheinlich mitgenommen. Auf ihrem Schreibtisch, wo sie ihr erst ein paar Monate altes iPhone 6 für gewöhnlich deponierte, lag es jedenfalls nicht.

Johannas Laptop, der aufgeklappt neben ihrem Terminkalender stand, brauchte er erst gar nicht hochzufahren, denn der Zugang war passwortgeschützt. Das Codewort wusste er ebenso wenig, wie Johanna dasjenige für seinen Laptop kannte. So viel Privatsphäre muss sein – das war die einhellige Meinung beider.

Ein Blick auf die Regalwand, in der sich in den untersten Etagen für gewöhnlich bunte Aktenordner dicht aneinanderreihten, genügte, um auch die nächste Möglichkeit auszuschließen. Denn dort, wo sich sonst die Leitzordner mit den ausgedruckten Interviewtranskripten befanden, klaffte eine breite Lücke. Folglich hatte Johanna diese Unterlagen mit nach Krickenbach genommen.

»Mist«, fluchte Tannenberg leise vor sich hin. »Wie komme ich denn bloß an diese verdammten Telefonnummern?«

»Im Tchibo steht einer am Nebentisch«, tönte Jacob, der seinem Sohn in Hannes Arbeitszimmer gefolgt war, vom Türrahmen aus. »Der ist aus Krickenbach und dem seine Frau ist Mitglied im dortigen Landfrauenverein. Ruf doch einfach den an.«

»Um diese Uhrzeit?«, wandte sein jüngster Sohn ein.

»Na und? Es handelt sich schließlich um einen Notfall.«

»Wie heißt denn dieser Mann?«, fragte Tannenberg. Er zwängte sich an seinem Vater vorbei, griff sich im Flur das Telefonbuch und ließ die Seiten über den Daumen laufen.

»So, Krickenbach hab ich. Name?«

»Gustl.«

»Und weiter?«

Jacob blies die Backen auf und stieß den aufgestauten Atem knatternd aus. »Ich glaub Wildberger.«

»Glaubst du es, oder weißt du es?«

Jacob brummte. »Ich glaube, ich weiß es.«

Wolfram Tannenbergs Finger huschte über die Zeilen. »In Krickenbach gibt es anscheinend nur einen einzigen Wildberger. Und der heißt August.«

»Sag ich doch: Gustl.«

Der Chef-Ermittler schüttelte genervt den Kopf und tippte die Telefonnummer ein. Dann wollte er den Hörer an seinen Vater weiterreichen.

Doch der machte eine abwehrende Handbewegung. »Wieso denn ich?«, zischte der Rentner.

»Weil du diesen Mann im Gegensatz zu mir kennst«, stellte der Leiter des K 1 klar und drückte seinem störrischen Vater den Telefonhörer in die Hand.

»Soll *ich* etwa den armen Kerl um diese nachtschlafende Uhrzeit anrufen und aus dem Tiefschlaf reißen? Am besten melde ich mich gleich mit ›Hauptkommissar Tannenberg, Mordkommission Kaiserslautern‹. Der arme Kerl bekommt ja einen Herzinfarkt.«

»Und was sag ich dem mitten in der Nacht?«, grummelte Jacob und verlagerte sein Gewicht unruhig vom einen Fuß auf den anderen. »Sonst sehe ich den Gustl doch immer nur morgens im Tchibo.«

Ohne zu antworten tippte Tannenberg auf die grüne Verbindungstaste. Jacob räusperte sich und legte sich schnell in Gedanken ein paar passende Worte zurecht. Nach schier endlosen Ruftönen meldete sich eine verschlafene Männerstimme.

Jacob entschuldigte sich höflich und schilderte den Grund für die nächtliche Belästigung. Grummelnd weckte Wildberger seine Ehefrau und reichte ihr den Hörer. Auch sie wurde aus dem Tiefschlaf gerissen und benötigte deshalb einige Sekunden, bis sie den Inhalt von Jacobs Fragen verstand.

»Danke, Frau Wildberger. Entschuldigen Sie bitte die nächtliche Störung. Aber wir machen uns eben große Sorgen«, sagte der Rentner. Anschließend knallte er das Mobilteil in die Basisstation.

»Die haben sich zwar alle gewundert, dass Johanna und deine Mutter heute nicht zum Treffen erschienen sind, aber auf die Idee, bei uns anzurufen, sind diese blöden Hühner nicht gekommen«, schimpfte der Senior mit lauter Stimme.

Jacob und sein Sohn kehrten in die Küche zurück, doch keiner von ihnen setzte sich zu den beiden anderen an den Tisch. Dafür waren sie innerlich viel zu aufgewühlt.

Heiner stand der Schock ins Gesicht geschrieben, als ihn Jacob über den Inhalt des Telefonats in Kenntnis setzte. »Und was machen wir jetzt?«, fragte er mit zitternder Stimme.

»Wir müssen sie sofort suchen gehen«, forderte Jacob. »Vielleicht hatten sie ja einen schweren Verkehrsunfall und liegen irgendwo hilflos in deinem Auto und können sich nicht selbst befreien, weil sie eingeklemmt sind. Vielleicht sind sie ja bewusstlos.«

Energisch schüttelte Tannenberg den Kopf. »Nein, Vater, das kann ich mir nicht vorstellen. Bei einem Unfall hätten sich meine Kollegen schon längst bei mir gemeldet. Jeder Streifenpolizist in unserer Gegend kennt mein altes 3er BMW Cabrio. Von denen fahren nicht mehr viele hier herum.«

»Vor allem nur eines mit dem Kennzeichen KL-TB 56«, warf Dr. Schönthaler ein.

Jacob atmete schwer. »Und wenn ihnen so etwas Fürchterliches passiert ist wie damals …« Der alte Mann schluckte so hart, als steckte ihm etwas Sperriges in der Kehle. »Ihr erinnert euch bestimmt noch an diesen schrecklichen Verkehrsunfall vor vielen Jahren in einer Kurve am Walzweiher?«

Wie auf Knopfdruck erstarrten die Anwesenden, denn jeder von ihnen dachte mit Grausen an diesen furchtbaren Verkehrsunfall, bei dem ein Sattelschlepper der US-Streitkräfte in einer Rechtskurve seine unzureichend gesicherte, tonnenschwere Ladung verloren und einen mit zwei jungen Frauen besetzten Kleinwagen wie in einer Schrottpresse auf 30 Zentimeter Höhe zusammengequetscht hatte.

Jacobs Mund war staubtrocken, seine Zunge klebte am Gaumen fest. »Die Insassen waren damals …« Den Rest ließ er unausgesprochen.

»Jetzt mal nicht gleich den Teufel an die Wand«, fuhr ihm Tannenberg erbost in die Parade. »Was soll diese bescheuerte Schwarzseherei? Für ein derart apokalyptisches Szenario gibt es bislang nicht den geringsten Anhaltspunkt.«

»Wieso erzählst du solch einen Mist? Diese Möglichkeit kannst du nicht ausschließen. Oder kannst du seit Neuestem hellsehen, he?«, polterte Jacob. »Gib's zu, du hast auch Angst, dass ihnen etwas Schlimmes passiert sein könnte. Ruf jetzt endlich in der Einsatzzentrale an. Deine Kollegen werden ja wohl wissen, ob in den letzten Stunden ein schwerer Verkehrsunfall passiert ist oder nicht.«

»Dann hätten die mich doch schon längst darüber informiert«, beharrte der Kriminalbeamte.

Jacob gab sich mit dieser Antwort nicht zufrieden. »Und wenn ihr Auto so zerquetscht wurde, dass man weder den Typ noch die Nummernschilder mehr erkennen kann?«, ließ er nicht locker.

»Mann, du nervst gewaltig mit deiner bescheuerten Hysterie«, schimpfte Tannenberg.

Heiner reichte seinem Bruder das mobile Telefon. »Komm, ruf an«, forderte er mit Nachdruck, »dann können wir diese Möglichkeit wenigsten ausschließen.«

Während Tannenberg mit mürrischem Gesichtsausdruck die betreffende Nummer in die Tastatur hämmerte, trat sein Vater neben ihn.

»Lass dir danach gleich die Vermisstenstelle geben«, forderte er. Seine Stimme wurde schärfer. »Und komm mir jetzt bloß nicht damit, dass deine Kollegen 24 Stunden warten müssen, bevor sie eine Vermisstensuche starten.«

»Da geht mitten in der Nacht eh niemand ran«, wehrte Tannenberg ab. »Die Vermisstenstelle ist nur tagsüber besetzt.« Er schüttelte den Kopf, lief in den Flur und drückte die Ruftaste.

Das Gespräch war kurz, die Information erfreulich. »Seit heute Nachmittag wurde in der ganzen Gegend nicht ein einziger Verkehrsunfall mit Personenschaden gemeldet«, verkündete der Chef-Ermittler erleichtert, als er wieder in der Küche auftauchte.

Doch seinem Vater genügte diese Auskunft nicht. »Vielleicht hat nur noch niemand dein Auto gefunden«, wandte er ein. Er raufte sich die Haare und presste die Lippen zu einem dünnen Strich zusammen.

Die Angst hatte die unzähligen Falten noch tiefer in Jacobs

aschfahles Gesicht eingegraben. Er kniff die geröteten Augen zusammen und schniefte.

»Vielleicht ist ihnen ein Reifen geplatzt und Johanna hat die Kontrolle über deine alte Schrottkiste verloren«, orakelte er weiter. »Oder sie musste einer Wildsau ausweichen und ist mit vollem Karacho in den Wald reingerauscht. Vielleicht wurden sie wegen Aquaplaning aus einer Kurve getragen, sind eine Böschung hinuntergestürzt und liegen nun bewusstlos und schwer verletzt im dunklen Wald.«

»Schluss mit diesen Horrorszenarien!«, fauchte der Leiter der Kaiserslauterer Mordkommission ungehalten. »Damit machst du einen ja total kirre. Wir müssen einen klaren, kühlen Kopf bewahren!«

Jacob ließ sich nicht beirren. »Los, auf, Jungs, wir fahren die Strecke ab. Vielleicht entdecken wir irgendwo Bremsspuren.«

Tannenberg fletschte die Zähne und grunzte abschätzig. »Bremsspuren bei diesem Starkregen?«, schnaubte er genervt.

Er riss den Vorhang vor dem Fenster zur Seite und streckte beide Arme zur Beethovenstraße hin aus, wo sintflutartiger Platzregen durch den milchig-trüben Lichtschein einer Straßenlaterne gepeitscht wurde.

»Das kannst du getrost vergessen, Vater. Auf einem nassen Straßenbelag kann selbst jemand mit deinen Adleraugen keine Bremsspuren erkennen«, höhnte der entnervte Kriminalbeamte.

Doch so leicht ließ sich der Senior von seinem Gedanken nicht abbringen. »Vielleicht entdecken wir ja irgendwo einen abgeknickten Baum, einen umgefahrenen Markierungspfosten oder sonst irgendetwas Auffälliges, das uns einen Hinweis darauf gibt, wo sie von der Straße abgekommen sind.«

Beschwichtigend legte Heiner seinem Bruder eine Hand auf die Schulter. »Komm, Wolf, wir tun jetzt einfach, was Vater vorschlägt. Dann gibt er endlich Ruhe. Schaden kann es jedenfalls nicht. Wahrscheinlich kommen uns Mutter und Hanne mit Lichthupe entgegen und fragen sich, was wir bei diesem Sauwetter so spät noch draußen machen.«

Jacobs ältester Sohn zog die Unterlippe ein und lutschte daran herum. »Warum muss es auch seit zwei Stunden wie aus Kübeln schütten?«, murmelte er vor sich hin.

»Genau das ist wahrscheinlich der Grund, weshalb die beiden noch nicht da sind«, meinte Wolfram Tannenberg. »Die haben garantiert irgendwo angehalten und warten in aller Ruhe, bis diese Schlechtwetterfront durchgezogen ist. Das ist ja auch durchaus vernünftig, schließlich sind meine Reifen nicht mehr die allerbesten.«

»Sag ich doch: extreme Aquaplaninggefahr«, mischte sich sein Vater ein.

Tannenberg verdrehte gequält die Augen, lenkte dann aber doch ein. »Okay, von mir aus, Vater. Rainer und ich können aber nicht mehr fahren. Wir haben schon einige Weizenbierchen und Schnäpschen intus.«

»Dein Auto ist eh nicht da«, bemerkte Dr. Schönthaler trocken. »Und meins steht in der Werkstatt.«

»Ich fahre«, entschied Heiner. »Trotz eines Weizenbiers bin ich so was von stocknüchtern, kann ich euch versichern.«

Während sein Vater in der Parterrewohnung Regenschirme besorgte, durchstöberte Tannenberg den gemeinsamen Werkzeugkeller. Mit zwei betriebsbereiten Handlampen traf er kurz darauf am Van seines Bruders ein.

Jacob hatte sich bereits den Platz auf dem Beifahrersitz gesichert. Normalerweise hätte er diesen Erfolg weidlich ausgekostet und seinen Sohn triumphierend angegrinst, doch diesmal war er dazu viel zu angespannt. Wie ein in Seenot geratener Schwimmer, der den Ring einer Rettungsboje umklammerte, hielt er die Regenschirme fest umschlossen.

Ohne ein weiteres Wort zu verlieren, fuhren die vier Männer in Heiners Auto stadtauswärts. Keiner von ihnen wollte sich eine Blöße geben, doch alle hatten inzwischen Angst, dass sich Jacobs düstere Vorahnung vielleicht doch bestätigen könnte.

Tapfer kämpften die Scheibenwischer gegen die enormen Wassermassen an, die wie Sturzbäche die Scheibe hinunterflossen. Doch selbst die höchste Wischgeschwindigkeit sorgte immer nur kurzzeitig für einigermaßen klare Sichtverhältnisse.

Die Innenstadt war wie ausgestorben, nur ab und an huschte ein regenschirmbewehrter Passant auf dem Weg zu seinem Auto über die mit Pfützen übersäten Straßen und Bürgersteige.

Jacob stierte durch die Frontscheibe und scannte mit hektischen Blicken den blendenden Gegenverkehr nach dem roten 3er BMW seines Sohnes ab. Je weiter sich die besorgten Männer vom Stadtkern entfernten, umso seltener kam ihnen ein Fahrzeug entgegen.

Nachdem sie die Ortsgemeinde Hohenecken durchquert hatten, wurde das nächtliche Szenario immer gespenstischer. Im milchigen Licht der Autoscheinwerfer waberten Nebelschwaden über den nassschwarzen Asphalt.

Hinter dem lang gezogenen Walzweiher, der sich wie eine Bettwurst in das enge Moosalbtal hineinschmiegte, verdichteten sich die Dunstschleier zu einer zähen, trüben Nebelsuppe. Die tief hängenden, triefenden und weit in die Landstraße hineinragenden Äste riesiger Laubbäume erinnerten an Fangarme, die versuchten, Heiners Van in einen schwarzen Moloch hineinzuziehen.

»Verfluchtes Sauwetter«, schimpfte Jacob. »Da draußen sieht man ja noch nicht einmal die Hand vor den Augen. Wie sollen wir da bloß dein Auto finden, wenn es irgendwo von der Straße abgekommen ist?«

»Wir fahren jetzt eh zuerst nach Krickenbach und schauen uns um, ob wir dort mein Auto finden«, verkündete der Kriminalbeamte. »Mutter und Hanne sind bestimmt bei irgendeiner Bekannten untergekommen und warten in aller Ruhe ab, bis diese Unwetterfront durchgezogen ist.«

»Das hast du vorhin schon mal behauptet. Dadurch wird diese theoretische Möglichkeit nicht wahrscheinlicher«, brummelte sein Vater. »Außerdem hätten sie sich dann bestimmt schon bei einem von uns gemeldet.«

»Vielleicht ist ja irgendwo in der Gegend ein Blitz eingeschlagen und hat das Mobilfunknetz außer Gefecht gesetzt«, spekulierte Heiner wild drauflos. Irgendeine undramatische Erklärung wird es doch wohl geben, hoffte er inständig.

»Also, ich hab hier einwandfreien Empfang«, bemerkte Dr. Schönthaler und hielt demonstrativ sein leuchtendes Smartphone in die Höhe.

Tannenberg zog ebenfalls sein Handy aus der Jacke. »Ich auch«, bestätigte er.

»Dann ruf Johanna noch mal an«, blaffte sein Vater, weiterhin den Blick starr in die Lichtkegel der Frontscheinwerfer gerichtet.

»Hab ich doch in der Zwischenzeit schon x-mal gemacht«, wehrte der Kriminalbeamte ab.

»Versuch's bitte noch mal«, bettelte Jacob.

Zähneknirschend kam Tannenberg der Aufforderung nach.

»Immer noch nichts. Kein Rufzeichen, keine Mailbox, gar nix«, stellte er kurz darauf resigniert fest. Er durchfurchte seine Haare mit den Fingern und schüttelte den Kopf. »Allmählich kommt mir die Sache sehr merkwürdig vor.«

»Wird auch Zeit«, kommentierte sein Vater.

Nach dem zwischen Hohenecken und Schopp gelegenen Walzweiher bog Heiner rechts ab. Die Landstraße nach Krickenbach stieg stetig an und erreichte ein Plateau. Dort wurde die Sicht ein wenig besser, sodass Heiner die Fahrgeschwindigkeit erhöhen konnte. Bis zum Ortsschild begegnete ihnen auf der gesamten Wegstrecke nicht ein einziges Auto.

»Die liegen jetzt alle zu Hause in ihren Betten und schlafen tief und fest«, grummelte Jacob, während sie die zumeist unbeleuchteten Wohnhäuser passierten. Nur ab und an flackerte hinter einem Vorhang der Bildschirm eines Fernsehgerätes.

Ein plötzlicher Wutanfall übermannte den alten Herrn. Zornig presste er die Gebissreihen seiner falschen Zähne so fest aufeinander, dass sie knirschten und kurzzeitig die Arretierung verloren.

»Und ich muss mir die Nacht um die Ohren schlagen. Bloß weil diese Weiber unbedingt zu ihrem Landfrauentreffen mussten. Konnten die bei diesem Sauwetter nicht mit ihren Hintern bei uns zu Hause in der Beethovenstraße bleiben? Verflucht noch mal!«

»Als Mutter und Hanne losgefahren sind, war das Wetter noch richtig gut«, bemerkte Heiner in ruhigem Ton. »Sie konnten doch nicht ahnen, dass dieser blöde Wolkenbruch stundenlang andauert.«

»Im Wetterbericht haben sie diese Schlechtwetterfront lang und breit angekündigt«, polterte der Rentner weiter.

»Aber eure Mutter hat meine Warnungen mal wieder nicht ernst genommen.«

Heiner wedelte mit dem Finger. »Diese starken Niederschläge waren nicht für die Pfalz, sondern für das Saarland vorhergesagt. Unsere Region sollte von dieser Schlechtwetterfront nur gestreift werden.«

Dr. Schönthaler tippte sich auf die Brust. »Ich hab das sowieso nicht geglaubt. Den saarländischen Wetterfröschen kann man nämlich nicht über den Weg trauen. Die wollten dieses Sauwetter nicht und haben es einfach zu uns über die Grenze geschickt. Und jetzt haben wir den Salat! Warum hörst du überhaupt diesen Feindsender? Kannst du nicht wie alle anständigen Pfälzer SWR hören?«, versuchte er einen auflockernden Scherz zu landen, doch dieser Versuch ging gründlich in die Hose. Seine Mitfahrer brauchten kein Wort darüber zu verlieren, ihre säuerlichen Mienen sprachen Bände.

Es dauerte nicht lange, bis die besorgten Männer das Krickenbacher Gemeindezentrum gefunden hatten. Doch die Eingangstür des Flachdachgebäudes war verschlossen, das Innere des Hauses unbeleuchtet. Als Nächstes klapperte Heiner sämtliche Straßen der Ortsgemeinde ab, aber Tannenbergs feuerrotes BMW Cabrio blieb weiterhin unauffindbar.

»Das gibt's doch einfach nicht«, fauchte Heiner. Er tippte auf die Digitaluhr im Armaturenbrett. »Jetzt ist es schon fast ein Uhr durch. Wo sind die denn nur abgeblieben?«

Jacob zog die Nase hoch und räusperte sich. »Es nützt alles nichts, Jungs. Wir müssen die gesamte Strecke absuchen.«

Heiner hielt am Straßenrand und stellte den Motor ab. Resigniert legte er die Hände auf dem Lenkrad ab.

»Ich glaube, so kommen wir nicht weiter«, seufzte er mit verzweifeltem Gesichtsausdruck. »Wir brauchen dringend

Unterstützung von der Feuerwehr oder vom THW. Mit unseren schwachen Funzeln werden wir bei diesem Wetter kaum etwas sehen können.«

»Genau«, pflichtete ihn sein Vater bei. »Die haben LKWs mit starken Suchscheinwerfern, mit denen sie in den Wald hineinleuchten können. Los, Wolfram, du kennst diese Leute doch alle von euren gemeinsamen Einsätzen. Ruf sie an!«

Wolfram Tannenberg atmete schwer. »Bevor wir die Pferde scheu machen, ruf ich sicherheitshalber noch mal zu Hause an. Vielleicht sind Mutter und Hanne ja inzwischen dort eingetroffen.«

Aus seinem deprimierten Gesicht konnte man jedoch unschwer herauslesen, dass er an diese vage Hoffnung nicht wirklich glaubte. Bei beiden Festnetzanschlüssen tönten die Rufzeichen, bis sich die Anrufbeantworter einschalteten. Anschließend wählte er Johannas Mobilfunknummer. Doch ihr Handy war nach wie vor tot.

Heiner wandte sich zu seinem Bruder um und legte ihm wortlos die Hand aufs Knie.

»Okay, ich versuch's bei der Feuerwehr«, nickte Tannenberg.

Er hatte Glück, denn der diensthabende Einsatzleiter war ein alter Bekannter, mit dem er in seiner Jugend beim TUS 04 Dansenberg Handball gespielt hatte. Fritz Binder sagte ihm sofort Hilfe zu und instruierte umgehend seine Kollegen.

Während die Kaiserslauterer Berufsfeuerwehr mit zwei Einsatzfahrzeugen ausrückte, fuhr Heiner zum vereinbarten Treffpunkt, der unmittelbar an der B 270 gelegenen Zufahrt zum Strandbad Gelterswoog.

2

»Und ich sah, dass das Lamm der Siegel eines auftat; und hörte der vier Tiere eines sagen wie mit einer Donnerstimme: Komm! Und ich sah, und siehe, ein weißes Pferd. Und der darauf saß, hatte einen Bogen; und ihm ward gegeben eine Krone, und er zog aus sieghaft, und dass er siegte.

Und da es das andere Siegel auftat, hörte ich das andere Tier sagen: Komm! Und es ging heraus ein anderes Pferd, das war rot. Und dem, der darauf saß, ward gegeben, den Frieden zu nehmen von der Erde und dass sie sich untereinander erwürgten; und ward ihm ein großes Schwert gegeben.

Und da es das dritte Siegel auftat, hörte ich das dritte Tier sagen: Komm! Und ich sah, und siehe, ein schwarzes Pferd. Und der darauf saß, hatte eine Waage in seiner Hand. Und ich hörte eine Stimme unter den vier Tieren sagen: Ein Maß Weizen um einen Groschen und drei Maß Gerste um einen Groschen; und dem Öl und Wein tu kein Leid!

Und da es das vierte Siegel auftat, hörte ich die Stimme des vierten Tiers sagen: Komm! Und ich sah, und siehe, ein fahles Pferd. Und der darauf saß, des Name hieß Tod, und die Hölle folgte ihm nach. Und ihnen ward Macht gegeben, zu töten das vierte Teil auf der Erde mit dem Schwert und Hunger und mit dem Tod und durch die Tiere auf Erden.

Und da es das fünfte Siegel auftat, sah ich unter dem Altar die Seelen derer, die erwürgt waren um des Wortes Gottes willen und um des Zeugnisses willen, das sie hatten. Und sie schrien mit großer Stimme und sprachen: HERR, du Heiliger und Wahrhaftiger, wie lange richtest du nicht und rächest unser Blut an denen, die auf der Erde wohnen?

Und ihnen wurde gegeben einem jeglichen ein weißes Kleid, und ward zu ihnen gesagt, dass sie ruhten noch eine kleine Zeit, bis dass vollends dazukämen ihre Mitknechte und Brüder, die auch sollten noch getötet werden gleich wie sie.

Und ich sah, dass es das sechste Siegel auftat, und siehe, da ward ein großes Erdbeben, und die Sonne ward schwarz wie ein härener Sack, und der Mond ward wie Blut; und die Sterne des Himmels fielen auf die Erde, gleichwie ein Feigenbaum seine Feigen abwirft, wenn er von großem Wind bewegt wird.

Und der Himmel entwich wie ein zusammengerolltes Buch; und alle Berge und Inseln wurden bewegt aus ihren Örtern. Und die Könige auf Erden und die Großen und die Reichen und die Hauptleute und die Gewaltigen und alle Knechte und alle Freien verbargen sich in den Klüften und Felsen an den Bergen und sprachen zu den Bergen und Felsen: Fallt über uns und verbergt uns vor dem Angesichte des, der auf dem Stuhl sitzt, und vor dem Zorn des Lammes! Denn es ist gekommen der große Tag seines Zorns«, murmelte Victor.

»Denn es ist gekommen der große Tag seines Zorns«, wiederholte er, während dicke Tränen über seine Wangen kullerten.

Mit dem Jackenärmel wischte sich Victor die Feuchte aus dem Gesicht. Dann legte er den Kopf ins Genick und sog in tiefen Zügen die feuchtkalte, würzige Waldluft in seine Lungen.

Ein unbeschreibliches Glücksgefühl durchflutete ihn. Ein Kälteschauer nach dem anderen jagte von seinem Nacken hinunter zu den Füßen. Seine Mundwinkel zuckten, weitere Tränen perlten über die gerötete Wangenhaut.

Er schniefte, wandte den Kopf zu seinem Rucksack hin und schnäuzte sich so leise wie möglich die Nase. Anschließend zog er den Reißverschluss seiner Jacke nach unten und tastete unter dem T-Shirt nach dem kleinen goldenen Kreuz, das ihm seine Mutter zur Kommunion geschenkt hatte und das er seitdem an einer Kette um den Hals trug. Während er das Kreuz fest auf die Lippen presste, betete er ein stilles Vaterunser.

Andächtig steckte Victor seine Handbibel in eine der vielen Außentaschen seiner Outdoorjacke. Dann schnappte er sich das Nachtsichtgerät und stülpte sich mit einer routinierten Bewegung die Kopfhaube über. Nun hatte er wieder alles im Blick.

3

Das kreisende Blaulicht der beiden Einsatzfahrzeuge der städtischen Feuerwehr, die gerade das südliche Hohenecker Ortsschild passiert hatten und nun die abschüssige Bundesstraße zum Gelterswoog heruntergefahren kamen, war trotz der schlechten Sichtverhältnisse schon von Weitem auszumachen.

»Gott sei Dank haben die nicht auch noch das Martinshorn eingeschaltet«, atmete Tannenberg erleichtert auf. »Die Sache ist mir schon peinlich genug.«

»Blödsinn! Der Zweck heiligt die Mittel«, blaffte Jacob von der Rückbank aus.

Tannenbergs älterer Bruder bog mit seiner Großraumlimousine in den zum Strandbad Gelterswoog gehörenden Parkplatz ein und wartete, bis die beiden Feuerwehrautos eingetroffen waren. Dann stiegen alle Insassen seines Vans aus. Jacob reichte jedem einen Regenschirm, die die Männer sofort aufspannten.

Die mit wetterfester Kleidung und Helmen mit Genickschutz ausgestatteten Feuerwehrleute verließen ebenfalls ihre Fahrzeuge. Das garstige Wetter störte sie nicht im Geringsten, schließlich waren sie solche extremen Witterungsverhältnisse von ihren Rettungs- und Löscheinsätzen durchaus gewohnt.

»Hallo, Tanne, altes Haus, dich hab ich ja schon ewig nicht mehr gesehen«, begrüßte Fritz Binder seinen alten Handballkumpel. »Höchstens mal aus der Ferne bei einem Einsatz«, korrigierte er.

Ein Seitenblick zu seinen Kollegen. »Diesen Spitznamen haben wir dem Herrn Hauptkommissar deshalb verpasst, weil er in den 70er-Jahren des vergangenen Jahrhunderts wie ein riesiger Baum in unserer Abwehr stand. Ja, ja, man mag es wirklich kaum glauben, aber dieser ältere Herr und meine Wenigkeit galten damals als bester Mittelblock der 2. Handball-Bundesliga«, verkündete er mit stolzgeschwellter Brust.

Tannenberg ignorierte die Prahlerei. »Hallo, Fritz«, sagte er und schüttelte Binder die Hand. »Es tut mir leid, dass ich euch …«

»Quatsch«, schnitt ihm der Einsatzleiter das Wort ab. »Mach dir bloß darüber keinen Kopf, Wolf.« Ein breites Grinsen. »Wir hatten heute Nacht eh nichts Besseres vor«, sagte er und schob mit einem Augenzwinkern nach: »Zum Glück hast du uns von dieser blöden Skatspielerei erlöst.«

Fritz Binder klatschte in die Hände. »Gut, dann schlage ich vor, dass wir die Suche nach euren Mädels umgehend in die Wege leiten.« Er wandte sich seinen Kollegen zu. »So, Leute, wir teilen die Sucharbeit auf.«

Er tippte mit dem Finger in Richtung der beiden jüngsten Feuerwehrleute, die ziemlich lustlos neben ihrem Fahrzeug standen und rauchten.

»Ihr beide fahrt nach Krickenbach, dreht gleich am Ortseingang um und sucht von dort aus intensiv die rechte Böschung der Landstraße und den angrenzenden Wald nach einem roten 3er BMW ab, der möglicherweise von der Straße abgekommen ist. Wir kümmern uns von hier aus um die andere Straßenseite. Alles klar?«

Knappes Nicken als Antwort. Die Feuerwehrmänner nahmen noch einen tiefen Zug, dann warfen sie ihre Zigarettenkippen auf den Boden, traten sie aus und bestiegen ihr Einsatzfahrzeug.

Binder drehte ihnen den Rücken zu und richtete seinen Blick auf die vier vor ihm stehenden Männer, deren Regenschirme wegen des böigen Winds nur unzureichenden Schutz boten.

»Wollt ihr euch aufteilen oder wollt ihr alle mit mir fahren? Platz genug hätte ich«, fragte er seinen alten Sportkameraden und dessen Begleiter.

»Heiner und ich fahren mit nach Krickenbach. Und ihr fahrt mit dem Einsatzleiter«, entschied Jacob kurzerhand. »Acht Augen sehen mehr als vier.«

Mit tatkräftiger Unterstützung seines Sohnes kletterte der Senior die Metallsprossen zur Doppelkabine empor. Der Fahrer startete den Dieselmotor, setzte den Blinker und fuhr los. Die anderen Männer bestiegen das zweite Einsatzfahrzeug.

»Laut Zentrale wurde in unserer Gegend in den letzten zwölf Stunden kein einziger Verkehrsunfall gemeldet«, berichtete Binder, während der Fahrer auf die B 270 einbog.

»Ja, ich weiß«, erklärte der Kriminalbeamte. »Ich hab mich schon bei den Kollegen erkundigt.«

»Deshalb solltet ihr euch keine allzu großen Sorgen um eure Mädels machen. Die sitzen bestimmt gemütlich bei irgendeiner Freundin, trinken Tee und warten in aller Ruhe, bis diese Schlechtwetterfront endlich durchgezogen ist«, versuchte Binder die mit Händen zu greifenden Ängste seiner Mitfahrer zu mindern.

Tannenberg seufzte. »Dein Wort in Gottes Ohr.«

Mit verkniffenem Gesichtsausdruck schüttelte Fritz Binder den Kopf. »Man meint ja wirklich, dieses Sauwetter klebt auf der Stelle fest«, schimpfte er. »Seit Stunden schüttet es wie aus Kübeln.«

»Und nun kommt noch ein heftiges Gewitter dazu«,

seufzte Dr. Schönthaler. »Solche Unwetter gibt es doch sonst nur im Hochsommer.«

Aus Richtung der südlich des Walzweihers gelegenen Gemeinde Schopp ertönte ein bedrohlich anschwellendes Donnergrollen. Nur Sekunden später schlug mit einem ohrenbetäubenden Krachen ein gezackter Blitzstrahl in einen Baum am Ufer des Walzweihers ein und spaltete den Stamm genau in der Mitte. Die eine Hälfte der frischbelaubten Eiche blieb trotzig stehen, die andere beugte sich der Naturgewalt und kippte in den See.

Wegen der miserablen Sicht und der Sturzbäche, die von den Berghängen herunterschossen, musste der Fahrer die Geschwindigkeit reduzieren. Ein böiger Wind peitschte den Regen gegen die Frontscheibe, wo die Wischerblätter einen schier aussichtslosen Kampf zu führen hatten.

Binder schaute über die Schulter hinweg nach hinten, wo Tannenberg mit bekümmerter Miene seinen Blick auffing. Er startete einen weiteren Versuch, um die Sorgenfalten aus dem Gesicht seines ehemaligen Mannschaftskameraden zu vertreiben.

»Wolf, sei doch froh, dass deine Frau und deine Mutter so vernünftig waren und sich rechtzeitig vor diesem Mistwetter in Sicherheit gebracht haben«, sagte der ranghohe Feuerwehrmann. »Irgendwer hat sie bestimmt auf die Unwetterwarnung des Deutschen Wetterdienstes aufmerksam gemacht. Oder sie haben die Info selbst im Radio gehört.«

Danach rutschte er zurück in seine normale Sitzposition und deutete auf die sintflutartigen Wassermassen, die quer über die Bundesstraße flossen.

»Bei solchen extremen Witterungsbedingungen sollte man wirklich nicht mit dem Auto durch die Gegend fahren. Vor allem nachts nicht, wo man die Bäume nicht im Blick haben kann. Was meinst du wohl, wie viele Äste bei solch einem Sturm abbrechen.« Er drehte sich spontan zu Tannenberg um. »Mal was anderes: Hast du eigentlich Kinder?«

Dieser Themenwechsel kam so abrupt, dass Tannenbergs pulsierendes Hirn die Frage nicht bewusst aufnehmen konnte. Johannas zukünftiger Ehemann war mental völlig blockiert, denn auch wenn er sich niemals eingestanden hätte: Die Angst um seine beiden Lieblingsfrauen steigerte sich von Minute zu Minute.

Erst als Dr. Schönthaler seinem Freund einen Schubs mit der Schulter versetzte, reagierte dieser. »Was, Fritz? Pardon, ich hab nicht zugehört. Ich war eben mit meinen Gedanken ganz woanders.«

Der Einsatzleiter wiederholte seine Frage.

»Nein«, erwiderte der Kriminalbeamte kurz und knapp. »Wann schaltet ihr denn endlich den Suchscheinwerfer ein?«

»Wolf, wohin sollte denn hier bitte schön ein Auto, das von der Straße abgekommen ist, spurlos verschwinden?«, konterte Binder in altväterlichem Ton.

Er machte eine ausschweifende Geste über das Armaturenbrett hinweg.

»Wie du trotz der eingeschränkten Sichtverhältnisse selbst sehen kannst, wird die Straße auf der linken Seite von Leitplanken begrenzt«, erläuterte Binder. »Und das schon kurz hinter der Einmündung der L 502, die zur Breitenau führt. Nur an der Stelle, wo die Angler zum Walzweiher runterfahren, existiert eine schmale Lücke zwischen den Leitplanken. Siehst du die Stelle, die ich meine?«

Tannenberg nickte. »Bin ja nicht blind.«

»Die Leitplanken enden kurz vor der Abzweigung nach Krickenbach. Und rechts von uns befindet sich auf der gesamten Strecke ein Steilhang. Erst in Höhe des Steinbruchs ›Schweinstal‹, also unmittelbar vor der Abfahrt nach Krickenbach, wird das Gelände eben.«

Der Einsatzleiter drehte sich abermals zu Tannenberg um. »Und dort schalten wir unseren Halogenfluter sofort ein – versprochen.«

Bis zur Einfahrt zum Natursteinwerk ›Schweinstal‹ ließ niemand mehr auch nur einen einzigen Ton verlauten. Erst in der Abbiegespur auf die K 59 brach der Einsatzleiter das Schweigen. »So, Wolf, und nun geht's endlich los.«

Dann legte er einen Schalthebel um und der auf dem Dach des ›Iveco-Magirus 65-12 A‹ montierte 1000-W-Halogenscheinwerfer flammte auf. Trotz der diesigen Regenwand war es nun möglich, den Straßenrand und die Böschung nach Hinweisen auf einen von der Straße abgekommenen PKW abzusuchen und zudem ein gutes Stück weit in den angrenzenden Wald hineinzuleuchten.

Allerdings beteiligten sich nun nicht, wie von Jacob behauptet, acht Augen an der Suchaktion, sondern nur drei Augenpaare, schließlich musste sich der Fahrer auf die Straße konzentrieren. Und die entwickelte sich immer mehr zu einer Schlamm- und Geröllpiste, denn der von den einmündenden Forstwegen ausgeschwemmte Sand und die von den Wassermassen mittransportierten kleinen Steine, Tannenzapfen und Holzstücke fraßen sich zungenförmig in den nassschwarzen Asphalt der Kreisstraße hinein.

Die Sturmböen peitschten den Starkregen fast waagrecht gegen das Einsatzfahrzeug. Deshalb konnten die Männer die Seitenfenster der Doppelkabine nicht herunterkurbeln. Durch den Schlagregen wurde die Sicht stark beeinträchtigt, zudem beschlugen die Glasscheiben von innen. Beim Einsteigen hatte sich Tannenberg den rechten Fensterplatz gesichert und seinen besten Freund zum Statisten degradiert.

»Rutsch mal zurück«, forderte Dr. Schönthaler.

»He?«

»Ich will auch ans Fenster. Wenn ich hier weiter nur blöd neben dir sitzen und auf die Straße starren soll, hätte ich auch zu Hause bleiben können.«

»Na, dann knie dich halt vor mich hin und glotz aus dem Fenster«, schnaubte Tannenberg. »Siehst ja eh nichts.« Widerwillig hob er die langen Beine an und zog sie an seinen Körper heran.

Der Rechtsmediziner ging auf die Knie und wischte mit dem Jackenärmel die angelaufene Scheibe trocken. Trotz des grellen Scheinwerferlichts war die Sicht nicht sonderlich gut.

Und urplötzlich setzte auch noch Hagelschlag ein. Die taubeneiergroßen Eisbrocken trommelten auf das Blechdach und erzeugten eine gespenstische Symphonie der Urgewalten. Innerhalb kürzester Zeit verwandelte sich die Umgebung in eine frostige Winterlandschaft. Eine zentimeterdicke Eisschicht bedeckte die Straße, die Waldwege und die Böschungen, nur die Erde unter dem dichten Geäst der Nadelbäume blieb von der eisigen Naturlaune verschont.

Doch wie auf Knopfdruck war der nächtliche Spuk plötzlich wieder zu Ende.

»Petrus hat wohl gerade eine Kaffeepause eingelegt«, scherzte Binder. »Die sollten wir nutzen. Also, Jungs, kurbelt die Scheiben herunter. Dann könnt ihr besser sehen.«

Dr. Schönthaler kam der Aufforderung umgehend nach. Die Außentemperatur hatte sich merklich reduziert, eiskalte Luft strömte durch die geöffneten Seitenfenster.

»Ein gewaltiger Temperatursturz«, bemerkte der Einsatzleiter.

»Von exakt acht Grad«, verkündete sein Kollege mit Blick auf die digitale Außentemperaturanzeige.

»Na ja, wenigstens ist die Sicht jetzt bedeutend besser«, stellte Tannenberg fest.

»Kein Wunder«, sagte der Fahrer des Feuerwehrautos. »Die Hagelkörner reflektieren das Scheinwerferlicht.«

Danke, du Klugscheißer, kommentierte Dr. Schönthaler tonlos. Darauf wäre ich von alleine nie gekommen.

»Allerdings hat dieser Eisregen leider auch den Nachteil, dass wir wohl kaum Reifenspuren entdecken werden«, bemerkte Binder. »Denn die befinden sich«, ein kurzer Blick nach hinten zur Sitzbank, »wenn sie denn überhaupt da sind, unter der Eisschicht.«

Auch das leuchtet mir spontan ein, amüsierte sich der Pathologe in Gedanken. Wie arm wäre die Welt, wenn es solche neunmalklugen Mentalgiganten wie euch beide nicht gäbe.

Nach einer Kurve tauchte im Scheinwerferlicht des Feuerwehrautos ein quer über die Straße liegender Baum auf. Die haushohe Fichte war offenbar erst vor Kurzem von einer Sturmböe entwurzelt worden, denn von dem zweiten Einsatzfahrzeug war weit und breit nichts zu sehen.

»Oh nein, nicht auch noch das«, stöhnte der Fahrer auf.

Fritz Binder grinste breit. »Da haben unsere Kollegen aber ganz schön Glück gehabt. Dieser Kelch ist gerade noch an ihnen vorbeigegangen.«

»Soll ich sie verständigen, damit sie uns beim Freiräumen helfen?«

»Nee, Torsten, lass mal, das schaffen wir schon alleine«, entschied sein Vorgesetzter.

Die beiden Feuerwehrleute kletterten aus ihrem Fahrzeug und fuhren einen der seitlichen Rollläden in die Höhe, hinter dem sich neben diversen Werkzeugen auch zwei Motorsägen befanden. Mit routinierten Handgriffen warfen sie die Maschinen an und machten sich an die Arbeit.

Tannenberg drückte seinem Freund eine Taschenlampe in die Hand und forderte ihn zum Aussteigen auf.

»Was hast du denn mit diesen trüben Funzeln vor? Damit sieht man bei diesem Sauwetter ja noch nicht mal auf zwei Meter einen Möbelwagen.«

»Quatsch nicht, hilf mir lieber suchen.«

»Wonach denn?«, wollte der Rechtsmediziner wissen, doch er erhielt keine Antwort. Sturer alter Bock, schimpfte er in Gedanken.

Dr. Schönthaler hob die Augenbrauen und zuckte mit den Schultern. »Okay, Wolf, wenn's denn der Wahrheitsfindung dient.«

In den aufschreienden Sound der Motorsägen hinein schob er brüllend nach: »Du hast doch gehört, dass wir wegen der Eisschicht keine Reifenspuren finden können. Also, was soll dieser blinde Aktionismus?«

»Aber vielleicht entdecken wir abgerissene Äste, niedergewalzte Sträucher oder abgeschabte Baumrinde mit roten Lackspuren.«

Es dauerte keine zehn Minuten, dann hatten die Feuerwehrleute den Stamm zersägt und die Äste von der Fahrbahn geräumt. Nun war die immer noch dick mit Hagelkörnern eingedeckte Kreisstraße wieder passierbar.

Beim Verstauen seiner Kettensäge beobachtete der Einsatzleiter Tannenberg dabei, wie er mit einer Handlampe neben dem hochgeklappten Wurzelteller der umgestürzten Fichte den Stamm einer jungen Buche nach Abschabungen und Lackspuren absuchte.

»Mann, Wolf, das bringt doch nichts«, rief Binder hinüber zu seinem ehemaligen Mannschaftskameraden.

»Sag ich ihm auch schon die ganze Zeit«, grummelte der Rechtsmediziner und kletterte in das Einsatzfahrzeug. »Aber der Kerl ist ja stur wie ein Panzer.«

»Das war er früher schon«, lachte Binder. »Wenn uns der Trainer irgendein neues Spielsystem aufdrücken wollte, das ihm nicht passte, hat er einfach so lange das Training boykottiert, bis seine Kritik umgesetzt wurde. Na ja, eigentlich hatte er ja auch das Recht dazu, schließlich war er unser Mannschaftskapitän.«

Der Iveco-Magirus hatte gerade die freigeräumte Stelle passiert, als das andere Einsatzfahrzeug hinter einer Kuppe auftauchte. Die beiden Fahrer hielten nebeneinander an, kurbeln die Scheiben herunter und tauschten sich kurz aus.

Auch auf der anderen Straßenseite war die Suche nach Tannenbergs rotem BMW bislang erfolglos geblieben. Binder ordnete eine Fortsetzung der Suchaktion und eine anschließende Lagebesprechung auf dem Gelterswoog-Parkplatz an.

Kurz nach 3 Uhr traf das zweite Feuerwehrauto am vereinbarten Treffpunkt ein. Alle Männer stiegen aus und postierten sich im Halbkreis vor dem Einsatzleiter.

Fritz Binder klatschte in die Hände. »Kurze Zwischenbilanz, Leute: Bislang haben wir nicht den geringsten Hinweis auf Wolfs Auto oder auf die vermissten Frauen entdecken können.« Er warf Tannenberg einen forschen Blick zu. »Wann hast du zum letzten Mal versucht, die beiden telefonisch zu erreichen?«

»Vor fünf Minuten«, erwiderte der Kriminalbeamte. »Keiner geht ran. Zu Hause hebt niemand ab und Johannas Handy ist nach wie vor tot.«

»Okay, Wolf«, seufzte Binder. Er zog seinen Helm ab und fuhr sich durch die Haare. »Wir brechen die Suchaktion ab und starten eine neue in …«, er schaute auf seine

Armbanduhr, »… exakt vier Stunden. Dann wird es hell und dann wird auch dieser blöde Hagelteppich hoffentlich weggeschmolzen sein.«

Der Truppführer setzte den Feuerwehrhelm wieder auf. »Wenn sich eure Frauen bis dahin nicht gemeldet haben, ziehen wir das volle Programm durch, sprich: Wir starten eine groß angelegte Suchaktion.«

»Und wie sieht die aus?«, wollte Heiner wissen.

»In unserer Leitstelle wird ein Krisenstab eingerichtet, der die Aktivitäten der verschiedenen Helfergruppen koordiniert, die da wären: Einsatzkräfte der Feuerwehr und des Technischen Hilfswerks, Hundertschaften der Bereitschaftspolizei, Suchhundestaffeln und Einsatzkräfte der freiwilligen Feuerwehren. Parallel dazu werden Befragungen und Flugblatt- sowie Plakataktionen durchgeführt, und über Rundfunk- und Zeitungsaufrufe wird um Mithilfe der Bevölkerung gebeten.«

»Das hört sich sehr professionell an«, lobte Dr. Schönthaler.

»Ist es auch«, entgegnete Fritz Binder angesäuert. »Wir alle machen so etwas ja schließlich nicht zum ersten Mal. Er klopfte Tannenberg auf die Schulter. »Ich glaube aber immer noch fest daran, dass eure Frauen in Sicherheit sind und irgendwo auf das Ende dieses Unwetters warten.«

»Hoffentlich hast du recht«, meinte Tannenberg mit belegter Stimme.

»Aber das Unwetter ist doch inzwischen abgezogen«, ergriff Jacob das Wort. »Da können wir doch weiter nach ihnen suchen.«

»Das ist doch Blödsinn, Vater«, wandte Heiner ein. »Wir müssen eh warten, bis das Eis weggetaut ist. Vorher sehen wir keine Reifenspuren.«

»Nee, das ist kein Blödsinn, Heiner. Wir suchen weiter«, gab der alte Herr trotzig zurück.

»Guck dich doch mal an«, mischte sich Tannenberg ein. »Du bist pitschnass und zitterst am ganzen Körper. Willst du dir etwa eine Lungenentzündung holen? Dann hast du hohes Fieber und musst das Bett hüten.«

Ein auffordernder Blick zum Rechtsmediziner, dessen Schuhe völlig durchnässt waren und dem die Kälte von den Socken aus die Beine und den Rücken emporkroch. Demonstrativ stellte Tannenberg den Mantelkragen hoch und hob fröstelnd die Schultern.

»Wolf hat recht, Herr Tannenberg«, pflichtete ihm sein alter Freund bei. »Wir sollten jetzt alle nach Hause fahren, uns unter eine warme Dusche stellen, trockene Klamotten anziehen und uns ein wenig ausruhen.«

»Genau«, unterstützte ihn Heiner. »Und um 7 Uhr sind wir alle wieder hier und suchen gemeinsam mit den anderen Helfern weiter.«

»Ich bleibe hier«, zeigte sich der Rentner weiter von seiner störrischen Seite.

»Also aus medizinischer Sicht kann ich Ihnen nur davon abraten«, sagte Dr. Schönthaler mit hochgezogenen Brauen. »Gerade in Ihrem Alter ist mit einer Lungenentzündung wirklich nicht zu spaßen.«

Heiner legte seinem Vater beide Hände auf die Schultern. »Komm, fahr mit uns nach Hause«, schlug er in sanftem Tonfall vor. »Vielleicht wartet Mutter bereits daheim auf uns.«

»Dann hätte sie schon längst auf meinem Handy angerufen«, knurrte der Senior zurück und hielt demonstrativ sein uraltes Nokia-Handy in die Höhe, das eher einem Knochen als einem Mobiltelefon glich.

4

Zu diesem Zeitpunkt harrte Victor bereits über acht Stunden in seinem gemauerten Unterstand aus. Der ehemalige Jägeransitz war wie geschaffen für seine Zwecke. Wochenlang hatte er zu Hause an seinem Plan herumgetüftelt, dann war es endlich so weit gewesen, und er hatte sich auf die Suche nach einem geeigneten Ort für sein teuflisches Vorhaben machen können.

Ziellos war er durch die Wälder gestreift, bis er schließlich hier am östlichen Ufer des Walzweihers fündig geworden war. Irgendein pfiffiger Förster oder Jäger musste vor vielen Jahren diesen ungewöhnlichen Hochsitz errichtet haben.

Streng genommen verdiente dieser Hochsitz den Namen gar nicht, bezeichnete man mit diesem Begriff doch für gewöhnlich eine auf langen Holzstelzen aufgepflanzte Jagdkanzel, die nur über eine Leiter zu erklimmen war.

Dagegen war der Zugang zu diesem »Hochsitz« ebenerdig und somit ohne jegliche Steighilfe möglich, denn der einfallsreiche Waidmann hatte für seinen Ansitz einen überhängenden Sandsteinfelsen gewählt, unter dem er auf zwei Seiten aus Bruchsteinen Wände hochgemauert hatte.

An der Frontseite hatte der Erbauer eine kleine Mauer hochgezogen, auf der man ideal ein Jagdgewehr auflegen konnte und von wo aus der Schütze freie Sicht auf den Walzweiher hatte.

In der winzigen Hütte stand neben einer schmalen Holzbank mit Rückenlehne ein kleines Regal, auf dem sich eine leere Bierflasche befand. Das aufgedruckte Haltbarkeitsdatum war bereits seit mehr als zehn Jahren überschritten.

Als Victor diesen ungewöhnlichen Jägeransitz entdeckt hatte, war dieser völlig überwuchert gewesen, und er hatte den Zugang erst mühsam freischneiden müssen. Aber die Anstrengungen hatten sich gelohnt, denn der Unterstand war von dem im Tal vorbeiführenden Forstweg aus nicht einzusehen und schützte selbst vor solch einem schweren Unwetter, wie es sich seit Stunden über dem Pfälzer Wald austobte.

Nach einer weiteren andächtigen Bibelrezitation schloss Victor die Augen, sog in einem tiefen Zug die feuchte, kalte Nachtluft ein und klappte anschließend die Handbibel zu. Danach schaltete er die batteriebetriebene Leseleuchte aus und verstaute sie und die Heilige Schrift in seinem Rucksack.

Gähnend streckte er die Beine so weit von sich, bis seine Füße auf die Frontwand der gemauerten Jagdkanzel trafen. Durch die Anspannung der Beinmuskulatur hob sein Hinterteil kurz von der Ansitzbank ab.

Während er zischend die aufgestaute Luft wie aus einem Blasebalg entweichen ließ, kehrte er wieder in seine ursprüngliche Sitzposition zurück. Er nahm einen großen Schluck aus seiner Wasserflasche und wischte sich mit dem Handrücken die Feuchte vom Mund.

Mitternacht ist nun schon seit über drei Stunden vorüber, sinnierte er. Aber diese Ahnungslosen haben immer noch nicht den blassesten Schimmer, wo ihre blöden Weiber abgeblieben sind. Aber ich weiß es.

Ein leises, hämisches Kichern.

Ja, ja, der liebe, gute Victor weiß es.

Er ballte die Hand zur Faust und reckte sie in die Höhe.

Aber ihr Penner wisst es noch immer nicht!

Er öffnete seine Brotbox, entnahm ihr ein reichlich mit

Senf und Essiggurken dekoriertes Leberwurstbrot und schlug gierig wie ein ausgehungertes Raubtier seine Zähne hinein. Mit geschlossenen Augen leckte er den Senf von seinen Fingern ab und biss gleich noch einmal herzhaft zu.

Bin sehr gespannt, wann die hier wieder auftauchen werden. Diese Blindfüchse sind zwar schon ein paarmal am Walzweiher vorbeigefahren, aber angehalten und nach ihren Lieben gesucht haben sie dort nicht.

Wieder ein unterdrücktes, schadenfrohes Lachen.

War vielleicht auch besser so, denn eigentlich wollen sie ja gar nicht finden, was sie oder andere irgendwann finden werden.

Grunzend zog er die Nase hoch.

Wenn sie wegen dieses Sauwetters keine Reifenspuren mehr entdecken, werde ich ihnen eben einen entscheidenden Hinweis geben.

Schmunzelnd legte Victor den Kopf schief.

Vielleicht aber auch nicht. Auf alle Fälle lasse ich sie noch eine Weile zappeln. Eigentlich ist es mir völlig egal, wann sie ihre Suchaktion fortsetzen, denn Zeit habe ich ja in Hülle und Fülle.

Zufrieden tätschelte er seinen großen, prall gefüllten Rucksack.

Proviant habe ich auch genügend dabei. Der reicht mindestens für vier, fünf Tage, wenn nicht sogar noch länger. Und bis dahin werden die ihre Zuckerpüppchen ja hoffentlich gefunden haben. Obwohl ich es ihnen durch meine perfekte Planung und Ausführung ziemlich schwer gemacht habe.

Er verzog seinen Mund zu einem überheblichen Grinsen.

»Das hast du wirklich perfekt hingekriegt, Victor«, lobte er sich selbst.

Der heftige Hagelschauer, der nur einen Kilometer von Victors Aufenthaltsort entfernt die Landschaft mit einer dicken Eisschicht überzogen hatte, war südlich des Walzweihers vorbeigezogen und hatte seine weiße Pracht über Schopp und Krickenbach ausgeschüttet.

An Victors Unterschlupf dagegen hatte es in Strömen geregnet, aber vor circa einer Viertelstunde hatte der Himmel plötzlich seine Wasserhähne zugedreht, und der stürmische Wind, der über den Unterstand gefegt war und die frisch belaubten Baumkronen in wilde Pendel verwandelt hatte, hatte sich gelegt.

Außer dem Geräusch der von den Blättern herabfallenden Wassertropfen war es vollkommen still im Wald. Weder der Schrei eines gefiederten Nachtjägers noch das Rascheln eines umherstreifenden Wildtieres, nichts, nur geradezu andächtige Stille. Die Waldbewohner schienen dem Frieden nicht so recht zu trauen und hielten sich lieber noch eine Weile in ihren Verstecken auf.

Victor trat vor die kleine Hütte und zog die Kopfhalterung über, an der sein Nachtsichtgerät befestigt war. Der Restlichtverstärker tauchte die Umgebung in helle Grüntöne und ermöglichte eine gute Sicht über die Wasserfläche des Walzweihers bis hinüber zur B 270, auf der seit Minuten kein einziges Auto mehr unterwegs gewesen war.

5

Zu dieser nächtlichen Stunde war das Musikerviertel wie ausgestorben. Als Tannenberg und seine Begleiter im Elternhaus in der Beethovenstraße eintrafen, wurden die Heimkehrer nur von Kurt erwartet. Es fand sich noch nicht einmal der kleinste Hinweis auf Margot und Johanna. Weder brannte irgendwo Licht noch parkte das feuerrote BMW Cabrio vor dem Haus oder stand in der Garage noch blinkte einer der beiden Anrufbeantworter.

Mit seinem sensiblen Näschen roch der bärenartige Familienhund natürlich die Angst, die Jacob und seinen Söhnen aus jeder Hautpore strömte. Obwohl Kurt seit jeher extrem verschmust und anhänglich war, setzte er in diesen schweren Stunden noch eins drauf und wich seinem geliebten Herrchen keinen Millimeter mehr von der Seite. Hätte ihn Tannenberg nicht am Halsband aus dem Badezimmer gezerrt und die Tür verschlossen, wäre ihm der tapsige Riesenhund garantiert in die Duschkabine gefolgt.

Um 6.30 Uhr läutete der Rechtsmediziner, der nur einen Steinwurf entfernt in der Glockenstraße wohnte, an der Haustür. Dr. Schönthaler sah aus, als hätte er sich kurz zuvor bei einem Herrenausstatter neu eingekleidet: Er trug einen tadellos sitzenden, dunkelblauen, einreihigen Anzug mit legerer Fliege im Denim-Look sowie hochglanzpolierte schwarze Lederschuhe.

»Immer noch kein Lebenszeichen von Hanne und deiner Mutter?«, fragte er seinen alten Freund, der auf der Türschwelle stand und ihm todtraurig entgegenblickte.

Wolfram Tannenberg schüttelte deprimiert den Kopf, wandte ihm den Rücken zu und schlurfte mit hängenden Schultern die Treppen hoch. Erst bei diesem herzzerreißenden Anblick wurde Dr. Schönthaler schlagartig bewusst, welchen bedeutungsschweren Begriff er gerade benutzt hatte.

Dieses Wort war ihm zwar völlig unbedacht über die Lippen gekommen, aber es traf exakt den Kern der Sache, nämlich die niederschmetternde Erkenntnis, die alle die ganze Zeit über verdrängt hatten. Bislang hatte noch niemand das ausgesprochen, was nach aller kriminalistischen Erfahrung immer wahrscheinlicher wurde, nämlich der Tod der Familienangehörigen.

Es existierten genau vier Erklärungsmöglichkeiten für das plötzliche Verschwinden der beiden Frauen: Entweder sie hatten sich freiwillig aus dem Staub gemacht oder sie waren Opfer eines schweren Verkehrsunfalls, eines Kapitalverbrechens oder einer Entführung geworden.

Im vorliegenden Fall war Ersteres definitiv auszuschließen. Und die Hoffnung, dass Johanna und Margot bei irgendeiner Bekannten untergekommen waren, um dort auf bessere Straßenverhältnisse zu warten, schwand von Stunde zu Stunde, denn nach dem Durchzug der Schlechtwetterfront hatten sich die Straßenverhältnisse zumindest so weit normalisiert, dass eine Autofahrt von Krickenbach nach Kaiserslautern wieder gefahrlos möglich war.

Tannenberg rief seine engsten Mitarbeiter an, die sich um diese Uhrzeit alle noch zu Hause aufhielten, und informierte sie über die dramatischen Ereignisse der vergangenen Nacht. Anschließend teilte er ihnen mit, dass er so lange nicht zum Dienst erscheinen werde, bis Klarheit über den Verbleib der vermissten Frauen herrsche. Seine Kollegen, die Hanne und Tannenbergs Mutter gut kannten, reagierten geschockt und sicherten ihm selbstredend ihre volle Unterstützung zu.

In den frühen Morgenstunden hatte Fritz Binder die für die Suchaktion benötigten Helfer angefordert und einen detaillierten Einsatzplan entwickelt. Als Tannenberg in Begleitung von Jacob und Heiner kurz vor 7 Uhr am vereinbarten Treffpunkt eintraf, rückten gerade die Mannschaftsbusse der Bereitschaftspolizei aus.

Die Polizeischüler hatten den Auftrag, die Strecke von der Abzweigung der B 270 am Schweinsdell bis nach Krickenbach systematisch abzugehen und dabei auf beiden Seiten der Landstraße nach Spuren des gesuchten Fahrzeugs und der zwei Insassen Ausschau zu halten.

»Und wir fahren nach Krickenbach und befragen die Anwohner des Gemeindezentrums und alle Landfrauen, die wir auftreiben können«, entschied Tannenberg auf dem Parkplatz des Strandbades.

Seine Begleiter nickten stumm.

»Vielleicht weiß ja doch eine von ihnen, wo Mutter und Hanne abgeblieben sein könnten.« Der deprimierte Klang seiner Stimme verriet allerdings, dass er auf diese Möglichkeit nur wenig Hoffnung setzte. Heiner startete sein Auto und steuerte den Van auf die Bundesstraße.

»Halt da vorne an«, rief Jacob plötzlich, als sein ältester Sohn die Einmündung der L 502 auf die B 270 passierte.

»Was?«

»Fahr mal in den Parkplatz am Walzweiher rein«, forderte der Rentner. Mit seinem ausgestreckten Arm wies er in Richtung einer circa fünf Meter breiten Lücke zwischen den Leitplanken.

»Da stehen zwei Autos. Vielleicht gehören die ja Anglern, die am Walzweiher fischen«, spekulierte er. »Womöglich sind die schon länger da und haben irgendwas gesehen, das uns weiterhilft.«

Heiner tat wie ihm geheißen. Tatsächlich saßen am Ufer des Sees drei schweigende Männer auf Campingstühlen neben ihren Angelruten und stierten regungslos auf die leicht gekräuselte Wasseroberfläche.

»Ihr wartet hier im Auto«, befahl der Kriminalbeamte. »Sonst meinen die armen Angler noch, wir wollten sie überfallen.«

Noch bevor Heiners Auto zum Stillstand gekommen war, riss Tannenberg die Tür auf, sprang hinaus und marschierte los. Zuerst passierte er eine etwa zehn Meter breite Schneise, die vor ein paar Monaten um einen neu errichteten Strommast herum in den Wald hineingeschlagen worden war. Einige Schritte weiter führte ein schmaler Pfad hinunter zum See.

Die Männer, die alle im Rentneralter waren, reagierten äußerst aggressiv auf den ungebetenen Besucher. Böse Blicke, geballte Fäuste und wütendes Fauchen. Einer von ihnen erhob sich und schritt mit feindseliger Miene auf den Ruhestörer zu.

»Was wollen Sie hier in aller Herrgottsfrühe? Sie verscheuchen uns die Fische! Verschwinden Sie sofort aus unserem Angelrevier!«, schnauzte der erboste Hobbyfischer.

Tannenberg zeigte ihm seinen Dienstausweis und schilderte die Sachlage, woraufhin sich der grauhaarige Petrijünger sofort entspannte und bereitwillig Auskunft gab. Er wusste allerdings nichts Interessantes zu berichten. Der Leiter der Kaiserslauterer Mordkommission bedankte sich und reichte ihm seine Visitenkarte.

»Wenn Ihnen oder Ihren Freunden etwas auffällt oder Sie sich an irgendetwas Besonderes erinnern, rufen Sie mich bitte sofort an.«

Der Sportangler nickte. »Mache ich, Sie können sich darauf verlassen.« Er musterte die Visitenkarte. »Sind Sie etwa mit Jacob Tannenberg verwandt?«, wollte er wissen.

»Ja, er ist mein Vater.«

»Ach, das ist ja lustig. Schönen Gruß an den alten Knacker«, lachte der Angler und rief dem davoneilenden Kriminalbeamten hinterher: »Vom Meier Schorsch aus Schmalenberg. Manchmal stehen wir im Tchibo am selben Tisch.«

Auf halber Wegstrecke nach Krickenbach machte sich Wolfram Tannenbergs Handy bemerkbar. Der Vibrationsalarm löste einen Stich in seiner Magengegend aus. Mit zitternder Hand fummelte er das Smartphone aus der Hosentasche.

Heiner steuerte seinen Van in einen Forstweg. »Wer ist es?«, rief er über die Schulter nach hinten. Auch Jacob blickte Tannenberg erwartungsvoll an.

Doch der Hoffnungsschimmer verblasste so schnell, wie er aufgeleuchtet war, denn weder ›Hanne ruft an‹ noch ›Festnetz Beethovenstraße‹ erschien auf dem Display, sondern ›Unbekannter Anrufer‹. Tannenberg gab die ernüchternde Anzeige weiter.

»Geh endlich ran«, befahl sein Vater.

Tannenberg drückte die Verbindungstaste, meldete sich mit Namen und Dienstgrad.

»Hier ist der Meier Schorsch, Herr Hauptkommissar«, sagte der Hobbyfischer. »Hören Sie mich?«

»Klar, Mann, laut und deutlich«, entgegnete der Kriminalbeamte und drückte die Lautsprechertaste, damit alle Wageninsassen mithören konnten.

»Gut, denn ich muss Ihnen etwas sagen.«

»Was denn?«

Georg Meier räusperte sich. »Also, ich weiß ja nicht, ob's wirklich wichtig ist, Herr Hauptkommissar, aber etwas ist schon komisch heute Morgen. Also, anders als sonst, meine ich.«

Dem Leiter des K 1 riss allmählich der Geduldsfaden. »Und was ist komisch heute Morgen, Herr Meier? Raus mit der Sprache«, bedrängte er den Anrufer.

»Also, Herr Hauptkommissar, das ist so: Während dieses fürchterlichen Unwetters heute Nacht hat der Blitz in eine alte Eiche eingeschlagen, die direkt am Weiher steht, und hat sie in der Mitte gespalten. Die vordere Hälfte ist ins Wasser gefallen. Anscheinend hat das die Fische verscheucht. Es hat jedenfalls noch keiner angebissen.«

Wolfram Tannenberg konnte sich nur mit Mühe beherrschen. »Bitte, Herr Meier, kommen Sie endlich zur Sache«, forderte er.

»Bin doch gerade dabei«, erwiderte der Angler etwas angesäuert. »Genau an der Stelle, wo die Eiche ins Wasser gestürzt ist, steigen Luftblasen auf.«

Und wieder ein Messerstich in Tannenbergs Körper, diesmal ins Herz. »Seit wann?«, keuchte er in sein Smartphone.

»Das weiß ich leider nicht, denn es ist uns eben erst aufgefallen. Nachdem Sie …«

Weiter kam Meier nicht, denn der Chef-Ermittler hatte bereits aufgelegt. »Los, Heiner, wir fahren sofort zurück zum Walzweiher.«

»Keine Panik, Wolf, das ist bestimmt nur falscher Alarm«, beschwichtigte Dr. Schönthaler.

»Das hoffe ich inständig«, meinte Heiner und präsentierte eine scheinbar naheliegende Erklärung: »Durch den umgestürzten Baum wurden wahrscheinlich nur irgendwelche Faulgase freigesetzt, die am Seegrund eingeschlossen waren.«

Dem deprimierten Tonfall seiner Stimme konnte man jedoch entnehmen, dass er selbst nur halbherzig an das glaubte, was er eben verkündet hatte. Auch ihn hatte während des Anrufs die eiserne Faust der Angst im Genick gepackt und kräftig durchgeschüttelt.

Als Heiners Van am Walzweiher eintraf, erwartete sie Georg Meier hinter einer Leitplanke. Er ruderte so heftig mit den Armen, als fürchtete er, Heiner könnte die Einfahrt zum Parkplatz übersehen.

»Moin, Jacob«, begrüßte der Hobbyangler das Familienoberhaupt der Tannenbergs.

»Moin«, knurrte Jacob, denn dieser Meier Schorsch aus Schmalenberg stand in der Beliebtheitsskala seiner Tchibo-Kameraden ganz weit unten.

Obwohl er diesem unsympathischen, großspurigen Menschen sonst nur die kalte Schulter zeigte, musste er nun doch gute Miene zum bösen Spiel machen.

»Wo hast du die Luftblasen gesehen?«, fragte Jacob Tannenberg so freundlich wie nur irgend möglich.

Der Angler wies auf die Mitte des gut einen Kilometer langen, aber nur hundert Meter breiten Weihers, über dessen Wasserfläche sich durch die ersten Sonnenstrahlen inzwischen wabernde Dunstschleier gebildet hatten.

»Dort, wo die Eiche ins Wasser gefallen ist«, erläuterte Georg Meier und ergänzte: »Von hier aus sieht man das Blubbern nicht gut. Unten auf der Brücke sieht man's besser. Von dort aus sind es höchstens zehn Meter bis zu der Stelle, wo die Blasen aufgestiegen sind. Noch vor fünf Minuten war ich dort und habe welche gesehen.«

Wolfram Tannenberg und sein Bruder hasteten den schmalen Pfad hinunter zum See und stürmten auf die Metallbrücke, die den See etwa in der Mitte teilte und die beiden Ufer miteinander verband.

Das von den schweren Männertritten auf den Stahlrosten

erzeugte Geräusch hallte gespenstisch durch das enge Tal. Nun war an diesem Morgen endgültig nicht mehr an einen erfolgreichen Fischfang zu denken. Mit zerknirschten Mienen holten die Hobbyangler ihre Angelruten ein.

»Wie tief ist eigentlich der Walzweiher?«, schmetterte Tannenberg den frustrierten Petrijüngern entgegen.

»Keine Ahnung«, rief einer der am westlichen Seeufer stehenden Männer zurück, »aber ich schätze mal nicht sehr tief.«

»Scheiße, Wolf, was machen wir jetzt?«, zischte Heiner. »Da steigen ja wirklich Luftblasen auf.«

»Na, was wohl?«, sagte sein Bruder, der allerdings nicht ernsthaft eine Antwort erwartete, denn diese rhetorische Frage war nichts anderes als eine Aufforderung.

Heiner verstand sie sofort. Angewidert verzog er das Gesicht, als ob man ihm verfaultes Gammelfleisch vorgesetzt hätte.

»Du willst doch nicht etwa in diese trübe Brühe rein, oder?«, fragte er mit geschürzten Lippen.

Tannenberg antwortete nicht, sondern zog seine Jacke aus und hängte sie über das Metallgeländer. Dann folgten Sweater und Jeans.

»Na los, mach schon und zieh dich auch aus«, feuerte Jacob seinen ältesten Sohn an. »Ihr habt beide beim KSK schwimmen gelernt und seid früher sogar Wettkämpfe geschwommen. Also zeigt, was ihr noch draufhabt.«

Heiner öffnete die Arme zu einer Geste der Ohnmacht. Obwohl er nicht die geringste Lust auf ein Bad hatte, sah er ein, dass es keine Alternative gab, als seinen Bruder zu begleiten. Nach einem tiefen Seufzer streifte er sich ebenfalls die Kleider vom Körper und zog Schuhe und Strümpfe aus.

»Das Wasser ist doch bestimmt saukalt«, versuchte er leisen Protest anzumelden.

»Kostprobe gefällig?«, fragte Dr. Schönthaler und spritzte die Brüder nass. Anschließend trocknete er seine feuchte Hand an seinem Taschentuch ab. »Ich würde ja auch gerne, aber ich bin wasserscheu. Ich glaube eh, dass euer Aktionismus überflüssig ist und dieses Blubbern eine natürliche Ursache hat.«

»Das werden wir gleich wissen«, sagte Jacob.

Angewidert tauchte Heiner die Fingerspitzen in die trübe Brühe. »Na ja, Badewannentemperatur hat dieses Wasser nicht gerade«, sagte er.

Tannenberg kletterte über das Geländer, hielt sich an den Metallstäben fest und ließ sich langsam ins Wasser gleiten. Heiner schüttelte sich kurz, dann biss er die Zähne zusammen und folgte widerwillig seinem Bruder.

Die ehemaligen Wettkampfschwimmer kraulten zu der Stelle, wo die gespaltene Eiche in den See gestürzt war. Offensichtlich hatte sich der Stamm beim Umfallen verdreht, denn einige dicke Äste ragten mehrere Meter aus der Wasseroberfläche. Die beiden klammerten sich daran fest und kletterten aus dem Wasser.

»Mann, ist das kalt«, fluchte Heiner, während er gemeinsam mit seinem Bruder die Wasseroberfläche nach Luftblasen absuchte. »Verflucht, ich kann keine einzige entdecken.«

»Ich auch nicht«, stimmte Tannenberg zu.

»Mensch, Wolf, mir ist so saukalt«, jammerte Heiner. Sein gesamter Körper war inzwischen von Gänsehaut bedeckt und seine Zähne klapperten wie eine Nähmaschine. »Ich glaube, ich erfriere gleich.«

»So schnell erfriert man nicht«, kommentierte sein Vater von der Brücke her.

In Heiner keimte ein Funken Hoffnung auf. »Vielleicht war es ja doch falscher Alarm.« Ein kleines Lächeln huschte über sein Gesicht. »Und die Angler haben sich das nur eingebildet.«

»Von wegen«, sagte Tannenberg und deutete zwischen das Astwerk zu seinen Füßen.

»Scheiße«, zischte Heiner. »Wer taucht zuerst?«

»Ich.«

»Okay. Aber kein Risiko, Wolf, klar?«, mahnte sein Bruder.

Tannenberg nickte. Dann ließ er sich zurück in die naturtrübe Brühe gleiten und schob sich an dem dicken Ast, an den er sich geklammert hatte, vorsichtig nach unten. Sein linker Fuß hielt Kontakt zu der rauen Eichenrinde, während sein rechter Fuß auf der Suche nach der Karosserie beziehungsweise dem Stoffverdeck seines Cabrios herumtastete. Aber er kam nicht sehr weit, denn der Weg nach unten war von undurchdringlichem Astwerk versperrt. Außerdem konnte er die Luft kaum eine Minuten lang anhalten, weit weniger als er gehofft hatte. Dann war Heiner an der Reihe, aber ihm erging es ähnlich. Nach mehreren Tauchgängen brachen die Brüder ihre Suche ergebnislos ab und kraulten zurück zur Brücke.

»Das bringt nichts«, prustete Tannenberg. »Wir brauchen Taucher mit Sauerstoffgeräten und starken Unterwasserlampen. In dieser Dreckbrühe sieht man überhaupt nichts. Außerdem …«

Hechelnd brach er ab und schöpfte ein paarmal tief Atem, bevor er fortfahren konnte: »Außerdem brauchen wir schweres Gerät, mit dem wir diesen Scheißbaum hochhieven können. Wenn mein Auto tatsächlich darunter begraben wurde, kommen wir nicht ran, weil der Stamm und dicke Äste darüberliegen. Wir müssen Binder verständigen, dass er sich sofort darum kümmert.«

Dr. Schönthaler hatte in der Zwischenzeit zwei Decken aus Heiners Van geholt. Tannenbergs Bruder, der als Müllkutscher der Familie fungierte, schlug darin sonst die ausgemusterten Gegenstände ein, die er ab und an zum Wertstoffhof transportierte.

»Zieht alles aus, auch die nassen Unterhosen«, befahl der Mediziner. »Sonst holt ihr euch noch den Tod.«

Verdammt, Rainer, was bist du nur für ein Idiot!, beschimpfte er sich in Gedanken. Schon wieder so ein bescheuertes Wort. Und das in dieser Situation. Mann!

6

Na, jetzt kommt endlich ein bisschen Bewegung in die Sache, freute sich Victor. Wie putzig die beiden an den Ästen hingen, wie Affen an ihren Kletterbäumchen, spottete er. Ein nur mühsam unterdrücktes Kichern. Oder besser gesagt, wie Schiffbrüchige am Mast ihres gekenterten Segelschiffs, die sich verzweifelt an einen sprichwörtlichen Strohhalm klammern. Wie süß sie in ihren karierten Unterhosen ausschauen. Eingepackt in Wolldecken und schnatternd wie Gänse – ein Bild für die Götter! Ach, was für ein herrlicher Anblick!

Victor legte den Feldstecher neben sich auf die Ansitzbank. Seine vom langen Sitzen verkrampfte Muskulatur musste dringend gedehnt werden. Deshalb verschränkte er die Hände hinter dem Kopf und streckte die Beine so weit nach vorn, bis sie die Steinmauer berührten.

Er sperrte den Mund weit auf und gähnte ausgiebig. Anschließend warf er einen Blick auf das 3,5-Zoll-LCD-Display der professionellen Videokamera, die er sich von seiner kleinen Erbschaft geleistet hatte. Er hatte sie auf ein Stativ aufgepflanzt, mit dessen Hilfe optimale Ergebnisse erzielt werden konnten.

Das moderne Aufnahmegerät war mit einem Superzoom ausgestattet und zeichnete seit den frühen Abendstunden des gestrigen Tages diejenigen Ereignisse auf, die unbedingt für die Nachwelt festgehalten werden mussten. Jedenfalls nach Victors Meinung, und die war schließlich die maßgebliche.

Er zoomte auf die aschgrauen Gesichter der beiden Männer, die fröstelnd nebeneinander auf der Metallbrücke standen und die Decken eng an ihre ausgekühlten Körper pressten. Ein Greis, der bei ihnen offenbar das Sagen hatte, reichte dem Größeren der beiden ein Handy. Nachdem dieser kurz telefoniert hatte, gingen alle zusammen zurück zu ihrem Auto.

Die haben garantiert Taucher angefordert, spekulierte Victor. Und wahrscheinlich auch noch einen Kran, um die Eiche anzuheben. Das wird eine Weile dauern. Zeit, ein wenig in der Offenbarung des Johannes zu schmökern.

Victor zog an seiner Halskette, legte das kleine goldene Kreuz zwischen die Fingerkuppen und küsste es. Dann schlug er eine seiner Lieblingsstellen auf und begann flüsternd den Text vorzulesen.

»Dann machten sich die sieben Engel bereit, die sieben Posaunen zu blasen. Der erste Engel blies seine Posaune. Da fielen Hagel und Feuer, die mit Blut vermischt waren, auf das Land. Es verbrannte ein Drittel des Landes, ein Drittel der Bäume und alles grüne Gras.

Der zweite Engel blies seine Posaune. Da wurde etwas, das einem großen brennenden Berg glich, ins Meer geworfen. Ein Drittel des Meeres wurde zu Blut. Und ein Drittel der Geschöpfe, die im Meer leben, kam um, und ein Drittel der Schiffe wurde vernichtet.

Der dritte Engel blies seine Posaune. Da fiel ein großer Stern vom Himmel; er loderte wie eine Fackel und fiel auf ein Drittel der Flüsse und auf die Quellen. Der Name des Sterns ist ›Wermut‹. Ein Drittel des Wassers wurde bitter, und viele Menschen starben durch das Wasser, weil es bitter geworden war.

Der vierte Engel blies seine Posaune. Da wurde ein Drittel der Sonne und ein Drittel des Mondes und ein Drittel der Sterne getroffen, sodass sie ein Drittel ihrer Leuchtkraft verloren und der Tag um ein Drittel dunkler wurde und ebenso die Nacht. Und ich sah und hörte: Ein Adler flog hoch am Himmel und rief mit lauter Stimme: ›Wehe! Wehe! Wehe den Bewohnern der Erde! Noch drei Engel werden ihre Posaunen blasen.‹

Der fünfte Engel blies seine Posaune. Da sah ich einen Stern, der vom Himmel auf die Erde gefallen war; ihm wurde der Schlüssel zu dem Schacht gegeben, der in den Abgrund führt. Und er öffnete den Schacht des Abgrunds. Da stieg Rauch aus dem Schacht auf, wie aus einem großen Ofen, und Sonne und Luft wurden verfinstert durch den Rauch aus dem Schacht. Aus dem Rauch kamen Heuschrecken über die Erde, und ihnen wurde Kraft gegeben, wie sie Skorpione auf der Erde haben.

Es wurde ihnen gesagt, sie sollten dem Gras auf der Erde, den grünen Pflanzen und den Bäumen keinen Schaden zufügen, sondern nur den Menschen, die das Siegel Gottes nicht auf der Stirn haben. Es wurde ihnen befohlen, die Menschen nicht zu töten, sondern nur zu quälen, fünf Monate lang. Und der Schmerz, den sie zufügen, ist so stark, wie wenn ein Skorpion einen Menschen sticht.«

Victor trank einen Schluck Wasser. Dann schloss er die Augen und küsste erneut andächtig das Kreuz. Anschließend blätterte er weiter zur nächsten markierten Textstelle.

»Und ich hörte eine große Stimme aus dem Tempel, die sprach zu den sieben Engeln: ›Gehet hin und gießet aus die Schalen des Zorns Gottes auf die Erde!‹ Und der andere Engel goss aus seine Schale ins Meer; und es ward Blut wie eines Toten, und alle lebendigen Seelen starben in dem Meer. Und der dritte Engel goss aus seine Schale in die Wasserströme und in die Wasserbrunnen; und es ward Blut.«

7

Tannenberg rief seinen ehemaligen Mannschaftskameraden an und berichtete ihm in knappen Sätzen von den erfolglosen Tauchversuchen der Brüder.

»Ihr seid mir vielleicht zwei bekloppte Kerle«, frotzelte Binder. »Wie kann man nur bei solchen Temperaturen freiwillig ins Wasser gehen? Und das auch noch ohne Neoprenanzug, sondern nur in Unterhosen. Das muss ein Bild für die Götter gewesen sein. Schade, dass ich nicht dabei war.«

»Das war nicht freiwillig«, raunzte Tannenberg.

»Du behauptest also allen Ernstes, dass dein Auto im Walzweiher liegt. Welche konkreten Hinweise hast du denn für solch eine gewagte Theorie?«, wollte Binder wissen.

Als es am anderen Ende der Funkverbindung nur knurrte, hakte der Einsatzleiter der Kaiserslauterer Berufsfeuerwehr nach. »Wolf, ich hab dich etwas gefragt.«

»Wir haben definitiv Luftblasen gesehen«, antwortete der Kriminalbeamte. »Das war keine Einbildung. Die Angler haben uns schließlich deshalb verständigt, weil sie diese Blasen gesehen haben und sich deren Ursache nicht erklären konnten.«

»Luftblasen, die von irgendwoher an die Wasseroberfläche blubbern«, entgegnete Binder mit hohngetränkter Stimme.

»Nicht von irgendwoher. Sie stammen eindeutig von etwas unter dieser umgestürzten Eiche.«

»Ja, wahrscheinlich liegt dort unten ein altes Fass oder

sonst was rum, das von einem Ast der umgestürzten Eiche aufgerissen wurde.«

»Nein, Fritz, das glaube ich nicht«, beharrte der Chef-Ermittler auf seiner Spekulation. »Wir müssen diese Frage unbedingt abklären. Und deshalb brauchen wir so schnell wie möglich deine Taucher.«

»Das reicht mir aber nicht, Wolf. Ich kann doch nicht die Rettungstaucher wegen irgendwelchen läppischen Luftblasen alarmieren. Um solch einen kostspieligen Einsatz vor meinem Chef zu rechtfertigen, brauche ich schon bedeutend mehr.«

»Ich nehm's auf meine Kappe, Fritz. Wenn's sein muss, zahlen wir diesen Einsatz aus eigener Tasche.«

Binder ließ einen Stoßseufzer verlauten. »Gut, Wolf, wenn du mir die Kostenübernahme bei einem Fehlalarm zusicherst, dann machen wir das ausnahmsweise.«

»Danke, Fritz. Und einen Kran kannst du auch gleich mitordern.«

»Einen Kran?«, höhnte Binder. »Nee, Wolf, das garantiert nicht.«

»Warum? Auch diese Kosten übernehmen wir.«

»Vergiss es, Wolf. Was glaubst du wohl, welchen Stundensatz wir für den Einsatz unseres vierachsigen Mobilkrans berechnen müssen? Der besitzt ein Gesamtgewicht von 48 Tonnen und hat 700.000 Euro gekostet!«

Tannenberg wurde immer verzweifelter. Nervös trippelte er auf der Stelle herum. »Aber den brauchen wir doch, um die Eiche zu heben.«

Der Einsatzleiter schnaubte genervt. »Mensch, Wolf, bislang hast du nichts als eine vage Vermutung vorzuweisen. Eure Tauchgänge haben doch auch keine neuen Indizien geliefert.«

»Ich …«, setzte Tannenberg an, doch sein ehemaliger Sportkamerad ließ ihn nicht zu Wort kommen.

»Ich kann nicht wegen ein paar Luftblasen, die in einem See aufsteigen, und ohne einen ernstzunehmenden Hinweis darauf, dass sich in diesem Weiher ein vermisstes Auto befindet, solch eine Riesenaktion veranstalten«, schnitt er ihm das Wort ab. »Mein Chef würde mir glatt den Kopf abreißen!«

»Und wenn du's nicht tust, reiße ich ihn dir ab!«, brüllte Tannenberg ins Mikro seines Smartphones.

»Okay, Wolf, damit du endlich Ruhe gibst, mache ich dir einen vernünftigen Vorschlag«, gab Binder endlich klein bei. »Ich verständige die Rettungstaucher. Und falls die tatsächlich etwas finden sollten, kriegst du in Gottes Namen auch deinen Kran, versprochen. Der ist dann eine Viertelstunde später am Walzweiher.«

Tannenberg war erleichtert. »Danke, Fritz«, schniefte er.

»Ich bitte meine Kollegen, Unterhosen für euch mitzubringen. Die haben immer welche in Reserve in ihren Spinden.«

Danach war das Gespräch zu Ende. Doch Tannenberg kam nicht zur Ruhe. Rastlos tigerte er um Heiners Auto herum.

Dr. Schönthaler saß auf der Leitplanke und ließ seinen hyperaktiven Freund nicht aus den Augen. »Was ist eigentlich mit einer Handyortung?«, fragte er.

Wolfram Tannenberg winkte ab. »Das kannst du vergessen, Rainer. Erstens ist Hannes Handy höchstwahrscheinlich ausgeschaltet.« Er blieb stehen, blickte hinunter zum See und schluckte hart. »Oder es ist funktionsunfähig.«

Der Rechtsmediziner reichte ihm ein gebügeltes Taschentuch. Tannenberg schnäuzte sich geräuschvoll die Nase.

»Selbst wenn das Handy eingeschaltet wäre, würde uns das kaum etwas nützen, denn je tiefer sich ein Handy unter Wasser befindet, desto schlechter ist eine Ortung möglich, weil das Wasser die Funkwellen nicht in die Tiefe weiterleitet.«

Dr. Schönthaler nickte stumm.

»Aber versuchen könnt ihr das doch trotzdem«, sagte Jacob.

Seitdem er seinen Söhnen den Abhang hinunter auf die Brücke gefolgt war, plagten ihn heftige Knieschmerzen. Deshalb hatte er sich auf dem Beifahrersitz von Heiners Van niedergelassen und rieb sich die schmerzenden Gelenke.

»Du bist schließlich bei der Polizei und die können das doch«, legte der Senior nach.

»Sicher kann die Polizei eine Handyortung beantragen, Vater, aber wir warten jetzt erst mal ab, ob die Taucher etwas finden.«

Nur ein paar Minuten später traf ein Mannschaftsbus der Berufsfeuerwehr mit den angeforderten Rettungstauchern auf dem oberhalb des Walzweihers gelegenen Parkplatz ein. Der Taucheinsatzführer stieg aus, sondierte die Lage und wechselte einige Worte mit Tannenberg. Er kannte den Leiter des K 1 von diversen Einsätzen.

Von hier aus war der Zugang zum See ungeeignet, also fuhren die Einsatzkräfte um den See herum und über einen Forstweg genau zu der Stelle, an welcher der Blitz in der Nacht die Eiche gespalten hatte.

Die beiden Rettungstaucher, die bereits in ihren Neoprenanzügen steckten und Schwimmflossen trugen, kletterten aus dem Bus. Mit eingespielten Bewegungsabläufen setzten sie ihre Masken auf, schulterten die Sauerstoffflaschen, watschelten zum Uferrand und wateten hintereinander in den Weiher.

Mit Handzeichen verständigten sie sich darüber, dass jeder zum Tauchgang bereit war und wer an welcher Stelle nach Tannenbergs Auto beziehungsweise nach den vermissten Personen suchen sollte.

Anschließend schalteten sie die Unterwasserlampen ein und versanken in dem trüben Gewässer. Aufsteigende Luftblasen und die milchigen Lichtkegel der Handscheinwerfer markierten die Stellen, an denen sich die Profitaucher gerade befanden.

Wolfram Tannenberg und seine Begleiter beobachteten den Taucheinsatz von der Metallbrücke aus. Ihre Nerven waren bis zum Zerreißen gespannt. Sie trauten sich kaum zu atmen. Die emotionale Belastung war unerträglich.

Permanent hörte Tannenberg eine Stimme in seinem Kopf die Zahl ›90‹ sagen. Bei einer Fortbildung hatte er erfahren, dass bei über 90 Prozent der Einsätze der sogenannten Rettungstauchergruppe keine Menschenleben gerettet wurden, sondern es sich dabei um Leichenbergungen handelte.

Urplötzlich schoss aus der braunen Brühe ein schwarzer Neoprenhandschuh empor. Das Handzeichen war ebenso eindeutig wie brutal, denn einer der Taucher reckte seinen Daumen in die Höhe. Und dies konnte nur eins bedeuten: Unter dieser Eiche befand sich das gesuchte Objekt, nämlich Tannenbergs Auto, das aufgrund der detaillierten Beschreibung kaum zu verwechseln war.

Die Hand verschwand wieder im Wasser und die beiden Taucher schwammen zurück zum Ufer. Währenddessen rannte Tannenberg über die Brücke zum Mannschaftsbus der Feuerwehr.

Obwohl er natürlich wusste, was dieses Handzeichen bedeutete, brüllte er dem Gruppenführer wie von Sinnen ins Gesicht: »Heißt das, er hat mein Auto gefunden?«

»Ich vermute es, aber das kannst du meine Kollegen ja gleich selbst fragen«, erwiderte der Einsatzleiter gelassen.

Solche extremen Reaktionen der Angehörigen waren für ihn nicht ungewöhnlich. Schon allzu oft hatte er in derartigen Situationen alle nur erdenklichen Verhaltensweisen erlebt. Der Einsatz der Rettungstaucher sorgte oft für endgültige Gewissheit, aber er zerstörte auch mit einem Schlag die letzte Hoffnung der Familienangehörigen auf ein Wunder.

»Mann, zieh endlich die Taucherbrille ab«, blökte der Leiter der Kaiserslauterer Mordkommission, obwohl der Feuerwehrmann gerade erst seinen Kopf aus dem Wasser gestreckt hatte.

Es dauerte nur wenige Sekunden, bis der Taucher seine Vollgesichtsmaske vom Kopf gezogen hatte, aber Tannenberg empfand diese Sekunden als Minuten.

»Hast du mein Auto entdeckt?«, fuhr Tannenberg den Taucher an.

»Ja, es sieht ganz danach aus«, gab dieser emotionslos zurück. »Aber wir kommen nicht näher ran. Die Eiche liegt wie eine Krake über dem Auto. Es ist aber definitiv rot und hat ein schwarzes Verdeck. Die Schnauze steckt tief im Schlamm.«

Jacob, der wegen seiner Kniearthrosen nicht mehr gut zu Fuß war, traf mit einiger Verspätung bei den Tauchern ein. »Habt ihr unsere Frauen gefunden?«, fragte er mit bebender Stimme.

Die Rettungstaucher schüttelten den Kopf. »Nein, wir kommen nicht nahe genug ran«, wiederholte der andere Feuerwehrmann die Aussage seines Kollegen.

»Also muss so schnell wie möglich dieser Kran her«, formulierte Dr. Schönthaler die naheliegende Konsequenz.

Der Taucheinsatzführer eilte zu seinem Fahrzeug und informierte über Sprechfunk die Einsatzzentrale der Berufsfeuerwehr. Wie von Binder vorausgesagt, fuhr bereits eine Viertelstunde später der riesige Teleskop-Mobilkran den Unglücksort von Süden her an.

Aufgrund der relativ geringen Traglast verzichtete der Kranführer auf das Ausfahren der hydraulischen Stützen und stellte den sogenannten freistehenden Arbeitszustand her.

Die Taucher ließen sich wieder ins Wasser gleiten und befestigten die vom Kranausleger herabgelassenen Drahtseile an mehreren Stellen der umgestürzten Eiche. Als alle Anwesenden den vorgeschriebenen Sicherheitsabstand eingenommen hatten, straffte der Kranführer die Tragseile und hob vorsichtig die im See liegende Hälfte der gespaltenen Eiche an.

In Zeitlupentempo zog der Kran die Baumhälfte vollständig aus dem Walzweiher heraus. Da der Stamm am Wurzelteller abgebrochen war, schwebte die Eiche frei über dem Wasser. Dann schwenkte der Teleskoparm seine Last über den Mannschaftsbus hinweg und legte sie neben dem Forstweg auf dem Waldboden ab.

Der Kranführer kletterte aus seiner Kabine und entfernte gemeinsam mit dem Chef der Tauchergruppe die Drahtseile von den Ästen. Unterdessen waren Taucher zu der Fundstelle des Autos geschwommen und zum Seegrund hinabgetaucht.

Es dauerte eine Weile, bis sie wieder an der Oberfläche erschienen. Tannenberg stand am Brückengeländer und zitterte am ganzen Körper. Seine Hände hielten das Metallrohr so fest umschlossen, dass die Knöchel weiß hervortraten.

Sein Mund war so trocken, dass er kaum mehr schlucken

konnte, die Zunge klebte am Gaumen fest. Heiner erging es ähnlich. Er stand neben seinem Bruder und wiegte wie in Trance monoton den Kopf hin und her.

Trotzdem registrierte er aus den Augenwinkeln, dass sein Vater plötzlich bedrohlich schwankte. Geistesgegenwärtig legte er ihm seinen Arm um die Schulter und zog ihn zu sich heran. Dr. Schönthaler stützte den alten Mann auf der anderen Seite ab.

Die Rettungstaucher machten diesmal keinerlei Handzeichen, sondern schwammen direkt zum Ufer. Noch im Wasser nahmen sie ihre Atemmasken ab und erstatteten ihrem Vorgesetzten Meldung:

»Gesuchter PKW mit dem polizeilichen Kennzeichen KL-TB 56, Fahrzeughaube im Schlick versunken«, erklärte der ältere der beiden Männer. »Fahrer- und Beifahrertüren geschlossen, Faltdach aus Frontscheibenverankerung herausgerissen. Eine leblose weibliche Person im Fahrzeuginnenraum, angeschnallt auf dem Fahrersitz.«

Tannenbergs Gehirn weigerte sich, diese grausame Information aufzunehmen. Er sperrte den Mund auf, aber kein Ton kam ihm über die Lippen. In diesem Augenblick blieb die Zeit stehen, eine eiserne Faust umklammerte Tannenbergs Herz und riss es ihm bei lebendigem Leib heraus.

Jacob dagegen hatte die Information nur wenige Sekunden lang paralysiert. »Und wo ist die Beifahrerin?«, schrie er mit sich überschlagender Stimme.

»Es befindet sich nur eine Person im Auto«, sagte der andere Rettungstaucher.

»Wir haben auch auf der Rückbank nachgeschaut«, ergänzte sein Kollege.

»Ja, und wo ist meine Frau?«, brüllte der Senior der Familie Tannenberg. »Los, taucht sofort wieder und sucht sie.«

Die Taucher reagierten abweisend. »Wenn eine Person aus dem Auto geschleudert wurde, müssen wir den See systematisch absuchen«, sagte der Ältere. Er zeigte zum gegenüberliegenden Ufer.

»Und zwar von der anderen Seite aus. Und das in einer Breite von mindestens 20 Metern. Der Abhang hat wie eine Rampe gewirkt, sonst könnte das Auto ja nicht hier drüben liegen. Die Frau könnte also auch während des Flugs aus dem Auto gefallen oder in Panik in den See gesprungen ...«

»Und könnte ans Ufer geschwommen sein«, fiel ihm Jacob ins Wort.

»Möglich ist vieles«, meinte der Einsatzleiter, obwohl sein Gesichtsausdruck von großer Skepsis geprägt war. »Auf alle Fälle brauchen wir für solch eine intensive Personensuche bedeutend mehr Einsatzkräfte.«

»Genau! Die Hundertschaft muss so schnell wie möglich hierherkommen und die Umgebung nach Margot absuchen«, forderte Jacob.

»Die verständige ich umgehend«, versprach der Feuerwehrmann. »Außerdem benötigen wir für die Suche im See ein Sonargerät.« Er räusperte sich hinter vorgehaltener Faust. »Das wir aus Kostengründen nicht selbst anschaffen durften. Deshalb müssen wir es bei der Ludwigshafener Wasserschutzpolizei anfordern.«

»Dann machen Sie mal!«, forderte Margots Ehemann mit Nachdruck. »Am besten lasst ihr außerdem das Wasser aus diesem Scheißweiher ab!«

Der Einsatzleiter hob die Schultern und breitete die Arme zu einer entschuldigenden Geste aus. »Ich weiß nicht, ob so etwas überhaupt möglich ist, zudem würde eine solche Aktion bestimmt einige Tage dauern.«

Ohne Vorwarnung wurde Jacob von einem heftigen Weinkrampf durchgeschüttelt. »Aber ihr müsst meine Frau doch auch im See suchen«, wimmerte er.

»Machen wir natürlich, Herr Tannenberg«, versuchte der Feuerwehrmann Trost zu spenden. »Aber zuerst bergen wir Wolfs Auto mit dem Leichnam, danach gehen meine Kollegen noch einmal zu einem längeren Tauchgang runter.«

Er wandte den Blick von dem immer noch schluchzenden Greis ab, ging zu seinen Kollegen und ergänzte auf dem Weg dorthin leise, sodass es Jacob und seine Söhne nicht hören konnten: »Vielleicht finden wir die Frau ja unter dem Auto.«

Der Einsatzleiter setzte sich in den Mannschaftsbus, forderte bei der Feuerwehrzentrale weitere Taucher an und bat seinen Gesprächspartner, das dringend benötigte Sonargerät bei der Ludwigshafener Wasserschutzpolizei anzufordern.

Anschließend rief er den Truppführer der Hundertschaft an und informierte diesen über die Sachlage. Daraufhin wurde die groß angelegte Suchaktion zwischen dem Picard-Steinbruch und Krickenbach abgebrochen, und die Polizeischüler bekamen ihr neues Einsatzgebiet mitgeteilt.

In der Zwischenzeit war Fritz Binder am Unglücksort eingetroffen und ließ sich kurz und knapp vom Chef der Tauchergruppe über den aktuellen Stand ins Bild setzen. Dann kletterte er auf den Kran und stellte sich neben die Kanzel, damit er die Suchaktion besser im Blick hatte.

Derweil pumpten die Rettungstaucher mit einem Kompressor das Schlauchboot auf und ließen es zu Wasser. Anschließend ruderten sie ans andere Ufer und begannen mit der systematischen Suche nach Jacobs vermisster Ehefrau.

8

Victor hatte die dramatischen Ereignisse der letzten Stunden nicht nur optisch, sondern auch akustisch live miterlebt. In diesem engen Tal reflektierten die steilen Berghänge die Geräusche und Stimmen sehr gut, sodass er nur die Ohren spitzen musste, um fast alles hören zu können, was sich gut 80 Höhenmeter unter ihm abspielte.

Das geht nun doch alles bedeutend schneller als erwartet, sagte Victor zu sich selbst. Na ja, die Sache mit den Anglern war ja wohl der reinste Zufall. Ohne den Tipp mit den Luftblasen hätten die noch viel länger im Nebel herumgestochert. Aber jetzt haben sie das Corpus Delicti – so heißt es doch bei den Kriminalisten, oder?

Victor kratzte sich an seinem mit dichten Bartstoppeln bedeckten Kinn. Sein nachdenklicher Blick folgte einem Eichhörnchen, das schräg vor ihm den Stamm einer Buche emporkletterte und wenig später in der frischbelaubten Baumkrone verschwand.

Obwohl, eigentlich ist ein Corpus Delicti eher das Tatwerkzeug eines Verbrechens, sinnierte er weiter. Und ein Tatwerkzeug wäre dieses Auto ja nur, wenn man damit jemanden totfahren würde.

Er brummte und nickte.

Klar, das Auto unten im See ist kein Tatwerkzeug.

Ein hüstelndes Kichern.

Nein, es ist eher so etwas wie ein Leichenwagen.

Schmunzelnd beobachtete Victor die beiden blauen Busse der Enkenbacher Polizeischule, die auf dem gegenüberliegenden Parkplatz eintrafen. Die blutjungen Bereitschaftspolizisten stellten sich in Reih und Glied vor ihrem Vorgesetzten auf und lauschten dem kommandoartig vorgetragenen Einsatzbefehl. Dann durchkämmten sie mit ihren langen Teleskopstöcken den mit Büschen und Bäumen besetzten Streifen zwischen dem Gewässerrand des Walzweihers und den Leitplanken der Bundesstraße.

»Was für ein Spektakel«, flüsterte er und grunzte höhnisch. »Ich tippe ja eher auf den See. Obwohl es sich dabei nur um eine Vermutung handelt, schließlich habe ich die alte Dame nur einmal kurz gesehen.«

Victors Blick schwenkte zurück zum Walzweiher und hakte sich an dem orangefarbenen Schlauchboot der Rettungstaucher fest.

Als kleiner Junge bin ich gemeinsam mit meinen Freunden fast jeden Tag auf unserem Dorfweiher herumgepaddelt, erinnerte er sich. Einmal hatten wir uns sogar auf die Saar gewagt. Das war ganz schön gefährlich, besonders als wir in die Fahrrinne gerieten.

Er grunzte amüsiert. Das war vielleicht eine irre Aktion, wir mit unserem kleinen Schlauchboot zwischen den Motorbooten und Kohlefrachtern. Na ja, die Wasserschutzpolizei hat uns dann ja auch ziemlich schnell gekascht und nach Hause gebracht. Oh Mann, hab ich damals Senge gekriegt.

Victor hob den Hintern etwas an und fasste sich ans Gesäß.

Ich spüre heute noch die Schmerzen von diesem verfluchten Ledergürtel, mit dem mich dieser Depp von Stiefvater damals abgezogen hat. Mutter wollte mir helfen und hatte sich dazwischengestellt, aber dieser Drecksack hatte ihr einfach eine gescheuert und sie weggestoßen. Wie so oft, wenn sie nicht nach seiner Pfeife getanzt hat. Dieser elende Saukerl!

Victor presste die Kiefer so fest aufeinander, dass die Zähne knirschten.

Wenn er nüchtern war und man ihn nicht provozierte, ließ er uns ja einigermaßen in Ruhe. Aber wehe, wenn er gesoffen hatte. Da wurde er zum Tier.

Victor schüttelte den Kopf.

Wie oft haben wir uns im Keller verbarrikadiert und uns erst nach Stunden herausgetraut. Wenn wir Glück hatten, war er inzwischen hackevoll im Wohnzimmer eingeschlafen. Dann konnten auch wir wenigstens ein paar Stunden in unseren Betten schlafen. Kein Wunder, dass ich oft im Unterricht eingepennt bin.

Ein versonnenes Lächeln huschte über seine Lippen. Morgens ist Mutter immer auf Zehenspitzen durch die Wohnung geschlichen und hat mich ganz vorsichtig geweckt, damit dieser Tyrann nicht wach wurde, bevor ich aus dem Haus war. Zum Abschied drückte sie mir meine Pausenbrote in die Hand und gab mir einen Kuss auf die Stirn.

Er seufzte tief, und ein bitteres Lächeln umspielte seine Lippen.

Während ich zur Schule ging, blieb meine arme Mutter bei diesem Teufel in Menschengestalt zurück. Ich darf gar nicht daran denken, wie oft sie mir mittags mit einem blauen Auge oder geschwollenen Lippen die Tür geöffnet hat.

Jeden Tag hatte ich mir auf dem Heimweg von der Schule nach Hause vorgenommen, alldem ein Ende zu machen und diesem versoffenen Schläger ein Brotmesser zwischen die Rippen zu rammen. Nie habe ich mich getraut – bis zu jenem Tag im September. Es war der letzte Tag in meinem 13. Lebensjahr.

»Tja, der liebe, gute Victor war schon immer ein schlaues Kerlchen«, murmelte er.

Dieser scheißfreundliche, verständnisvolle Richter hat dann ja auch von der Schuldunfähigkeit eines Kindes gesprochen, das man laut Gesetz für seine Tat nicht verantwortlich machen könne. Angesichts dieses jahrelangen Martyriums sei die tödliche Messerattacke zudem eindeutig als Notwehr zu bewerten.

Also wurde ich quasi doppelt freigesprochen, freute sich Victor. »Die Rache ist mein; ich will vergelten, spricht der Herr.«

Er bekreuzigte sich und schloss die Augen zu einem stillen Gebet.

Danach atmete er ein paarmal tief ein und aus. Anschließend öffnete er die Augen, nahm das Fernglas und schaute hinunter zu dem schmutzig braunen See, wo die Taucher versuchten, breite Gurte so an dem versunkenen Auto anzubringen, dass es gefahrlos gehoben werden konnte.

Offensichtlich war dies nicht ganz einfach, denn die Taucher hatten dem Anschein nach große Probleme. Und zwar deshalb, weil die Bergegurte nicht am Dach des Cabrios befestigt werden konnten, die Fahrzeugschnauze tief im Schlick versunken war und eine Anbringung ausschließlich an der Hinterachse zu instabil gewesen wäre.

Trotzdem wies der Kranführer die Taucher an, zwei der Gurte an der Hinterachse zu befestigen. Als dies vollbracht war, straffte er die Gurte und hob das Heck des Autos so weit an, bis es möglich wurde, einen weiteren Bergegurt unter dem Fahrgestell hindurchzuziehen und in den Radkästen zu straffen.

Kurz darauf tauchte der Kofferraumdeckel aus der dunklen Wasseroberfläche auf. Als das Nummernschild mit dem Kennzeichen KL-TB 56 sichtbar wurde, stießen die Männer auf der Metallbrücke verzweifelte, leidgetränkte Schreie aus, wie man sie sonst nur von waidwunden Tieren hörte, und sackten in sich zusammen.

Victor wurde von einem unglaublichen Glücksgefühl überflutet. Sein Körper schüttete eine derart hohe Dosis Endorphin aus, wie er es noch nie zuvor erlebt hatte. Er hätte die ganze Welt umarmen und abküssen können. Er badete förmlich in dem grenzenlosen Leid dieser Männer.

Plötzlich ertönte in seinem Kopf eine Orphische Hymne auf die griechische Göttin der Rache, die er bestimmt schon tausendmal auf der Internetseite der Apokalyptiker gelesen hatte:

Ich habe dich gerufen, Nemesis!
Und du hast mich erhört!
Höchste du!
Göttlich waltende Königin!
Allsehende, Du überschaust
Der vielstämmigen Sterblichen Leben.
Ewige, Heilige, Deine Freude
Sind allein die Gerechten.
Aber Du hassest der Rede Glanz,
Den bunt schillernden, immer wankenden,
Den die Menschen scheuen,
die dem drückenden Joch
Ihren Nacken gebeugt.
Aller Menschen Meinung kennst Du,
Und nimmer entzieht sich Dir die Seele
Hochmütig und stolz
Auf den verschwommenen Schwall der Worte.
In alles schaust Du hinein,
Allem lauschend, alles entscheidend.
Dein ist der Menschen Gericht.

Victors Augen füllten sich mit Flüssigkeit. Tränen schossen aus den Augenwinkeln, perlten über die Wangen hinweg und versickerten im groben Stoff seiner US-Ranger-Hose. Er zitterte vor Erregung und atmete schwer.

Jede Zelle seines Körpers war prall gefüllt mit Euphorie.

9

Nach einem erfolgreichen Stabilitätstest hievte der Teleskop-Mobilkran der Kaiserslauterer Berufsfeuerwehr Tannenbergs knallroten 3er BMW aus dem Walzweiher. Wie bei einem Springbrunnen schoss das Wasser an mehreren Stellen aus der Karosserie heraus und plätscherte in den See.

Dr. Schönthaler beobachtete gebannt die Bergungsaktion. Rechts neben dem Kranausleger blitzte einen Sekundenbruchteil lang ein grelles Licht in dem steil abfallenden Berghang auf. Unwillkürlich schaute er dorthin.

Bestimmt eine Glasscherbe, die sich im Sonnenlicht spiegelt, schlussfolgerte der Rechtsmediziner.

Sein Blick kehrte zurück zur Bergungsaktion. Hinter Tannenbergs Auto nahm er plötzlich einen Schatten, eine Bewegung war. Irritiert fixierte er die Stelle. Doch da war nichts zu sehen.

Das war bestimmt das Tier, das auf die Glasscherbe getreten ist und deren Lage verändert hat, erklärte er sich die merkwürdige Wahrnehmung.

»Ach du dickes Ei«, stieß der Kranführer durch das geöffnete Fenster der Krankanzel entgeistert aus. »Da sind ja zwei Einschusslöcher in der Windschutzscheibe.«

»Was?«, keuchte Heiner.

»Einschusslöcher?«, murmelte sein apathischer Bruder, der immer noch krampfhaft das Metallgeländer umklammerte, obwohl er schon zu Boden gesunken war. Er konnte nicht glauben, was er da eben gehört hatte. »Einschusslöcher?«, wiederholte er fassungslos.

»Ja, ich bin mir ganz sicher«, gab der Kranführer zurück.

»Abstand etwa ein halber Meter«, ergänzte Fritz Binder, der nach wie vor neben der Kanzel stand und von oben auf das Auto blickte. »Und hinten in der Plastik-Heckscheibe sind auch zwei.«

In Jacobs Kopf tauchte ein schockierender Gedanke auf und hakte sich darin wie eine giftige Klette fest. Die minimale Hoffnung, dass seine Frau es irgendwie geschafft haben könnte, das Auto rechtzeitig vor dem Versinken im See zu verlassen, zerplatzte wie eine Seifenblase.

Er bekam keine Luft mehr und fasste sich an die Kehle, so als wollte er sich selbst erwürgen. Zitternd tasteten seine Fingerkuppen nach den Halsschlagadern. Er spürte seinen Puls, der wie ein wild gewordener Elektromotor raste.

Die Metallbrücke unter seinen Füßen schien hin und her zu pendeln. Alles um ihn herum wankte. Er fühlte sich wie in einem schnell drehenden Karussell. Zuerst sah er blitzende Sterne, dann senkte sich ein schwarzer Vorhang über ihn.

Seine Knie wurden weich, und er klappte förmlich in sich zusammen. Mit einem beherzten Griff in Jacobs Mantel verhinderte Dr. Schönthaler gerade noch rechtzeitig, dass der alte Mann auf den Boden fiel. Der Rechtsmediziner winkte die beiden Notärzte herbei, die ein paar Minuten zuvor mit ihren Fahrzeugen auf dem Forstweg eingetroffen waren und sich für einen möglichen Einsatz bereithielten.

Unterdessen schwenkte der Kranausleger zum Ufer hin und setzte den BMW vorsichtig auf dem geschotterten Waldweg ab. Fritz Binder kletterte vom Kran herunter und eilte zu Tannenbergs Auto.

Was er dort durch die geschlossene Seitenscheibe zu Gesicht bekam, ließ selbst einen hartgesottenen Feuerwehrmann wie ihn erschaudern: Johanna von Hoheneck hing schlaff im Sicherheitsgurt. Ihr Oberkörper war nach vorn gebeugt, der Abstand zum Lederlenkrad betrug etwa fünf Zentimeter.

Der leicht geöffnete Mund der Toten berührte das Lenkrad. Es sah so aus, als ob sie es küssen würde. Die Augen waren weit aufgerissen. Über ihrem linken Auge sah er die Einschlagstelle des Projektils. Bis auf dieses kleine Loch war das Gesicht unversehrt. Bei seinem Austritt hingegen hatte das tödliche Geschoss bei verheerenden Schaden angerichtet und den hinteren Teil des Schädelknochens weggesprengt.

Binder war sofort klar, dass Tannenberg diesen fürchterlichen Anblick nicht ertragen könnte. Er schaute hinunter zur Metallbrücke, wo sein ehemaliger Mannschaftskamerad noch immer wie angewurzelt auf der Stelle verharrte und mit leerem Blick ins Wasser stierte.

Gott sei Dank steht er unter Schock, dachte er. Dann bekommt er hoffentlich nur die Hälfte mit.

Per Handzeichen machte er Dr. Schönthaler auf sich aufmerksam, der neben den Notärzten stand. Der Rechtsmediziner nickte ihm zu und bat seine Kollegen, sich auch um die Tannenberg-Brüder zu kümmern.

Dr. Schönthaler hatte Johanna von Hoheneck ebenfalls sehr ins Herz geschlossen. Ja, er hatte sich im Laufe der Jahre regelrecht in sie verliebt. Natürlich nur in einem platonischen Sinne, denn niemals wäre er auf die Idee gekommen, ihr Avancen zu machen und seinem besten Freund damit in die Quere zu kommen.

Nein, es war eine stille Verehrung gewesen, eine Spielart menschlicher Zuneigung, die sich darauf beschränkt hatte, sich am Dasein des anderen zu erfreuen und die gemeinsamen Stunden mit ihr, ihrem Lebensgefährten und dessen fantastischer Familie zu genießen. Ja, sie war seiner Definition einer Traumfrau sehr, sehr nahegekommen.

Der Gedanke, nun den Leichnam dieses wunderbaren weiblichen Wesens, mit dem er in der Beethovenstraße noch am gestrigen Abend fröhlich am Küchentisch gesessen hatte, rechtsmedizinisch zu begutachten, jagte ihm eiskalte Schauer den Rücken hinunter.

Aber was getan werden musste, musste getan werden. Nicht zuletzt auch deshalb, weil dieser brutale Verbrecher, der seinem besten Freund und auch ihm dieses unermessliche Leid zugefügt hatte, so schnell wie möglich gefasst werden musste.

Der Pathologe presste die Lippen zu einem schmalen Strich zusammen und schnaufte ein paarmal kräftig durch. Er schaute noch einmal hinunter zu Jacob und seinen Söhnen. Der lähmende Schockzustand seines alten Freundes würde sicherlich nicht mehr lange andauern und Tannenberg würde schon bald hier oben aufkreuzen.

Also war es nun an der Zeit zu handeln. Dr. Schönthaler gab sich einen Ruck, begann mit der Inspektion des Mordopfers und spulte, so gut es ging, die routinierten Abläufe seines Berufsstandes ab.

Zuerst streifte er die dünnen Latexhandschuhe über, die er immer bei sich trug, sobald er sein Haus oder seinen Arbeitsplatz in den Katakomben des Westpfalzklinikums verließ. Dann löste er Johannas Gurt, neigte die Rückenlehne so weit nach hinten, bis ihr Oberkörper flach auf dem Lederbezug und ihr Hinterkopf auf der Kopfstütze auflag.

Anschließend schob er Johannas Augenlider sanft nach unten. Nun sah sie aus, als schliefe sie friedlich. Natürlich war ihm bewusst, dass er einen derartigen Eingriff in die Auffindesituation eines Mordopfers niemals hätte durchführen dürfen. Aber das war ihm zu diesem Zeitpunkt völlig egal. Ihm ging es einzig und allein darum, seinem Freund unnötiges Leid zu ersparen.

Fritz Binder, der ihn die ganze Zeit über intensiv beobachtet hatte, legte ihm eine Hand auf die Schulter. »Gut gemacht, Doc«, lobte er. »So ist der Anblick für Wolf zumindest ein wenig erträglicher.«

»Finde ich auch«, stimmte der Pathologe zu und drückte die Autotür sanft zurück in den Rahmen.

Die Metallbrücke quietschte, knirschte und knarrte. Die beiden Männer drehten sich nach der Geräuschquelle um und sahen, wie ihnen Tannenberg mit hängendem Kopf entgegentrottete. Sein Gang war steif und roboterhaft, als würden seine Bewegungen ferngesteuert.

In stummer Übereinkunft traten die Feuerwehrleute beiseite, nahmen ihre Helme ab, hielten sie vor den Bauch und senkten pietätvoll den Blick. Auch Binder und Dr. Schönthaler reihten sich in die Trauergasse ein und flankierten so Tannenberg auf dem Weg zu seinem Auto.

Der Leiter des K 1 trat neben seinen geliebten BMW, öffnete die Tür jedoch nicht. Minutenlang starrte er auf das Gesicht der Frau, die er über alles liebte und die er demnächst in der Stiftskirche vor den Traualtar hatte führen wollen.

Eine seltsame Stille senkte sich über das enge Tal und den See. Die Zeit schien stehen geblieben zu sein. Selbst die Eichelhäher stellten ihr Gekrächze ein. Nur das leise Rauschen der Blätter in den Baumkronen war zu hören.

Tannenberg sollte sich später noch häufig an diese Situation erinnern. Am merkwürdigsten empfand er dabei jedes Mal die Tatsache, dass er während dieses herzzerreißenden Anblicks völlig gefasst und ruhig gewesen war. Er hatte in diesem Augenblick das Gefühl, mit Johanna zu verschmelzen, sich von der Welt zu verabschieden und gemeinsam mit ihr auf eine lange Reise zu gehen, eine Reise ohne Wiederkehr.

Durch das Einschussloch in Johanna von Hohenecks Stirn war der im Moosalbtal gelegene Walzweiher nun kein Unglücksort mehr, sondern ein Tatort. Und das mit allen daraus resultierenden Konsequenzen: großräumige Absperrungen, Einsatz der Spurensicherung – und nicht zu vergessen: kriminalpolizeiliche Ermittlungsarbeit.

Keine Sekunde lang dachte Fritz Binder darüber nach, dass der Leiter der Kaiserslauterer Mordkommission eigentlich der dafür zuständige Beamte war. Für ihn stand fest, dass Tannenberg aufgrund seiner psychischen Verfassung dazu erstens nicht in der Lage war, und zweitens für diese Ermittlungen garantiert nicht zuständig sein würde, schließlich handelte es sich bei dem Mordopfer um seine Lebensgefährtin und bei der zweiten in diese Straftat involvierten, bislang vermissten Person um seine Mutter.

Bereits eine Viertelstunde später erwies sich seine Einschätzung als absolut zutreffend, denn die erste Amtshandlung des zuständigen Oberstaatsanwaltes Dr. Sigbert Hollerbach bestand in der Beurlaubung Tannenbergs und der Übertragung der Ermittlungsleitung auf Oberkommissar Michael Schauß.

Die Ansprache Dr. Hollerbachs ließ Tannenberg kommentarlos über sich ergehen. Weder der Anblick seines Erzfeindes noch die von diesem ausgesprochene Beurlaubung rissen ihn aus seiner bleiernen Lethargie. Er stand die ganze Zeit über regungslos vor dem geschlossenen Fenster der Autotür und starrte auf Johanna von Hohenecks Leichnam.

»Soll ich euch drei nicht besser nach Hause fahren, Wolf?«, fragte Sabrina Schauß, die Ehefrau des frischgekürten Chef-

Ermittlers, in einfühlsamem Ton und legte den Arm auf Tannenbergs Schulter.

»Nach Hause?«, kam es seufzend zurück. »Was soll ich denn zu Hause?«

In Zeitlupe wandte sich Tannenberg zu seiner jungen Kollegin um und schaute sie mit todtraurigem Blick an. »Da ist doch niemand mehr«, schniefte er, während seine Kinnpartie wild zuckte. »Außerdem müssen wir doch Mutter suchen.«

»Das machen schon unsere Kollegen und die Rettungstaucher«, entgegnete Sabrina, die nur mit Mühe ihre Tränen zurückhalten konnte.

Dann nahm sie ihren Vorgesetzten und väterlichen Freund an der Hand und führte ihn wie einen Demenzkranken von seinem verbeulten Auto weg zu einem abgesägten Baumstumpf. Dort drückte sie ihn sanft nach unten und setzte sich neben ihn auf den laubbedeckten Waldboden.

»Warum Hanne? Warum Mutter?«, wimmerte Tannenberg.

»Du gehst von einem gezielten Anschlag aus?«, fragte Sabrina verdutzt.

»Du etwa nicht?«

Die junge Kommissarin war im ersten Moment sprachlos, denn an diese Möglichkeit hatte sie bislang noch keinen einzigen Gedanken verschwendet. »Ausschließen können wir das natürlich nicht, Wolf, aber …«

Sabrina Schauß stockte, schob mit der Fußspitze ihrer pinkfarbenen Sneaker einen Tannenzapfen ein Stückchen in den Forstweg hinein. Anschließend schüttelte sie energisch den Kopf. »Nein, das kann ich mir nicht vorstellen.«

»Wieso?«

»Na ja, überleg doch mal. Dann hätte der Täter ja wissen müssen, welche Strecke Hanne und deine Mutter wann fahren würden … Also wann sie genau hier vorbeikommen würden.«

»Das hat der ausbaldowert.«

Wieder erntete Tannenberg mit seiner Aussage ein abschlägiges Kopfschütteln. »Welches Motiv sollte denn hinter solch einem gezielten Anschlag stecken?«, fragte die Kommissarin.

»Na, welches wäre wohl das naheliegendste Motiv für solch einen Mordanschlag?«, erwiderte Tannenberg mit leichtem Hohn in der Stimme.

»Du denkst an einen Racheakt für irgendetwas, das du dem Täter«, Sabrina Schauß malte Gänsefüßchen in die Luft, »angetan hast?«

»Ja, genau, Sabrina. Ihr müsst nach jemandem suchen, der wegen meiner Ermittlungen gegen ihn jahrelang eingebuchtet wurde und der sich vielleicht erst seit ein paar Wochen wieder auf freiem Fuß befindet. Nach seiner Entlassung hat er sicherlich einige Vorbereitungszeit gebraucht.«

Tannenberg warf die Hände vors Gesicht. »Oh mein Gott, was für ein Wahnsinn! Warum muss ich auch nur solch einen Scheißberuf haben.«

Sabrina schwieg noch eine Weile betreten vor sich hin, dann räusperte sie sich und versicherte ihrem väterlichen Freund: »Okay, Wolf, natürlich werden wir auch diese Hypothese so schnell wie möglich überprüfen.«

Doch nach wie vor war die Kommissarin von diesem Ermittlungsansatz nicht sonderlich überzeugt. Sie legte den Kopf schief und beobachtete die Taucher, die gerade aus dem Wasser stiegen. »Aber selbstverständlich ermitteln wir in alle Richtungen. Das müssen wir auch tun, sonst macht uns der Hollerbach die Hölle heiß.«

Entgegen sonstiger Gewohnheit fuhr Tannenberg bei der Namensnennung seines Erzfeindes nicht aus der Haut, sondern ignorierte sie. »So viele verschiedene Richtungen gibt es gar nicht«, behauptete er.

»Na, zumindest gibt es zwei bedeutend wahrscheinlichere Erklärungsmöglichkeiten als die, die du präferierst«, erwiderte Sabrina.

»Und welche?«, ließ Tannenberg nicht locker.

Sabrinas Daumen richtete sich auf. »Erstens: Der Täter könnte seine Opfer zufällig ausgewählt haben.« Nun der Zeigefinger. »Zweite Möglichkeit: Es handelt sich um einen Jagdunfall.«

»Jagdunfall?«, schnaubte der beurlaubte Kriminalbeamte. »Das glaubst du doch wohl selbst nicht, oder?«

»Warum nicht, Wolf? Es könnte doch gut sein, dass ein Jäger zum Beispiel ein Wildschwein im Visier hatte und in seinem Jagdfieber nicht auf die Straße geachtet hat.«

Tannenberg zog die Brauen hoch. »Na ja, Sabrina, eine sehr wilde Spekulation, würde ich behaupten.«

»Nicht unbedingt«, gab die Kommissarin trotzig zurück. Mit ausgestrecktem Arm wies sie auf den steilen Berghang in ihrem Rücken. »Wer weiß, vielleicht entdecken wir ja hier irgendwo einen Hochsitz.«

10

Victor hatte das Gefühl, dass sein Blut in den Adern gefror. Er traute sich kaum mehr zu atmen.

Verfluchte Scheiße, schoss es wie eine Blendgranate durch seinen Kopf. Diese blöde Tussi kommt doch jetzt hoffentlich nicht auf die Idee, den Hang absuchen zu lassen. Womöglich noch mit Spürhunden!

»Sabrina, kommst du bitte mal?«, ertönte die Stimme des Mannes, mit dem die Polizistin vorhin in einem Zivilfahrzeug am See eingetroffen war.

»Was ist denn los, Micha?«

»Der Helikopter der Ludwigshafer Kollegen landet gleich auf der Wiese vor dem Steinbruch. Sei so gut, fahr hin und nimm das Sonargerät entgegen.«

»Okay, ich kümmere mich sofort darum.«

Kurz darauf ertönte hinter Victors vermeintlich nicht einsehbarem Unterstand ein sattes Blubbern. Es stammte von den Rotorblättern eines tieffliegenden Hubschraubers. Das schnell anschwellende Geräusch verscheuchte schlagartig Victors Panikattacke, denn nun waren die Polizeibeamten sicherlich einige Zeit mit dem Absuchen des Sees beschäftigt und würden wohl kaum den Berghang inspizieren.

Also konnte er in aller Ruhe noch eine Weile diesem interessanten Schauspiel beiwohnen. Zumal er nüchtern betrachtet eh keine Angst vor plötzlicher Entdeckung haben musste, schließlich hatte er von hier oben aus alle Aktivitäten der Einsatzkräfte genau im Blick.

Dadurch konnte er auf jedwede Bedrohungslage umgehend und flexibel reagieren. Bei seinen Vorbereitungen hatte er alle nur erdenklichen Szenarien durchgespielt – und seinen Fluchtweg so gewählt, dass er vor neugierigen Blicken weitgehend geschützt war.

Von dem ehemaligen Jägeransitz aus führte ein schmaler, von dichtem Gestrüpp flankierter Pfad direkt zu einer mit jungen Fichten bewachsenen Bergkuppe, die einen Eindringling bereits nach wenigen Metern verschluckte.

Im Sichtschutz dieser Bewaldung konnte er sich seiner Sturmhaube und Tarnkleidung entledigen, umziehen und als normaler Wanderer getarnt zum Erlinger Dell, einem Seitental des Moosalbtals, hinabsteigen, wo er hinter einem Langholzstapel sein Geländemotorrad versteckt hatte.

Ob der Heli eine Wärmebildkamera an Bord hat, mit der sie den See absuchen?, fragte er sich. Quatsch, das bringt nichts, denn die Körpertemperatur eines Ertrunkenen wird sich sicherlich sehr schnell der Wassertemperatur anpassen. Also können sie die zweite Frau mit einer Wärmebildkamera gar nicht finden. Na ja, vielleicht gelingt ihnen das ja mit diesem angeforderten Sonargerät.

Nur wenige Minuten später kehrte die junge, attraktive Polizistin von dem provisorischen Hubschrauberlandeplatz zu den anderen Einsatzkräften zurück, wo die Taucher sogleich das Sonargerät in Empfang nahmen. Obwohl die Kaiserslauterer Feuerwehr über kein eigenes Sonargerät verfügte, schienen die Taucher mit dessen Bedienung bestens vertraut zu sein.

Die Rettungstaucher bestiegen ihr Schlauchboot und ließen das Sonargerät ins Wasser ab. Einer der beiden Taucher blieb im Boot sitzen und konzentrierte sich auf einen kleinen Monitor, mit dem offenbar das Sonargerät gesteuert wurde und der Seegrund genauer unter die Lupe genommen werden konnte.

Zuerst verweilte das Schlauchboot eine Zeit lang an der Stelle, an der ein Teil der vom Blitz gespaltenen Eiche ins Wasser gestürzt und das rote Auto unter sich begraben hatte. Dann ruderten die Taucher zum gegenüberliegenden Ufer und begannen von dort aus mit der systematischen Suche.

In der Zwischenzeit hatten die in weiße Overalls gehüllten Mitarbeiter der Kriminaltechnik die Spurensicherung auf dem Parkplatz beendet und begannen nun auf der anderen Seite des Walzweihers mit ihrer akribischen Arbeit.

Das wäre kein Job für mich, dachte Victor amüsiert. Jedes Blatt müssen die umdrehen, jede Zigarettenkippe, jeden Kaugummi, jedes Kondom in eine Plastiktüte stecken. Ach Gott, wie öde – und wie eklig!

Und dann tragen die die ganze Zeit über auch noch diese bescheuerten Plastikklamotten. Darunter schwitzen die doch bestimmt wie die Schweine. Und wenn sie mit ihrem stumpfsinnigen und mühseligen Herumgestochere fertig sind, müssen sie auch noch frustriert feststellen, dass sie nichts Verwertbares finden konnten und somit völlig umsonst geschuftet haben.

Weil es nämlich nichts zu finden gibt, grinste Victor in sich hinein.

Er setzte seinen Feldstecher ab und legte ihn neben sich auf die Holzbank.

Wären sie denn hier oben bei mir erfolgreicher?, fragte er sich selbst.

Mit hektischen Blicken scannte er seinen Unterschlupf ab.

Nichts würden sie finden, stellte er zufrieden fest. Denn selbst wenn die Bullen meine DNA hier irgendwo entdecken sollten, nutzt ihnen das rein gar nichts, denn meine DNA ist nirgends registriert.

Victor lehnte sich zurück und sog gierig wie ein Asthmatiker die frische, erdige Waldluft ein.

Ach, ist das herrlich, freute er sich. Ach, hat das alles bis jetzt so perfekt geklappt.

Er griff nach seinem Fernglas und setzte es erneut an.

Da hinten kommen auch schon zwei Leichenwagen, wunderte er sich. Und noch weitere Polizeiautos. Victor krauste die Stirn. Aber wieso kommen noch mehr Bullen hierher?

Eine Minute später beantwortete hysterisches Hundegebell die Frage.

»Scheiße, jetzt rücken die doch noch mit der Hundestaffel an«, fauchte er vor sich hin. »Dann ist es wohl höchste Zeit, dass ich endlich von hier verdufte – und mein nächstes Vorhaben in Angriff nehme.«

In Rekordtempo packte Victor Fernglas, Videokamera, Stativ und das in Einzelteile zerlegte Präzisionsgewehr in seinen geräumigen Rucksack und warf ihn über die Schulter. Dann huschte er auf Zehenspitzen aus seinem Unterschlupf. Im Schutz des dichten Fichtenwäldchens zog er sich um und wanderte hinunter zum Erlinger Dell.

Seine Enduro hatte er mit Ästen, Tannenzweigen und Laub völlig unsichtbar gemacht. Das Nummernschild der Geländemaschine war dick mit verkrustetem Schlamm bedeckt, wodurch das KFZ-Kennzeichen unleserlich geworden war.

Die robuste Honda CRF 500 sprang gleich beim ersten Startversuch an. Victor setzte den Helm auf, schwang sich auf die Sitzbank und drehte im Leerlauf den Gasgriff bis zum Anschlag. Provokant laut röhrte die Enduro durch das enge Wiesental.

Sicherheitshalber schaute er sich noch einmal um. Aber da war keine Menschenseele.

»Einen schönen Gruß von Victor an euch Bullenschweine«, zischte er und reckte einen Mittelfinger in Richtung des Walzweihers, der nun von dem Bergrücken verdeckt wurde.

Dann knackte der Verschluss des Helmgurtes und Victor brauste mit vollem Karacho davon. Um nicht in eine mögliche Straßensperre oder Verkehrskontrolle zu geraten, nahm er nicht den direkten Weg zurück ins geliebte Saarland, wo er einen zwischen Böckweiler und Altheim gelegenen ehemaligen Bauernhof bewohnte, sondern fuhr zunächst in die entgegengesetzte Richtung, immer tiefer hinein ins Feindesland.

Ja, Victor bezeichnete die Pfalz als Feindesland. Er hasste die Pfalz, die Pfälzer und alles was mit ihnen zu tun hatte. Aber wenn er schon einmal in dieser verfluchten Gegend unterwegs war, konnte er sich wenigstens ein weit über die Region hinaus bekanntes Biker-Highlight gönnen.

Als leidenschaftlicher Motorradfahrer steuerte er das mitten im Naturpark Pfälzer Wald gelegene Zweirad-Eldorado Johanniskreuz an, wo sich an den Wochenenden Hunderte von Bikern versammelten, um anschließend die extrem kurvenreiche Strecke hinunter nach Rinnthal oder in die andere Richtung nach Hochspeyer zu rasen.

Die Tatsache, dass auf dieser illegalen Rennstrecke jedes Jahr mehrere Menschen tödlich verunglückten, schmälerte nicht, sondern erhöhte eher deren Attraktivität, besser gesagt den Nervenkitzel der todesmutigen Helldriver.

Auch Victor liebte den Rausch der Geschwindigkeit und die extremen Schräglagen, bei denen die Zentrifugalkräfte nichts anderes im Sinn hatten, als seinen Körper aus der Kurve hinauszukatapultieren.

Wenn sein Knie nur wenige Millimeter Abstand zu dem rauen Straßenbelag hatte und er den belebenden, schneidenden Fahrtwind, den kein Visier von seinem Gesicht fernhielt, wie Nadelstiche spürte, war er ganz in seinem Element.

Manchmal nahm er aus purem Übermut den Helm ab und streckte den entgegenkommenden Motorradfahrern die Zunge heraus, oder er fuhr ein paar Meter freihändig oder nur auf dem Hinterrad.

Dieses Todesspiel sorgte für einen Adrenalinkick, der süchtig machte. Er brauchte diese Droge wie die Luft zum Atmen. In jeder einzelnen Sekunde kostete er dieses Gefühl der Glückseligkeit aus.

Immer und immer wieder begab er sich freiwillig in diesen existenzbedrohenden Grenzbereich, wagte den Tanz auf der Rasierklinge. Denn die Raserei verschaffte ihm die glücklichsten Momente seines Lebens, kleine Zeitfenster, die dem Gehirn volle Konzentration auf den Überlebenskampf von Mensch und Maschine abverlangten.

In vollen Zügen genoss er diese Leichtigkeit des Seins, diese wunderbare gedankliche Leere, in der sich weder schmerzhafte Erinnerungen noch Trauer in den Kopf drängen konnten. Das war Freiheit, pure Freiheit.

Von Rinnthal aus wählte er die Fahrtroute über Dahn und Eppenbrunn und erreichte schließlich kurz hinter Hornbach die saarländische Landesgrenze. Nach wenigen Kilometern schneidiger Fahrt tauchte hinter einer engen Kurve das idyllisch am Scheidgrundbach gelegene Gehöft auf.

Der Scheidbacher Bauernhof war das Eltern- und Geburtshaus seiner Mutter, aber das landwirtschaftliche Gehöft wurde schon lange nicht mehr bewirtschaftet. Nach dem Tod der Eltern hatte Victors Mutter den Hof geerbt und war vor gut zehn Jahren mit ihrem einzigen Kind hierher aufs Land zurückgekehrt.

Neben einer abgetretenen Sandsteintreppe, die hinauf zur Haustür führte, stellte Victor die Enduro auf den Seitenständer. Anschließend öffnete er das Scheunentor und schob sein Motorrad hinein. Von dort aus gelangte er in das kleine Bauernhaus, das vor über 150 Jahren aus roten Bruchsandsteinen errichtet worden war.

Außer dem Einbau von Isolierglasfenstern und einer Zentralheizung hatten Victors Großeltern nur minimale Veränderungen an der Bausubstanz vorgenommen. Aus finanziellen Gründen hatte sich seine Mutter vor ihrem Einzug auf das Kalken der Innenwände beschränkt, sonst hatte sie alles unverändert gelassen. Deshalb machten Haus, Scheune und Außenanlagen einen ziemlich heruntergekommenen, ungepflegten Eindruck.

Victor duschte ausgiebig, dann rasierte er sich und schlüpfte in einen grauen Trainingsanzug. Danach kochte er sich eine Kanne Kaffee, schmierte sich zwei Leberwurstbrote und verzog sich damit in sein Zimmer. Als Erstes warf er seinen Laptop an.

»Lahme Gurke«, schimpfte er in Anbetracht der Tatsache, dass sein alter Rechner gut drei Minuten benötigte, bis er vollständig hochgefahren war.

Nachdem er den Domainnamen www.die-apokalyptiker.de in die Adresszeile eingegeben hatte, erschien das Bild der griechischen Göttin der Rache auf dem Monitor.

»Tja, meine liebe Nemesis, die Zeit läuft ab«, sagte er mit Blick auf die Sanduhr, die Alfred Rethel in seinem berühmten Ölgemälde der geflügelten Rachegöttin in die Hand gedrückt hatte.

Victor rief das Forum der Apokalyptiker auf, wo er unter dem Decknamen ›Todesengel‹ unterwegs war.

»Freunde, ich habe es vollbracht. Morgen könnt ihr es in allen Zeitungen und im Internet lesen«, sagte er, während er parallel dazu die Worte in die Tasten hämmerte. »Ihr könnt stolz auf mich sein.«

»Was hast du vollbracht?«, wollte ein Forumteilnehmer mit dem Decknamen ›Revenge89‹ nur Sekunden später wissen.

»Ich habe es *getan*.« Victor ließ ein höhnisches Grunzen verlauten. »Ja, *getan*, nicht nur davon gefaselt, wie ihr das alle tut, sondern ich habe meinen Traum verwirklicht.«

Mit einem Mal hatte Victor keine Lust mehr auf einen Austausch mit den anderen Mitgliedern dieses Forums.

»Ihr seid doch alle nur armselige Loser«, prustete er und klappte anschließend seinen Laptop zu. »Ihr würdet euch niemals trauen, euren Hass auszuleben, wie ich es getan habe. Ihr seid doch alle nur theoretische Schwafler!«

Mit hastigen Schlucken leerte er seine Tasse. Dann schenkte er sich Kaffee nach, steckte sich eine Zigarette in den Mund und sog ein paarmal gierig daran. Den Rauch blies er durch einen Mundwinkel schräg nach vorn.

Hinter den abziehenden Rauchschwaden tauchte eine von oben bis unten mit Zeitungsartikeln und Pappkärtchen dekorierte Wand auf. Quer darüber prangte ein gut ein Meter langer Kartonstreifen, der mit dicken roten Lettern beschriftet war.

»Mein Schlachtplan«, las Victor sich selbst die Zeile vor.

»Was für ein genialer, doppeldeutiger Begriff«, prahlte er.

»Der Schlachtplan für das Schlachtfest.«

Ein diabolisches Lachen.

Oha, wie schnell die Zeit vergeht, stellte er mit Blick auf seine Armbanduhr erstaunt fest.

Er klatschte in die Hände. Auf das Geräusch folgte ein gespenstischer Widerhall.

Dann muss ich mich schleunigst meinen neuen Aufgaben zuwenden. Er drückte die Zigarette im Aschenbecher aus und trank einen großen Schluck Kaffee.

Schade, jetzt bin ich noch gar nicht dazu gekommen, mir dieses wunderschöne Video anzuschauen, das ich seit gestern Abend gedreht habe, sinnierte er. Ob es vielleicht das Zeug dazu hat, einen Filmpreis zu gewinnen? In der Kategorie ›Reality-Crime‹.

Na ja, später habe ich noch genügend Zeit dafür, hakte er dieses Thema gedanklich ab. Aber jetzt muss ich mich wirklich sputen.

Neben seinem Bett hatte er die orangefarbene Arbeitsbekleidung zurechtgelegt, die er für seinen kleinen Abstecher in die Kaiserslauterer Innenstadt benötigte. Zufrieden begutachtete er sein neues Outfit in dem mannshohen Spiegel neben der Tür.

»Das Zeug passt optimal und steht mir richtig gut. Ich sehe aus, als ob ich noch nie etwas anderes angehabt und schon seit Jahren in dieser Kluft gearbeitet hätte.«

In der Scheune erwartete ihn ein gleichfarbiger Kastenwagen. Für kleines Geld hatte er ihn im Rahmen einer Auktion ersteigert, bei der die Saarbrücker Stadtverwaltung jedes Jahr ihre ausgemusterten Dienstfahrzeuge zum Kauf feilbot. Mit einem raschen Blick in seine Arbeitstasche vergewisserte er sich, dass er die benötigten Materialien und Werkzeuge auch tatsächlich mit an Bord hatte.

Anschließend fuhr er über die Autobahn in die verhasste Westpfalzmetropole. Er hätte auch die weitaus kürzere Route über die B 270 nehmen können, aber dann wäre er unmittelbar am Walzweiher vorbeigekommen. Und dieses Risiko wollte er nicht eingehen, obwohl ihn natürlich das, was sich dort gerade abspielte, brennend interessierte.

An der Autobahnausfahrt ›Kaiserslautern West‹ verließ er die A 6 und schwenkte am sogenannten Kleeblatt in die Pariser Straße ein, von wo aus ihn sein Navigationsgerät auf kürzestem Wege ins Musikerviertel geleitete.

»Sie haben Ihren Zielort erreicht«, quäkte die Computerstimme, kurz nachdem er von der Rudolf-Breitscheid-Straße in die Beethovenstraße abgebogen war.

In den letzten Monaten war er zweimal dort gewesen und hatte sich die betreffenden Örtlichkeiten genau angeschaut. Ohne Rücksicht auf Verkehrsschilder oder Parkbuchten fuhr er den Kastenwagen mit zwei Rädern auf den Bürgersteig und parkte ihn neben einer Straßenlaterne.

Nachdem er das über der Fahrerkabine angebrachte, rotierende Warnlicht eingeschaltet hatte, schnappte er sich seine Arbeitstasche mit den vorbereiteten Materialien und stieg aus. Anschließend montierte er die Aluleiter vom Dach ab, klappte sie auseinander, lehnte sie an die Laterne und kletterte einige Sprossen empor.

»Was machst du denn da oben?«, ertönte plötzlich in seinem Rücken ein zartes Kinderstimmchen.

Vor lauter Schreck wäre er fast von der Leiter gefallen. Zwar hatte er versucht, sich auf alle nur erdenklichen Eventualitäten einzustellen, ja er hatte sie sogar in Rollenspielen zigmal geprobt. Aber die Realität war dann eben doch etwas anderes als ein Planspiel.

Doch er hatte sich schnell wieder unter Kontrolle. Vorsichtig wandte er sich um. Am Fuß der Leiter stand ein etwa sechsjähriges, kräftiges Mädchen und blickte mit großen

Augen zu ihm hoch. An der Leine führte es einen schneeweißen West Highland Terrier, der gerade am Laternenpfahl sein Hinterbein hob.

»Na, wer bist denn du?«, fragte er in einem Ton, als ob er Kreide gefressen hätte. »Wie heißt du denn?«

»Charlotte.«

»Schöner Name.«

»Was machst du denn da?«, wiederholte das Mädchen seine Frage.

»Ich muss die Laterne überprüfen, Charlotte«, sagte er freundlich und schenkte der Kleinen sein bezauberndstes Lächeln. »Weißt du, das muss man ab und zu machen, damit ihr hier in der Straße nachts Licht habt.«

»Ach soooo.«

»Du willst doch bestimmt nicht, dass sich deine Mama oder dein Papa ein Bein brechen, wenn sie euren süßen Hund ausführen, bloß weil die Laterne nicht funktioniert und es nachts hier dunkel ist. Oder?«

»Neeeein«, kam es gedehnt zurück.

»Na siehst du, und deshalb muss ich nun auch weiterarbeiten. Tschüs, meine süße kleine Charlotte.«

»Tschüüüüs«, sagte das Mädchen. Dann zerrte es den Terrier vom Laternenpfahl weg und lief in Richtung der Eisenbahnstraße.

Du dummes, dickes pfälzisches Kind, polterte Victor im Stillen. Euch blöden Pfälzern kann man wirklich den allergrößten Schwachsinn erzählen, und ihr glaubt ihn trotzdem.

Verächtlich stieß er einen Schwall Luft durch die Nase.

Von wegen Laterne reparieren. Nix reparieren, spionieren, sagte er sich.

Verstohlen blickte er sich nach allen Seiten um, dann öffnete er die Werkzeugtasche, die vor seinem Bauch herumbaumelte und entnahm ihr eine Kunststoffmanschette. Sie war farblich exakt auf die mausgraue Lackierung der Straßenlaterne abgestimmt und so präpariert, dass die darin versteckten, schwenkbaren Mini-Webcams nur bei sehr genauem Hinsehen zu erkennen waren.

Mit einstudierten Bewegungsabläufen brachte er in Sekundenschnelle die Manschette direkt unter dem Leuchtenkopf an und richtete die beiden Webcams aus. Bei diesen Überwachungskameras handelte es sich um Profimodelle, die man über eine App steuern konnte und deren Aufnahmen nicht nur gespeichert wurden, sondern die auch überall in Echtzeit abrufbar waren.

11

Nachdem Johanna von Hoheneck in die Rechtsmedizin abtransportiert worden war, inspizierte Karl Mertel, seines Zeichens Leiter der kriminaltechnischen Abteilung, an Ort und Stelle Tannenbergs Auto.

Dazu schlossen und verriegelten seine Mitarbeiter das schwarze Faltdach des Cabrios. Die unterschiedliche Höhe der Einschusslöcher in der Windschutzscheibe und im Heckfenster ermöglichten die Berechnung des Eintrittswinkels der Projektile und folglich den ungefähren Ort, von dem aus der Täter die Schüsse abgegeben haben musste.

Aufgrund der Örtlichkeiten kamen nur zwei Möglichkeiten in Betracht: Entweder hatte der Schütze vom Rand des Parkplatzes seine Opfer ins Visier genommen oder von dem in der Waldschneise erst vor Kurzem errichteten Strommast.

Oder aber der Täter hatte sich auf der anderen Seite des Walzweihers in dem felsigen Steilhang des lang gestreckten Bergrückens eine Schussposition gesucht.

Wie von Mertel vermutet, entdeckten die Kriminaltechniker in der näheren Umgebung des Anglerparkplatzes nicht den geringsten Hinweis auf den Täter, deshalb konzentrierten sie ihre Aktivitäten schon bald auf die gegenüberliegende Uferseite des Walzweihers.

Die für solche Suchaktionen ausgebildeten Spürhunde hatten wenig Mühe, den mutmaßlichen Unterschlupf des Todesschützen in Minutenschnelle zu erschnüffeln. Nachdem ihre Begleiter die Mitarbeiter der Spurensicherung von ihrem Fund verständigt hatten, nahmen die Suchhunde die Witterung des Täters auf und folgten der Geruchsspur bis hinunter zur L 500, wo einer der Hundeführer hinter einem Langholzstapel in einer wannenähnlichen Bodensenke einen frischen Ölfleck entdeckte.

Der uniformierte Polizeibeamte gab diese wichtige Information umgehend an den Leiter der kriminaltechnischen Abteilung weiter. Mertel wiederum informierte sofort Michael Schauß, den neuen Chef-Ermittler, der auf einer Holzbank am Ufer gerade Pause machte und ein belegtes Brötchen verzehrte.

Obwohl Schauß sich sehr darüber gefreut hatte, als Oberstaatsanwalt Dr. Hollerbach ihm und nicht einem erfahreneren Kollegen aus einem anderen Dezernat diese verantwortungsvolle Aufgabe übertragen hatte, war er doch noch nicht so richtig in seiner neuen Führungsrolle angekommen.

Dr. Hollerbach hatte ihn ohne Vorwarnung ins kalte Wasser geworfen. Natürlich hatte er immer davon geträumt, zum Leiter des K 1 befördert zu werden, aber diese Option hatte für ihn weit in der Zukunft gelegen, wenn Tannenberg diese Position irgendwann nicht mehr innehatte. Bis heute, wo die dramatischen Ereignisse die armen Tannenbergs wie ein Tsunami überschwemmt hatten.

»Straßensperren werden jetzt wahrscheinlich kaum mehr Sinn machen, oder was meinst du, Karl?«, fragte Schauß den Spurenexperten, der fast genauso viele Dienstjahre wie Tannenberg auf dem Buckel hatte.

Mertel konnte die Unsicherheit seines bedeutend jüngeren Kollegen gut nachempfinden. Und da er ihn sehr mochte, griff er ihm selbstverständlich gerne unter die Arme.

»Nein, Micha, das bringt jetzt nichts mehr«, meinte er gelassen. »Der Typ ist garantiert schon längst über alle Berge.«

»Gut, Karl, dann sind wir uns ja einig«, zeigte sich Schauß erleichtert. »Wir benötigen eh jeden Kollegen für die Suche nach Wolfs Mutter.«

Mertel setzte sich neben seinen frisch zum kommissarischen Dezernatsleiter gekürten Kollegen und gab ihm einen aufmunternden Klaps auf den Oberschenkel. »Du schaffst das schon. Wenn du irgendwelche Fragen oder Probleme mit oder in deinem neuen Aufgabenbereich hast, kannst du dich gerne vertrauensvoll an mich wenden.«

»Danke, Karl.«

Mertel klatschte sich mit beiden Händen auf die Oberschenkel. »Aber nun konzentrieren wir uns voll und ganz auf unseren neuen Fall.«

Oberkommissar Schauß nickte.

»Lass uns kurz rekapitulieren: Der Todesschütze saß also im östlichen Steilhang des Walzweihers und hat in aller Ruhe auf seine Opfer gelauert. Dann hat er zwei gezielte Schüsse abgegeben, die dazu führten, dass Johanna die Kontrolle über Wolfs Auto verlor und der BMW am Hochspannungsmast vorbei durch die Waldschneise raste und im See gelandet ist.«

»Ja, danach sieht es im Moment aus«, bestätigte der junge Chef-Ermittler.

»Und nachdem dieser Mistkerl wie eine heimtückische Muräne zugeschlagen hatte, ist er zu seinem Motorrad gelaufen und abgehauen«, ergänzte Mertel.

Mit einem Kopfschütteln lehnte der Spurenexperte das von Michael Schauß angebotene Salamibrötchen ab, die verschlossene Wasserflasche dagegen nahm er dankend an. Er schraubte die Plastikflasche auf, trank einen großen Schluck und leckte sich die Lippen.

»Was für ein Wahnsinn.«

»Glaubst du, dass es ein gezielter Anschlag war?«, fragte Schauß schmatzend.

Karl Mertel kratzte sich hinterm Ohr. Dann blies er die Backen auf und ließ den aufgestauten Atem knatternd über die Lippen entweichen.

»Ein gezielter Anschlag auf Hanne oder Wolfs Mutter?«, fragte der Spurenexperte. »Das erscheint mir doch ziemlich unwahrscheinlich. Die beiden konnten noch nicht einmal einer Fliege etwas zuleide tun, die waren doch die Friedfertigkeit und Liebenswürdigkeit in Person.«

»Mir erscheint diese Möglichkeit auch als ziemlich abwegig«, meinte sein Kollege. »Aber falls der Mörder doch die beiden gezielt ausgesucht haben sollte, dann wohl nicht, weil er etwas gegen diese harmlosen Frauen hatte, sondern wahrscheinlich deshalb, weil der Täter sich an Wolf rächen will.«

»Aber warum dann nicht gleich ein Mordanschlag auf Wolf?«, wandte Mertel ein. Er wiegte den Kopf hin und her. »Nein, ich denke eher, dass die Frauen Zufallsopfer waren und wir es hier mit einem durchgeknallten Irren zu tun haben.«

Schauß seufzte. »Wenn deine Vermutung stimmt, weißt du aber genauso gut wie ich, was das höchstwahrscheinlich bedeutet.«

Mertel nickte mit finsterer Miene. »Dass dies erst der Anfang war. Und …«

»Und wir es mit einem Serientäter zu tun haben könnten, der noch weitere Anschläge plant«, vollendete der junge Oberkommissar.

Ein Blick hinüber zur anderen Seite des Weihers, wo die drei Betroffenen mit hängenden Köpfen auf der Leitplanke saßen und verzweifelt auf Ergebnisse der inzwischen ausgeweiteten Suchaktion warteten.

Michael Schauß nahm einen Schluck aus der Wasserflasche. »Glaubst du, dass Margot Tannenberg auf dem Seegrund liegt?«

Schwer atmend zuckte Mertel mit den Schultern. »Tja, das ist leider die wahrscheinlichste Variante«, sagte er mit bekümmertem Gesichtsausdruck und benässte nun ebenfalls den trockenen Mund.

»Ich kann mir beim besten Willen nicht vorstellen, dass die alte Dame es noch rechtzeitig aus dem Auto geschafft haben könnte, bevor es im Weiher versunken ist«, fuhr er anschließend fort.

»Weißt du zufällig, ob Wolfs Mutter schwimmen kann?«

»Nein, keine Ahnung, Micha.«

Eine Weile wanderte das Schweigen zwischen den beiden Kriminalbeamten hin und her.

»Die armen Kerle da drüben«, brach Mertel die beklemmende Stille. »Nun harren sie hier schon seit vielen Stunden aus und haben noch immer keine endgültige Gewissheit.«

»Sabrina hat ihnen mehrmals vorgeschlagen, sie nach Hause zu fahren. Aber sie wollen unbedingt hierbleiben.«

»Das würde ich in ihrer Lage auch tun, du doch sicher auch, oder?«

Ein stummes Nicken als Antwort.

»Tragisch, tragisch«, murmelte der Kriminaltechniker vor sich hin.

Mit einem großen, gluckernden Zug leerte er die Wasserflasche. Anschließend wischte er sich mit dem Ärmel seines Parkas die Feuchte aus den Mundwinkeln.

»Wolf ist von den dreien am schlimmsten dran«, seufzte Mertel. »Schließlich hat er außer seiner Mutter auch noch seine Frau verloren.«

»Was für ein Drama«, stimmte Schauß in die Litanei ein. »Die Mutter zu verlieren ist ja schon schlimm genug, aber dazu auch noch die Frau.«

Er zog die Stirn in Falten. »Die beiden wollten demnächst heiraten.«

Mertel zog verdutzt das Kinn zum Hals. »Das wusste ich nicht. Wolf hat mir gegenüber noch nicht einmal eine Andeutung gemacht.«

»Sollte eine Überraschung werden. Wie sie uns erzählt haben, wusste außer Sabrina, mir und Rainer niemand außerhalb des engsten Familienkreises darüber Bescheid.«

»Irgendwie war es ja auch an der Zeit, dass sie heiraten, schließlich sind sie schon lange genug zusammen.«

»Waren«, korrigierte der Oberkommissar.

Mertel nickte mit zusammengepressten Lippen.

Michael Schauß schluckte hart und räusperte sich hinter vorgehaltener Hand. »Wolf und Johanna haben uns gebeten, ihre Trauzeugen zu sein.«

»Wolf war auch euer Trauzeuge, nicht wahr?«

»Ja, das war er.«

Zu diesem Zeitpunkt saß Marieke Tannenberg im Obergeschoss ihres Elternhauses in der Parkstraße auf glühenden Kohlen und fieberte der Ankunft ihres Ehemanns entgegen. Max arbeitete in Ludwigshafen bei einem Weltkonzern und musste am Nachmittag an einer wichtigen Telefonkonferenz teilnehmen.

Der kleine Paul und seine vierjährige Schwester Emma konnten natürlich nicht unbeaufsichtigt zu Hause bleiben. Die Kindertagesstätte war wegen eines Betriebsausflugs geschlossen, und von den Familienangehörigen, die sich immer noch am Walzweiher aufhielten, stand logischerweise niemand zur Verfügung.

Mariekes Mutter Betty befand sich auf einer einwöchigen Klassenfahrt an der Nordsee, ihr Bruder Tobias absolvierte ein Auslandssemester in den USA. Und Johanna von Hoheneck, die in der Vergangenheit oft und gerne als Babysitter eingesprungen war, wurde vergangenen Abend Opfer eines heimtückischen Mordanschlags. Und Mariekes geliebte Großmutter, die ebenfalls häufig ihre süßen Urenkel betreute, war nach wie vor spurlos verschwunden.

Während Emma und Paul im Wohnzimmer mit Duplo-Steinen spielten, kommunizierte Marieke via Skype mit Tobias. Ihr Bruder reagierte total geschockt und versicherte, umgehend einen Heimflug zu buchen und seiner Familie in diesen schweren Stunden beizustehen.

Parallel dazu telefonierte Marieke mit ihrem Vater, der sich noch immer am Walzweiher aufhielt. Heiner hatte sie zwar mehrfach gebeten, ihn nicht mehr anzurufen, und ihr versprochen, sich sofort zu melden, wenn es neue Informationen über den Verbleib der alten Dame geben würde. Aber damit gab sie sich nicht zufrieden und rief ihn im Viertelstundentakt an.

Marieke wollte nicht länger tatenlos in ihrer Wohnung herumsitzen, sondern selbst aktiv werden und bei der Suche nach ihrer Großmutter helfen. Als sie vor zwei Stunden gemeinsam mit ihren Kindern den Familienhund ausgeführt hatte, war ihr mitten im Stadtpark eine geniale Idee gekommen, die sie so bald wie möglich in die Tat umsetzen wollte.

Als Tannenbergs Nichte den Schlüssel im Türschloss

hörte, stürmte sie sofort auf ihren Ehemann zu. »Da bist du ja endlich«, empfing sie ihn mit einem vorwurfsvollen Unterton versetzt.

Max stellte seine Ledertasche ab und drückte seine Ehefrau fest an sich.

»Tut mir leid, aber es ging wirklich nicht schneller«, entschuldigte er sich für sein Zuspätkommen. »Erst dieses wichtige internationale Meeting, bei dem ich als Bereichsleiter unbedingt anwesend sein musste, und dann auch noch dieser blöde Stau auf der A 6. Und das ausgerechnet heute, wo zu Hause alles drunter und drüber geht. Dieser Mordanschlag auf Hanne und Margot ist so barbarisch, so sinnlos«, sagte er voller Mitgefühl. Zärtlich streichelte er den Rücken seiner Frau.

Marieke ließ die Zärtlichkeit nur kurz zu. Sie trat einen Schritt zurück und sagte: »Kümmerst du dich bitte um die Kinder? Ich muss dringend weg.«

Max nickte. »Klar, mache ich das. Was hast du vor?«

»Ich habe mir einige getragene Kleidungsstücke aus Omas Wäschekorb besorgt und fahre jetzt mit Kurt zum Walzweiher.«

Als der bärenartige Familienhund seinen Namen hörte, trottete er zu Marieke und schmiegte sich an ihren Oberschenkel. Marieke packte seinen zotteligen Kopf und tätschelte ihn.

»Wir zwei werden Oma finden, gell, Kurt?«, murmelte sie.

Als würde die imposante Mischung aus einem Langhaarschäferhund und einem Leonberger den Sinn dieser Worte verstehen, jaulte Kurt auf und bellte.

»Glaubst du, Kurt ist erfolgreicher als die ausgebildeten Spürhunde?«, wandte Max skeptisch ein.

Seit dem Morgen war er von seiner Ehefrau per Whats-

App über die dramatischen Ereignisse auf dem Laufenden gehalten worden. Ein Lächeln huschte über seine Lippen. »Obwohl, wie sagt Wolf immer so schön: Du hast keine Chance, also nutze sie.«

»Genau das werde ich jetzt tun«, entgegnete Marieke voller Tatendrang. Demonstrativ tippte sie auf ihre Armbanduhr. »Aber nun müssen wir los, denn in zwei Stunden wird es dunkel.«

»Okay, viel Glück, ihr Spürnasen.«

Marieke gab ihrem Ehemann einen dicken Abschiedskuss. Dann pflückte sie den Autoschlüssel aus seiner Hand, schnappte sich die Hundeleine sowie die Plastiktüte mit Margots Kleidern und eilte ins Treppenhaus. Kurt folgte ihr auf dem Fuße.

Bereits zehn Minuten später trafen die beiden am Walzweiher ein. Da der Parkplatz mit rot-weißen Plastikbändern abtrassiert war, stellte Marieke den Passat Variant neben der Landstraße auf einem breiten Grünstreifen ab. Ihre Familienangehörigen staunten nicht schlecht, als Marieke und Kurt auftauchten.

»Was willst du denn hier?«, fragte Heiner verdutzt. »Ich habe dir doch schon am Telefon gesagt, dass du uns nicht helfen kannst.«

Marieke konnte nicht gleich antworten, denn der Anblick ihres Vaters, ihres Onkels und ihres Opas spülte die Trauer in ihr hoch. Sie stand ihnen nun zum ersten Mal seit gestern Abend wieder gegenüber. Seitdem waren lediglich 24 Stunden vergangen, aber vor allem Heiner und sein Bruder schienen innerhalb dieses einen Tages um Jahre gealtert zu sein.

Die enorme psychische Belastung hatte tiefe Furchen in ihre bleichen Gesichter gefräst und die tief liegenden Augen von großen dunklen Schatten umwölkt. Obgleich Jacob viele Jahre älter als seine Söhne war, hatte er sich noch am besten von den dreien gehalten.

»Du kannst doch nicht ernsthaft von mir verlangen, dass ich weiter tatenlos zu Hause rumsitze. Das habe ich schon viel zu lange getan. Schließlich wird *meine* Oma vermisst«, gab sich Heiners Tochter trotzig.

»Kurt und ich gehen jetzt Oma suchen, auch wenn ihr nicht mitkommt«, verkündete Marieke selbstbewusst. Die enorme Energie, die sie in ihre Stimme gelegt hatte, machte den anderen klar, dass Widerspruch zwecklos war.

»Im Gegensatz zu euch glaube ich nämlich nicht«, sie wies zum Walzweiher, »dass Oma in diesem blöden See liegt.«

»Ich doch auch nicht«, stimmte Jacob zu.

»Und wie willst du das anstellen?«, fragte Heiner, der vom Aktionismus seiner Tochter nicht gerade angetan war.

Diese zog Margots Unterhemd aus der Plastiktüte und zeigte es ihrer Familie. Dann hielt sie der Hundedame das getragene Kleidungsstück vor die Nase. Kurt steckte seine Schnauze hinein und schnüffelte aufgeregt daran herum.

»Während der letzten Stunden habe ich Kurt so oft an Omas Sachen riechen lassen, dass er ihren Geruch intensiv aufgenommen und in seinem Gehirn abgespeichert hat.«

Marieke Tannenberg machte eine ausschweifende Armbewegung über den Parkplatz hinweg in Richtung der an der südlichen Seespitze gelegenen, verfallenen Gebäude des ehemaligen Walzwerks.

»Ich bin mir hundertprozentig sicher, dass Kurt Oma finden wird, wenn sie hier irgendwo ist.«

Schlagartig kehrte das Leben in den alten Mann zurück. Er blühte regelrecht auf.

»Eine klasse Idee«, lobte Jacob. »Dann lass Kurt von der Leine, und wenn er Witterung aufgenommen hat, folgen wir ihm.«

»Nein, das ist Quatsch«, mischte sich Tannenberg ein. Auch ihn hatte Mariekes engagierter Auftritt aus seiner bleiernen Lethargie herausgerissen.

»Warum ist das Quatsch?«, hakte sein Vater unwirsch nach.

»Weil Kurt uns dann garantiert abhaut. Wenn er etwas in der Nase hat, gibt es für ihn kein Halten mehr.«

Heiner wies auf die gegenüberliegende Seeseite, wo die Hundeführer mit ihren Suchhunden beisammenstanden. »Sollen wir diese Suchaktion nicht doch besser den Profis überlassen?«, fragte er.

»Profis«, spottete Jacob. »Die waren doch heute Mittag schon kurz mit ihren Hunden hier oben auf dem Parkplatz. Aber die haben nach Hinweisen auf den Täter gesucht, nicht nach eurer Mutter. Wegen der beiden Einschusslöcher in den Scheiben ist für die Pappnasen doch alles sonnenklar. Wegen dieser Löcher gehen die davon aus, dass Margot tot ist und da unten in diesem Scheißweiher herumliegt.«

Jacobs Halsschlagadern schwollen zu dicken Regenwürmern an. Er warf die Hände zum Himmel und stapfte in Rumpelstilzchen-Manier auf der Stelle herum.

»Es ist völlig unmöglich, dass eine so alte Frau sich mit einem Hechtsprung aus dem Auto retten konnte, bevor es im See versunken ist«, äffte Jacob in hoher Stimmlage den Kommentar eines der Hundeführer nach.

»Das sehe ich leider genauso«, murmelte Tannenberg.

»Du elender Pessimist«, rüffelte Jacob. »Dann bleib doch hier.« Ein Blick zu seiner Enkelin. »Gib mir die Leine, Marieke. Ich suche meine Frau zur Not auch ganz alleine.«

»Ich helfe dir auf alle Fälle dabei, Opa«, stellte Marieke unmissverständlich klar.

»Also gut«, seufzte der beurlaubte Leiter des K 1 und streckte fordernd die Hand aus. »Marieke, gib mir bitte die Leine, ich bin schließlich der Einzige von uns, der weiß, wie man einen Spürhund richtig einsetzt.«

Ein Schatten legte sich über das aschfahle Gesicht des altgedienten Mordermittlers und er schob leise nach: »Obwohl ich befürchte, dass wir kein Glück damit haben werden.«

»Mann, reiß dich zusammen und geh jetzt endlich los«, schnauzte der Senior seinen schwermütigen Sohn an. »Oder brauchst du erst noch eine schriftliche Einladung? Du sagst doch immer selbst: Die Hoffnung stirbt zuletzt.«

Marieke reichte ihrem Onkel die Lederleine, und Tannenberg setzte sich wie ferngesteuert in Bewegung. Obwohl der Familienhund normalerweise ein ziemlich ruhiger, um nicht zu sagen träger Vierbeiner war, legte er eine völlig ungewohnte Hektik an den Tag.

Die Schnauze knapp über dem Erdboden scannte er förmlich den Parkplatz ab. Am südöstlichen Parkplatzrand schlug er plötzlich an. Durch das laute Bellen wurden auch die auf der anderen Seite des Walzweihers stehenden Einsatzkräfte und ihre Suchhunde auf Kurt aufmerksam. Ein vielstimmiges Kläffen hallte durch das enge Tal. Scharfe Kommandos der Hundeführer ertönten, woraufhin die Polizeihunde verstummten.

Jacob, Heiner und Marieke, die von den Leitplanken aus gespannt die Aktion verfolgten, eilten Tannenberg hinterher. Kurt zog sein Herrchen in ein angrenzendes Dickicht.

»Wahrscheinlich riecht Kurt nur ein Wildschwein oder ein Reh, das heute Morgen in der Dämmerung hier herumgestreift ist«, sagte Heiner, der wie Tannenberg den Optimismus der anderen Familienmitglieder offenbar nicht zu teilen vermochte. »Mögliche Hinweise auf Mutter hat das Unwetter von gestern Abend bestimmt schon lange weggespült.«

»Du bist genauso ein notorischer Schwarzseher wie dein Bruder«, fauchte Jacob hinter ihm.

Marieke erreichte als Erste die Holunderbüsche und drückte mit ihrem Oberkörper einige Äste beiseite, damit ihre Begleiter die Engstelle besser passieren konnten.

»Wolfram, warte auf uns!«, schrie Jacob.

Den alten Mann plagten weiter starke Knieschmerzen. Doch er biss die falschen Zähne zusammen und versuchte mit seinen bedeutend jüngeren Begleitern mitzuhalten. Das war schließlich das Mindeste, was er für seine vermisste Ehefrau tun konnte.

Tannenberg lief noch ein paar Meter weiter, dann befestigte er Kurts Leine an einen Baumstamm und wartete auf die anderen.

»Keine Müdigkeit vorschützen, Junior. Auf, auf, weiter geht's!«, spornte ihn Jacob an, als er japsend bei ihm eintraf. Er machte eine anfeuernde Handbewegung. »Los, los. Für eine Pause haben wir jetzt keine Zeit.«

Der Senior stemmte die Arme in die Hüften und rang wie ein Asthmatiker nach Luft. »Wenn wir eure Mutter gefunden haben, könnt ihr Pause machen, so lange wie ihr wollt, vorher nicht.«

»Nee, nee, Opa, wir legen immer mal wieder eine kurze Verschnaufpause ein. Sonst kriegst du noch einen Herzinfarkt«, sagte Marieke und reichte Jacob eine Wasserflasche.

»Danke, mein Kind«, entgegnete der weißhaarige Senior und trank einen Schluck. »Man wird eben auch nicht jünger.«

»So ist es, Opa.«

»Aber jetzt suchen wir weiter«, entschied Jacob. »Wir müssen deine Großmutter unbedingt finden, bevor es dunkel wird.« Er schniefte und putzte sich trompetenartig die Nase. »Noch eine Nacht allein im Wald überlebt sie nicht.«

Heiner beobachtete gedankenversunken eine Ente, die ans Ufer watschelte und dann ins trübe Wasser stieg.

Wie verbissen er sich an diesen dünnen Strohhalm klammert, dachte er. Vater will einfach nicht akzeptieren, dass seine Frau nicht mehr am Leben ist. Aber ich will es doch auch nicht. Das darf einfach nicht sein.

Dann ging die Suche weiter. Am ehemaligen Walzwerk legte der familieninterne Suchtrupp die nächste kleine Rast ein. Die Sonne war bereits hinter dem Kleinen Stempelberg verschwunden, und die Luft hatte sich merklich abgekühlt.

Nun bekam auch endlich Kurt etwas zu trinken und dazu einige Leckerlies, die er hastig verschlang. Er war immer noch ausgesprochen unruhig und kaum zu bändigen. Mit voller Körperkraft zog er sein Herrchen in Richtung des südlich des Walzweihers gelegenen Bahnhofs. Von dort aus folgte er einer Geruchsspur ins Karlstal hinein.

12

Eine der an der Straßenlaterne in der Beethovenstraße angebrachte Webcam war auf das doppelflügelige Fenster im ersten Obergeschoss des Einfamilienhauses ausgerichtet. Der Monitor zeigte seit Stunden immer das gleiche Standbild, sah man einmal von der Wanduhr ab, die neben der gegenüberliegenden Tür angebracht war und deren Sekundenzeiger sich im Kreis drehte.

Victor hatte die kleine Videokamera so eingestellt, dass sie zwischen dem Fenstersims und den beiden Kurzgardinen, die jeweils nur das obere Viertel der Scheibenflächen bedeckten, freien Blick in das Wohnzimmer und einen Teil des Flurs ermöglichte.

Die zweite Webcam hatte ihren Fokus auf die Haustür und das Küchenfenster der darunterliegenden Wohnung gerichtet. Trotz des schrägen Blickwinkels konnte Victor die Eckbank, den Küchentisch und einen Teil der Arbeitsplatte gut erkennen, denn auch an diesem Fenster war glücklicherweise keine Vollgardine angebracht, sondern eine Scheibengardine, die nur die untere Hälfte der Fensterfläche bedeckte.

»Da haben die Alten bestimmt tausend Mal am Tag drüber geglotzt, damit ihnen ja nichts entgeht, was sich auf der Straße oder in der Nachbarschaft abspielt. Neugierige Gaffer-Grufties«, höhnte Victor.

Er redete oft mit sich selbst, wenn er allein war, sei es im Wald beim Joggen, bei rasanten Fahrten mit seinem Motorrad oder zu Hause. Und das war er seit dem Tod seiner Mutter eigentlich immer der Fall.

Bis vor einem halben Jahr hatte Mandy bei ihm gewohnt. Aber irgendwann hatte sie die Schnauze gestrichen voll gehabt von der extrem belastenden Situation auf dem alten Bauernhof. Nach einem eskalierten Streit hatte sie ihre Sachen gepackt und war vor Victor und vor allem vor seiner bösartigen Mutter zurück nach Saarbrücken geflüchtet.

»In diesem Irrenhaus halte ich es keinen Tag länger aus«, hatte sie ihn an diesem Abend voller Wut angebrüllt. Sie war total ausgeflippt. »Deine Mutter ist zwar schwer krank, aber sie ist trotzdem eine gottverdammte Furie.«

Der Frust vieler Wochen war wie glühende Lava aus ihrem tiefsten Innern herausgebrochen. »Du bringst seit Monaten keinen Cent mehr nach Hause und liegst mir auf der Tasche«, bombardierte sie Victor mit Vorwürfen.

»Und alles nur, um dieses gemeine, versoffene Wrack zu pflegen. Ich hab's ja wirklich mit ihr probiert, Victor, hab ihr sogar den Hintern abgewischt! Aber diesem alten Drachen kann man es einfach nicht recht machen. Kein einziges Wort des Dankes, nur immer die verfluchte Motzerei. Und dazu auch noch dieser völlig abgefahrene religiöse Wahnsinn.«

Ihre Stimme wurde schrill. »Der HERR sieht alles, der HERR wird's schon richten«, hatte sie ihm voller Hohn entgegengespuckt. »Ich hasse dieses scheinheilige, keifende Monster. Deine Mutter ist ein Teufel in Menschengestalt. Sie wird garantiert nicht im Himmel landen, sondern in der Hölle schmoren.«

Mandy hatte ihm die zitternde geöffnete Hand entgegengestreckt. »Sage und schreibe fünf Pflegedienste hat deine Mutter in den letzten drei Monaten zum Wahnsinn getrieben«, hatte sie wie von Sinnen weitergezetert.

»Und warum sind die Pflegedienste schnell über alle Berge?

Weil sie sich nur von ihrem vergötterten Sohn waschen und saubermachen lassen will. Das ist doch pervers! Bring diesen alten Drachen endlich ins Pflegeheim, dann gebe ich dir vielleicht noch eine Chance. Sonst ist ein für alle Mal Schluss mit uns beiden.«

Jedes einzelne Wort dieser minutenlangen Schimpfkanonade hatte sich wie ein Dolch in Victors Seele gerammt. Am Anfang hatte er diese Litanei mit hängendem Kopf über sich ergehen lassen, denn er mochte Mandy sehr und wollte sie unter keinen Umständen verlieren.

Aber irgendwann konnte er dann doch den Deckel nicht mehr auf den brodelnden Topf drücken und explodierte förmlich. Er rastete völlig aus und prügelte derart heftig und unkontrolliert auf seine Lebensgefährtin ein, dass er sie schwer verletzte. Sie musste mehrere Wochen im Krankenhaus stationär behandelt werden.

Aufgrund der gravierenden körperlichen Schäden leitete die Staatsanwaltschaft von Amts wegen ein Ermittlungsverfahren gegen ihn ein. Auf Ende der kommenden Woche war der erste Verhandlungstermin angesetzt.

Nur sein fester Wohnsitz und die Tatsache, dass er aufopferungsvoll seine todkranke Mutter pflegte und deshalb Fluchtgefahr auszuschließen war, hatte verhindert, dass die Staatsanwaltschaft Untersuchungshaft gegen ihn verhängt hatte.

Gähnend verschränkte Victor die Hände hinter dem Kopf, versteifte den Rücken und streckte die Beine weit von sich.

»Mann, ist das langweilig«, sagte er gedehnt.

Er klatschte sich mit der flachen Hand an die Stirn.

»Warum habe ich Idiot denn auch vergessen, eine Webcam am Walzweiher zu installieren?«, schimpfte er sich selbst aus.

»So was Blödes! Dann könnte ich von hier aus alles, was sich dort Interessantes abspielt, live miterleben. Mann, Mann, Mann, so was Doofes.«

Victor breitete die Arme zu einer beschwörenden zur Wand hin geöffneten Geste aus.

»Da habe ich solch einen genialen Plan entwickelt«, prahlte er mit Blick auf die Korkplatten hinter dem linken Monitor, auf denen er Pappkärtchen mit seinen nächsten Aktionen befestigt hatte.

»Und dann habe ich so etwas Entscheidendes vergessen«, schob er zerknirscht hinterher.

»Schade, wirklich jammerschade.«

Ein weiterer leerer Blick schweifte über die von den beiden Webcams übertragenen Standbilder aus der Beethovenstraße.

Plötzlich ging ein Ruck durch seinen Körper. Wie von einem Katapult abgeschossen schnellte er in die Höhe und spurtete die Treppe hinunter in die Küche, wo ihn über dem Herd eine schwarze Rauchwolke erwartete.

»Verdammte Scheiße!«, fluchte er. »Ich bin wirklich zu blöd, um mir eine Dose Bohneneintopf warm zu machen.«

Wutschnaubend griff er ein Geschirrhandtuch, packte den heißen Topf am Henkel und donnerte ihn in die Spüle. Braune Bohnenbrühe spritzte an die geflieste Wand.

Angewidert riss er die Besteckschublade auf, nahm einen Schöpflöffel heraus und lud sich den gerade noch genießbaren Teil auf seinen Teller. Dann würzte er die braune Masse mit reichlich Pfeffer, holte sich ein Bier aus dem Kühlschrank und machte sich gierig über sein Abendessen her.

Hinsichtlich der Nahrungsaufnahme besaß Victor eine absolut pragmatische Einstellung. Essen hatte für ihn nichts mit Genuss zu tun, sondern war eine notwendige Voraussetzung, um das Überleben des menschlichen Organismus zu gewährleisten.

Bei den Kampfeinsätzen tief im Feindesland hatten er und seine Kameraden manchmal tagelang nichts Richtiges zwischen die Zähne bekommen und sich notgedrungen mit der kargen Kost begnügt, die ihnen die Natur zur Verfügung stellte. Je nach dem Einsatzort seiner Spezialeinheit waren das Beeren und Kräuter oder auch Schlangen und anderes exotisches Getier.

Nachdem er in rekordverdächtigem Tempo den Bohneneintopf, der trotz des Pfeffer-Bombardements immer noch stark nach Rauch schmeckte, in sich hineingestopft und mit großen Schlucken Bier hinuntergespült hatte, kehrte er an seinen Schreibtisch zurück.

Die Bestückung des ausladenden Holztisches, den er selbst gezimmert hatte, erinnerte ein wenig an eine Überwachungszentrale. Insgesamt befanden sich drei Computer, zwei Laptops sowie drei separate Monitore auf dem Schreibtisch.

Gleich nach seiner Rückkehr aus Kaiserslautern hatte er die am Walzweiher aufgenommenen Videosequenzen auf der Festplatte seines leistungsstärksten PCs abgespeichert. Nun schaute er sich die entscheidenden Szenen bereits zum fünften Mal an. Er konnte sich einfach nicht daran sattsehen.

Jedes Mal, wenn auf dem Monitor das feuerrote BMW Cabrio aus der lang gezogenen Rechtskurve auftauchte, jagte ihm dieser Anblick eiskalte Schauer den Rücken hinunter, und die dunklen Haare an seinen Armen richteten sich wie beim Kontakt mit einem elektrisch geladenen Gegenstand kerzengerade auf.

In diesem Augenblick verkrampfte sich sein Körper so sehr, dass er sich vor Anspannung keinen Millimeter mehr bewegen konnte. Dann folgten die beiden Präzisionsschüsse, die im Abstand von ein, höchstens zwei Sekunden in der Windschutzscheibe des BMWs einschlugen. Sie wurden von den zischenden Geräuschen der fliegenden Geschosse und dem helltönenden Splittern des Glases begleitet.

An dieser Stelle des Videomitschnitts bedauerte er es immer zutiefst, dass er wegen der spiegelnden schrägen Frontscheibe den weiteren Weg der Projektile nicht hatte verfolgen können.

Und dann das krönende visuelle Finale: Der faszinierende Anblick, als das Auto mit eingeschalteten Scheinwerfern ungebremst auf ihn zuraste und ihn einen Moment lang blendete, dann aber plötzlich die Schnauze nach unten kippte und der Wagen mit einem Riesenplatscher im See verschwand.

Dieses unwirkliche Szenario, wie die beiden Scheinwerferkegel ein paar Sekunden lang die trübe Brühe von innen beleuchteten, bis Wasser in die Batterie eindrang und einen Kurzschluss hervorrief – irre, einfach irre!

Da die ganze Zeit über das Mikrofon eingeschaltet gewesen war, hörte Victor beim Betrachten der Videosequenzen jedes Mal seinen eigenen schnellen Atem, und er erinnerte sich daran, wie schwer es ihm gefallen war, in diesem Augenblick einen Jubelschrei zu unterdrücken. Aber die Angst, durch einen unbedachten Euphorieausbruch möglicherweise einem Jäger seinen Standort zu verraten, hatte ihn zur Vernunft gebracht.

Schlagartig hatte sich seine körperliche Anspannung gelöst und er war wieder einigermaßen in der Lage gewesen, einen klaren Gedanken zu fassen. Doch urplötzlich hatte er in seinem Gedärm ein derart dringliches Bedürfnis verspürt, dass er sofort seinen Unterschlupf hatte verlassen und in sicherem Abstand seine Notdurft hatte verrichten müssen.

Als er nach einer ausgedehnten Donnerbalkensitzung wieder in sein Versteck zurückgekehrt war und hinunter auf den unbewegten Walzweiher geschaut hatte, hatte nichts mehr an die dramatischen Ereignisse erinnert, die das friedliche Moosalbtal Minuten zuvor heimgesucht hatten.

Voller Vorfreude rieb sich Victor die Hände und klatschte sie anschließend seitlich auf seine Oberschenkel.

»So, und nun ist es an der Zeit, den nächsten Punkt meines genialen Plans in die Tat umzusetzen und meinen gelungenen Coup der Öffentlichkeit zu präsentieren. Die Jungs werden Bauklötze staunen und vor Neid und Bewunderung im Erdboden versinken.«

Er reckte einen Zeigefinger in die Höhe und verkündete: »Denn aufgepasst, Jungs: Mein Video ist keine inszenierte Fälschung, sondern Reality-TV. Und das in Premium-Qualität.«

In seiner Favoritenliste klickte er auf den obersten Eintrag, woraufhin sich die Homepage www.die-apokalyptiker.de aufbaute. Anschließend loggte er sich mit seinen Zugangsdaten ein und lud einen knapp fünfminütigen Zusammenschnitt der am Walzweiher gefilmten Sequenzen hoch.

Victor gab ihm den Titel ›Apokalypse am Walzweiher‹ und fügte den Zusatz hinzu: ›Garantiert kein Fake!‹

Es dauerte nicht lange, bis sich das erste Forummitglied meldete: »Habe gerade im Web recherchiert. An diesem See hat es gestern Abend tatsächlich einen Mordanschlag gegeben. Woher hast du diese coolen Aufnahmen?«, las Victor den Eintrag vor.

Er grinste breit und ließ seine Finger über das Keyboard huschen. »Selbst gedreht«, tippte er mit stolzgeschwellter Brust ein.

Der User mit dem Nickname ›Nemesis1991‹ musste Victors Behauptung offensichtlich erst verdauen. Bevor er sich wieder meldete, hatte sich der Forumteilnehmer ›Apo-Kalli‹ in den Chat eingeklinkt.

»Geil, du bist der Größte! Ich will ein Autogramm von dir«, las Victor vor.

Höhnisch zog er einen Mundwinkel nach oben. »Gerne, du elender Wichser. Ich brauche nur deine Adresse. Auf meinem Schreibtisch liegt bereits ein Stapel Autogrammkarten, selbstverständlich mit meinem Foto, meinem Geburtsdatum, meinem Namen und meiner genauen Adresse«, antwortete er.

»Du bist vielleicht ein blöder Depp!«, schickte er hinterher.

»Wie – selbst gedreht?«, murmelte Victor die Rückmeldung von ›Nemesis1991‹, der sich inzwischen offenbar von seinem Schock erholt hatte, vor sich hin.

»Kannst du das nicht verstehen, oder will dein Spatzenhirn das nicht verstehen?«, hämmerte Victor in die Tasten. »Ich habe nicht nur diese Aufnahmen gemacht, sondern ich habe es getan – *ich* habe geschossen.«

»Glaube ich nicht«, leuchtete es postwendend auf.

»Mir doch egal, ob du das glaubst oder nicht, du saudummer Dummschwätzer«, bediente sich Victor einem der beliebtesten saarländischen Schimpfwörter.

Im linken Augenwinkel registrierte er plötzlich eine Veränderung auf einem der Monitore. Er fuhr herum und rollte ein Stück weiter an der Schreibtischkante entlang direkt vor den betreffenden Bildschirm.

Dieser Monitor war mit derjenigen Webcam verbunden, die auf den Hauseingang in der Beethovenstraße ausgerichtet war. Victors Pulsschlag beschleunigte sich, denn vor der Tür standen nicht irgendwelche ihm unbekannten Menschen, sondern die Familienangehörigen der vermissten alten Frau sowie ein bärenartiger Hund.

Ihrer Körpersprache nach zu urteilen war die Suche bislang entweder erfolglos verlaufen oder aber man hatte den Leichnam der Gesuchten entdeckt. Über beide Möglichkeiten freute er sich.

»Selbst euer blöder Köter lässt den Kopf hängen«, kommentierte Victor mit einem merkwürdigen Singsang in der Stimme.

»Tja, so hammerhart ist das Leben eben«, kicherte er. »Irgendwie werde ich den Eindruck nicht los, dass euer Gefühlszustand zurzeit ein völlig anderer ist als meiner.«

Ein schadenfrohes, dröhnendes Lachen, dann ein tiefer Schluck aus der Bierflasche und ein Rülpser, den er mit einem lang gezogenen »Bäääääuerchen« zum Besten gab.

Die Ankömmlinge verschwanden im Haus. In der Erdgeschosswohnung flammte zuerst das Licht auf, Sekunden später wurde die Zimmerbeleuchtung in der darüberliegenden Wohnung eingeschaltet.

Der Greis betrat die Küche, nahm ein Glas aus dem Schrank und füllte es mit Leitungswasser. Dann löschte er das Licht wieder und begab sich in einen anderen, mit der Webcam nicht einsehbaren Bereich der Wohnung.

Eine Etage darüber ließ sich der Mann schlaff auf seine Ledercouch plumpsen, schaltete den Fernseher ein und stierte mit leerem Blick auf die flimmernde Mattscheibe. Monoton wiegte er den Kopf hin und her. Dann bedeckte er sein Gesicht mit den Händen, wobei sein Oberkörper wie bei einem epileptischen Anfall wild zuckte.

Victor kostete jede einzelne Sekunde der übermittelten Livebilder aus, ja, er saugte förmlich das Leid dieses Mannes wie süßen Honig auf.

Aus Victors Traum war Wirklichkeit geworden.

Er hatte ein wichtiges Etappenziel erreicht, denn er hatte diesen verhassten Menschen genau dort, wo er ihn haben wollte: am Boden.

Nein, nicht am Boden, denn da gab es schließlich noch die Möglichkeit, wieder aufzustehen.

Nein, er hatte ihn nicht auf den Boden geworfen, sondern ihn in einen tiefen Abgrund hinabgestürzt, in einen Abgrund, aus dem er nicht mehr herausklettern konnte.

Nun war dieser Kerl endlich dort, wo er hingehörte.

Aber das war erst der Anfang.

Victor war noch nicht fertig.

Victor war noch lange nicht fertig mit Wolfram Tannenberg.

13

Walter Schrödinger riss die Tür seines Range Rovers auf und hechtete förmlich auf den Fahrersitz. Mit hochrotem Kopf drehte er den Zündschlüssel herum.

»Verfluchte alte Hexe«, schimpfte er, während er den Motor aufheulen ließ.

»Lieber im Wald bei einer wilden Sau, als zu Haus' bei einer bösen Frau«, grummelte er mit gefletschten Zähnen in seinen Vollbart hinein.

Eigentlich hatte er an diesem wolkenverhangenen Aprilabend überhaupt keine Lust, auf die Jagd zu gehen, zumal die Witterungs- und Sichtverhältnisse kaum Chancen auf einen erfolgreichen Abschuss boten. Aber das war ihm gegenwärtig völlig schnuppe.

Die Hauptsache war: Weg, weg von diesem ständig betrunkenen Hausdrachen, der, seit die Kinder zu Hause ausgezogen waren und ihr eigenes Leben lebten, noch stärker an der Flasche hing als früher, wo auch schon die Sektflasche der tägliche Lebensbegleiter gewesen war.

Aber wegen der Kinder hatte sie sich wenigstens einigermaßen am Riemen gerissen, doch jetzt, wo die beiden Eheleute allein in der großen Villa lebten, ertränkte sie ihre Einsamkeit und ihren Lebensüberdruss in Alkohol. Ihre ständig schlechte Laune, ihr Gekeife, ihre Gemeinheiten waren schon schwer genug für ihn zu ertragen. Aber das war beileibe noch nicht das Schlimmste.

Inzwischen hatte er regelrecht Angst vor ihr, denn im Alkoholrausch wurde sie immer unberechenbarer. In der

Vergangenheit war sie bereits mehrfach gegenüber ihrem Ehemann gewalttätig geworden, hatte ihm Gegenstände nachgeworfen und ihn einmal sogar mit einem Küchenmesser bedroht. Seitdem schlief er im Keller in einem der Gästezimmer, die Pistole stets in erreichbarer Nähe.

Ich ertrage den Anblick dieses versoffenen, bösartigen alten Wracks einfach nicht länger. Ich hab die Schnauze so gestrichen voll von diesem Monster. Ich lass mich jetzt endlich scheiden, fasste er einen radikalen Entschluss.

Daraufhin besserte sich seine Stimmung schlagartig. Plötzlich fühlte er sich leicht und beschwingt, wie von einer zentnerschweren Last befreit.

»Die Scheidung werde ich nun endlich in Angriff nehmen«, wiederholte er laut, als wollte er sich dadurch selbst Mut zusprechen. »Das habe ich mir schon so oft vorgenommen, aber jetzt ziehe ich es durch!«

Dieser radikale Trennungsschritt ist schließlich mehr als überfällig, sinnierte er weiter. Wer bin ich denn, dass ich mir von solch einem keifenden Wrack das Leben vermiesen lasse.

Er grunzte. Und in meinem eigenen Haus Angst vor meiner eigenen Frau habe. So etwas Irres darf man wirklich niemandem erzählen. Die erklären einen doch sofort für bekloppt. War ich die letzte Zeit ja irgendwie auch.

Walter Schrödinger trommelte aufs Lenkrad. Aber damit ist endgültig Schluss! Gleich morgen früh kümmere ich mich um die Sache. Aber jetzt fahre ich erst mal zu meinem Hochsitz und tüftle in aller Ruhe einen richtig gemeinen Plan aus. Dieser Drachen darf keinen einzigen Cent mehr bekommen, als das, was ihr gesetzlich zusteht.

Er seufzte tief. Na ja, das ist immer noch ein erkleckliches Sümmchen. Ach, was soll's. Das ist mir die Trennung wert. Mit der Kohle kann sie sich dann von mir aus nach Mallorca in unsere Finca absetzen und sich in der südlichen Sonne zu Tode saufen. Mir war's dort eh immer zu heiß, zu laut und zu hektisch. Auf alle Fälle fliegt sie so schnell wie möglich aus der Villa raus, damit ich endlich wieder gut und angstfrei schlafen kann. Bis das so weit ist, ziehe ich in ein Hotel.

Einen guten Scheidungsanwalt kenne ich zum Glück ja schon. Es geht eben nichts über alte Männerfreundschaften, jubilierte er im Stillen.

Schrödinger schaltete das Autoradio ein, drehte den Lautstärkeregler hoch und pfiff die Schlagermelodie mit. Hinter dem Ortsausgang von Schmalenberg setzte er den Blinker und verließ die K 30 in westlicher Richtung, wo am Fuße des Kreuzbergs sein circa 20 Hektar großes Jagdrevier begann.

Der geschotterte Forstweg führte zunächst hinunter in ein enges Tal und schlängelte sich anschließend gemächlich den Kreuzberg hinauf.

»Über sieben Brücken musst du geht«, sang er, während er in einen schmaleren Waldweg abbog, »sieben dunkle Jahre …«

Vollbremsung, denn ausgangs einer engen Kurve tauchte urplötzlich eine alte Frau im Scheinwerferlicht seines Geländewagens auf.

»Ach du Scheiße!«, zischte er, während er sich in verkrampfter Körperhaltung auf dem Lenkrad abstützte und fassungslos durch die Windschutzscheibe starrte.

Warum müssen ausgerechnet mir immer diese Irren aus dem Altenheim über den Weg laufen?, schoss es ihm durch den Kopf. Geräuschvoll stieß er seinen Atem aus. Puh, das war wirklich knapp.

Gleich darauf machte sich Erleichterung in ihm breit, schließlich war zum Glück nicht mehr passiert. Sogar ein dezentes Schmunzeln huschte ihm übers Gesicht.

Ja, was bist du denn für ein Nachtgespenst?, dachte er. Da bin ich gerade vor dem einen geflüchtet, und im Wald treffe ich gleich auf das nächste.

Der leidenschaftliche Jäger schaltete das Fernlicht aus, kletterte aus seinem Range Rover und lief zu der zerzausten, totenbleichen Alten hin, die mit schlotternden Knien auf der Stelle verharrte.

»Um Himmels willen, mein liebes Mütterchen, was machen Sie denn mitten in der Nacht ganz alleine im Wald?«, fragte er, doch er erhielt auch auf eine gleichlautende Nachfrage hin keine Antwort.

Die zitternde Alte stierte weiter mit leerem Blick ins Scheinwerferlicht. Augenscheinlich war sie nicht ansprechbar, schien in ihrer eigenen Gedankenwelt gefangen und nahm die Umwelt offenbar gar nicht wahr.

Eigentlich hätte er sich diese Frage eh sparen können, denn er konnte sie sich selbst beantworten, schließlich hatte er inzwischen einige Erfahrung mit den naturbegeisterten und wanderfreudigen Demenzkranken des nahe gelegenen St.-Anna-Altenheims.

Erst vor gut einem Monat hatte er in der Abenddämmerung einen splitterfasernackten Greis auf einer Waldlichtung entdeckt, der ununterbrochen »Kommt zu mir, ihr lieben scheuen Rehlein, Onkel Moser erzählt euch ein schönes Märchen« gerufen hatte. Nur mit Mühe hatte er den störrischen Alten dazu bewegen können, sich von ihm zurück ins Altenheim bringen zu lassen.

Da es in dieser abgelegenen Gegend keinen Handyempfang gab und er deshalb die Pflegekräfte nicht hatte verständigen können, hatte er damals wohl oder übel den Rücktransport selbst übernommen. Allein im Wald zurücklassen hatte er den geistig verwirrten Mann schließlich nicht wollen, denn wer hatte schon voraussehen können, was ihm als Nächstes in den Sinn kam.

In der zum damaligen Zeitpunkt herrschenden Frostperiode hätte dies unter Umständen sein Todesurteil bedeutet. Also hatte er den Greis in eine warme Decke eingepackt und mit Engelszungen auf ihn eingeredet. In Trippelschritten hatte er ihn schließlich zu seinem Range Rover geführt und zum Pflegeheim zurückgefahren. Als kleines Abschiedsgeschenk hatte ihm der Alte einen großen Urinfleck auf seinem Ledersitz hinterlassen.

Ähnliches befürchtete Walter Schrödinger nun auch, zumal die Greisin einen weitaus verwahrlosteren Eindruck als der Alte auf ihn machte. Die Frau trug ein anthrazitfarbenes, knöchellanges Kleid und schwarze, dreckverkrustete Schuhe. Die schulterlangen grauen Haare waren verfilzt und hingen in Strähnen auf beiden Seiten ihres eingefallenen, bleichen Gesichts herab.

Oje, die sieht ja aus, als sei sie vollständig bekleidet in einem der Hirschalbweiher baden gewesen, spekulierte er in Gedanken. Nein, nicht schon wieder. Die versaut mir doch mein schönes Auto. Aber dann hatte er einen Geistesblitz.

»Ich bin sofort wieder bei Ihnen«, sagte er und eilte zum Heck seines Geländewagens.

Neben seinem Jagdgewehr lag eine Rolle mit Plastiksäcken, in die er normalerweise das erlegte Wild einwickelte. Er nahm eine Tüte, riss sie auseinander und deckte damit den Beifahrersitz ab. Anschließend führte er die paralysierte Frau zu seinem Range Rover und half ihr beim Einsteigen. Dann schnallte er sie an, wendete sein Auto und fuhr auf demselben Weg zurück, auf dem er hierhergelangt war.

Walter Schrödinger versuchte noch ein paarmal, mit seiner Beifahrerin ins Gespräch zu kommen, doch er hatte keinen Erfolg damit.

Na ja, egal wie bekloppt du bist, gegenüber meiner Alten hast du jedenfalls einen entscheidenden Vorteil, sagte er zu sich selbst. Du hältst wenigstens deine Klappe.

»So, da vorne ist auch schon das schöne Seniorenheim, in dem Sie wohnen. Die netten Leute dort vermissen Sie bestimmt bereits und haben sich große Sorgen um Sie gemacht. Und das wollen Sie doch nicht, oder?«

Keine Reaktion, keine Antwort.

»Bitte bleiben Sie noch einen Moment sitzen«, bat Schrödinger, als er auf dem Parkplatz des Schmalenberger Altenheims eingetroffen war und den Zündschlüssel seines Geländewagens abgezogen hatte. »Ich komme gleich wieder zu Ihnen zurück.«

Der passionierte Waidmann eilte zum Eingangsbereich des Seniorenstifts, wo er fast mit einer Altenpflegerin kollidiert wäre, die einen leeren Rollstuhl vor sich herschob und zum Aufzug unterwegs war.

»Einen wunderschönen guten Abend wünsche ich Ihnen«, flötete er der attraktiven jungen Frau entgegen. »Ich bringe mal wieder eines eurer entlaufenen Schäfchen zurück. Ich denke, es wird Zeit, dass wir mal ernsthaft über eine Einfangprämie verhandeln«, scherzte er.

Die blondierte Pflegekraft blickte den nächtlichen Besucher verdutzt an. »Also meines Wissens vermissen wir niemanden«, sagte sie.

Schrödinger zog die Brauen zusammen und schürzte die Oberlippe. »Und wer sitzt denn dann in meinem Auto?«, fragte er.

»Woher soll ich das wissen?«, meinte die Altenbetreuerin trocken.

»Bitte kommen Sie mit, und schauen Sie sich die alte Dame an. Vielleicht gehört sie ja doch hierher, und es hat nur noch niemand von Ihnen bemerkt, dass sie ausgebüxt ist.«

Das Gesicht der Pflegekraft verwandelte sich in eine grimmige Maske. »Wir überprüfen selbstverständlich jeden Abend die Anwesenheit unserer Heimbewohner. Die Demenzkranken und Alzheimerpatienten sind sogar quasi ständig unter Beobachtung«, stellte sie klar.

»Kein Pflegenotstand in Ihrer Einrichtung?«, konnte sich Schrödinger nicht verkneifen.

»Nein«, behauptete die Altenpflegerin. »Wo haben Sie die Frau denn aufgegriffen?«

»Mitten im Wald, auf dem Weg zu meinem Hochsitz.«

»Haben Sie denn nicht mit ihr gesprochen, sie nicht nach ihrem Namen und Wohnort gefragt?«

»Nein, das ging leider nicht. Die alte Dame hat bisher keinen einzigen Ton von sich gegeben. Obwohl ich mehrmals versucht habe, sie zum Reden zu bringen.«

Die Mitarbeiterin des Seniorenheims schüttelte den Kopf und brummte nachdenklich. Dann gingen die beiden gemeinsam zum Geländewagen, wobei die Pflegekraft sicherheitshalber gleich den Rollstuhl mitnahm. Der Jäger öffnete abrupt die Beifahrertür, doch die alte Frau reagierte nicht und starrte weiterhin stur geradeaus durch die Windschutzscheibe.

Die Altenpflegerin betrachtete die vermeintliche Heimbewohnerin von der Seite und von vorn. Dann trat sie einen Schritt zurück und erklärte: »Ich kenne diese Frau nicht, habe sie noch nie zuvor gesehen. Aber eins weiß ich ganz bestimmt: Sie wohnt hundertprozentig nicht in unserer Einrichtung.«

»Sind Sie da ganz sicher?«

Die Altenpflegerin nickte mit bekümmerter Miene.

»Und jetzt?«, fragte der Jäger.

»Hatte sie nichts bei sich? Eine Handtasche oder eine Tüte?«

»Nein, gar nichts.« Walter Schrödinger räusperte sich verlegen und flüsterte: »Ich soll sie jetzt doch wohl hoffentlich nicht wieder mitnehmen, oder?«

»Nein, natürlich nicht«, entgegnete die solariumgebräunte Betreuerin und streichelte der verwirrten Frau über den Kopf. »Ich setze die alte Dame in den Rollstuhl und fahre sie ins Gebäude. Dann machen wir sie frisch, ziehen ihr trockene Kleider an und kümmern uns in aller Ruhe darum, wo sie hingehört.«

Sichtlich erleichtert drückte Schrödinger der Pflegerin die Hand. »Vielen Dank für Ihre Hilfe. Sie sind ein guter Mensch«, ergänzte er.

Doch gleich nachdem dieser Nachsatz seinen Mund verlassen hatte, ärgerte er sich darüber, dass er solch eine Floskel benutzt hatte. Peinlich berührt bestieg er seinen Range Rover und fuhr zurück in seinen geliebten Wald.

So werde ich garantiert nicht enden, nahm er sich vor und fasste in dieser nächtlichen Stunde den zweiten weitreichenden Entschluss: Wenn ich merke, dass ich geistig verwirrt werde, jage ich mir auf meinem Hochsitz eine Kugel in den Kopf. Das ist ein bedeutend sinnvollerer Abgang, als in solch einer Seniorengruft vor mich hinzuvegetieren – und nackig oder verdreckt durch den Wald zu wandern.

Der Anruf aus der Einsatzzentrale erreichte Wolfram Tannenberg kurz vor 2 Uhr in der Frühe. Er war eingenickt und wusste im ersten Augenblick nicht, wo er war und was in der letzten Zeit so alles passiert war.

Aber eine gewaltige Ladung Adrenalin sorgte dafür, dass er plötzlich hellwach war. Er zog sein Handy vom gläsernen Couchtisch, hielt es ans Ohr und lauschte gebannt den Worten seines Kollegen. Voller Tatendrang sprang er auf, rannte die Treppe hinunter und polterte an die Tür der elterlichen Parterrewohnung.

»Es kann sein, dass sie Mutter gefunden haben«, brüllte er. »Von der Beschreibung her könnte sie es sein.«

Jacob riss die Tür auf. »Wo ist sie?«, blaffte er.

»In einem Altersheim in Schmalenberg.«

»Altersheim?«, spuckte Jacob förmlich aus. »Was will sie denn dort?«

»Keine Ahnung«, erwiderte Wolfram Tannenberg und machte auf dem Absatz kehrt.

Er spurtete über den Innenhof, der die beiden Häuser der Großfamilie miteinander verband, und informierte seinen Bruder. Heiner schlüpfte schnell in seine Schuhe, warf eine Jacke über die Schulter und schnappte sich den Autoschlüssel.

Die beiden mussten zurück in ihr Elternhaus, denn direkt davor parkte Heiners Van. Jacob erwartete sie bereits am Auto, auch Marieke erschien gerade noch rechtzeitig, obwohl Tannenberg in der Hektik völlig vergessen hatte, sie eigens über die erfreuliche Nachricht zu informieren.

Nach einer rasanten zehnminütigen Autofahrt trafen die Tannenbergs im Schmalenberger Seniorenheim ein. Die Heimleiterin, die inzwischen verständigt worden war, eröffnete der Familie, dass eine ihrer Mitarbeiterinnen die geistig verwirrte ältere Dame inzwischen ins Landstuhler Sankt-Johannis-Krankenhaus gebracht habe – zwecks eingehender medizinischer Untersuchung, wie sie betonte.

Also eilten die nächtlichen Besucher zurück zu ihrem

Auto und bretterten mit Höchstgeschwindigkeit über die kurvigen Landstraßen der Sickinger Höhe nach Landstuhl. Doch in der Notaufnahme der Klinik wusste man nichts von einer alten Frau, die vor Kurzem hier eingeliefert worden sein sollte.

»Verdammte Hacke«, fluchte Tannenberg.

Während des Rückmarsches zu Heiners Van telefonierte er mit der Einsatzzentrale und bat seinen Kollegen, sich bei den Krankenhäusern der Umgebung nach der Einlieferung einer geistig verwirrten älteren Frau zu erkundigen. Die Zeitspanne bis zu dem herbeigesehnten Rückruf schien sich endlos zu ziehen. Margots Familienangehörige rutschten unruhig auf den Autositzen herum, als säßen sie auf glühenden Kohlen.

Dann klingelte endlich Tannenbergs Handy. »Eine ältere weibliche Person, auf die deine Beschreibung passen könnte, wurde vor gut zwei Stunden stationär im städtischen Klinikum aufgenommen. Die …«, erlöste der Anrufer endlich die Wartenden.

»Wie geht's ihr?«, hakte Tannenberg ein.

Der Anrufer ließ sich nicht aus dem Konzept bringen und vollendete mit anschwellender Stimme den begonnenen Satz: »Die alte Dame befindet sich aber offenbar nicht mehr in der Notaufnahme, sondern wurde in die psychiatrische Abteilung verlegt.«

»Los, Heiner, wir fahren sofort ins städtische Krankenhaus«, forderte Tannenberg. Dann informierte er seine Familie über den genauen Inhalt des Telefonats.

»Das hätte uns diese Schnarchnase doch schon längst mitteilen können. Die wissen schließlich alle, dass wir Margot suchen«, schimpfte Jacob.

»Hätte er garantiert auch, wenn er es schon länger gewusst

hätte«, nahm der beurlaubte Kriminalbeamte seinen Kollegen in Schutz. »Aber der Kollege hatte es wohl gerade eben erst erfahren.«

»In der Psychiatrie«, schnaubte Jacob verächtlich. »Was soll mein Margotchen denn dort? Meine Frau ist doch nicht verrückt.«

»Vater, wir wissen doch noch gar nicht, ob es sich bei dieser Frau tatsächlich um Mutter handelt«, sagte Heiner mit sanfter Stimme.

Er hatte große Angst davor, dass die vor allem bei seinem Vater ausgebrochene Euphorie schnell ins Gegenteil umschlagen könnte, falls sich die aufgekeimte Hoffnung nicht bestätigen würde.

»Natürlich ist sie das«, gab der Senior scharf zurück. »Das weiß ich genau.«

Jacob Tannenberg schniefte und putzte sich geräuschvoll die Nase. »Wenn man über 50 Jahre miteinander verheiratet ist, spürt man so etwas.«

Er schlug sich mit der flachen rechten Hand auf seine linke Brust. »Ganz tief da drinnen spürt man das.«

»Dein Wort in Gottes Ohr«, murmelte Tannenberg vor sich hin.

Die besorgte Familie traf am Westpfalzklinikum ein und stürmte sofort zum Empfang, wo sie den Weg zur psychiatrischen Abteilung erfragte. Die Stationstür war geschlossen. Ein Hinweisschild forderte die Besucher zum Läuten auf, allerdings nur in dringenden Fällen.

»Das ist ja wohl ein dringender Fall«, entschied Jacob und klingelte Sturm.

Kurz darauf tauchte hinter der Milchglasscheibe eine Person auf, die sich im Sturmschritt der Tür näherte.

»Was soll das?«, schnauzte die Nachtschwester die nächtlichen Ruhestörer an. Bedeutend leiser, aber in weiterhin eindringlichem Tonfall schob sie nach: »Wollen Sie die ganze Station aufwecken?«

»Wenn's sein muss«, konterte der Senior.

Wie ein Rammbock drehte er eine Schulter nach vorn und wollte die burschikose Frau mit Namen Getrud zur Seite schieben. Die aber stellte sich mit ihrem massigen Körper in den Weg.

»Wer sind Sie überhaupt?«, raunzte sie. »Und vor allem: Was wollen Sie zu dieser späten Stunde hier bei uns?«

Heiner Tannenberg versuchte die Türwächterin zu besänftigen, indem er ruhig und sachlich den Grund schilderte, der die Familienmitglieder zu dieser fortgeschrittenen Nachtstunde hierher geführt hatte.

Daraufhin hellte sich die finstere Miene der Nachtschwester ein wenig auf. »Wir wissen noch nicht, um wen es sich bei unserer neuen Patientin handelt, denn die Frau hat bisher keinen Ton gesprochen und Ausweispapiere hat sie auch keine bei sich«, erklärte sie in verständnisvollerem Ton. »Sie wurde in der Notaufnahme gründlich medizinisch untersucht. Außer einigen Prellungen und Hautabschürfungen haben die Ärzte glücklicherweise keine weiteren Verletzungen entdeckt, auch keine inneren.«

Sie hob den Zeigefinger. »Körperliche Verletzungen wohlgemerkt. Seelisch sieht es dagegen ganz anders aus. Und über mögliche zerebrale Schädigungen …«

Die Nachtschwester brach ab. »Der Stationsarzt kann Ihnen mehr darüber sagen. Ich schau mal nach, wann er Zeit für Sie hat.« Getrud machte einen Schritt rückwärts und schon war die Stationstür wieder für ungebetene Besucher verschlossen.

Nach einigen Minuten bangen Wartens erschien endlich

ein junger Assistenzarzt an der Tür. »Guten Abend, mein Name ist Dr. Wolters«, begrüßte der Mediziner die Tannenbergs freundlich.

Er zog ein Smartphone aus der Tasche und hielt den Besuchern das Display entgegen. »Handelt es sich bei dieser tief und fest schlafenden Frau um Ihre Ehefrau und …«

»Ja, das ist meine Frau«, sagte Jacob mit gepresster Stimme. Er konnte seine Tränen nicht mehr zurückhalten und umarmte schluchzend Marieke. »Gott sei Dank … lebt sie.«

»Und unsere Mutter«, ergänzte Heiner. Auch seine Augen waren bei dem Anblick seiner über alles geliebten Mutter feucht geworden. Marieke verschluckte die Ergänzung ihres eigenen Verwandtschaftsverhältnisses.

»Wie heißt denn die alte Dame?«, fragte der Arzt.

»Margot Tannenberg«, erwiderte Heiner mechanisch.

»Können wir zu ihr?«, fragte sein Bruder.

»Ja, sicher«, erwiderte der junge Psychiater. »Aber vorher möchte ich mich noch mit Ihnen unterhalten«, fügte er hinzu. »Bitte kommen Sie mit in mein Arztzimmer.«

Die Familienmitglieder nickten brav und folgten dem weißgewandeten Mediziner in sein Büro. Zuerst bat Dr. Wolters um ausführliche Schilderung der dramatischen Ereignisse, in die seine neue Patientin involviert gewesen war.

Nachdem er die alle Informationen erfahren hatte, verschränkte er die Hände hinter dem Kopf und dachte eine Weile angestrengt nach. Anschließend legte er seine Unterarme auf der Schreibtischplatte ab und fixierte nacheinander jeden einzelnen Familienangehörigen.

Nachdem er einen lang gezogenen Seufzer ausgestoßen hatte, sagte er: »Tja, das passt ja alles wunderbar zusammen.« Er räusperte sich. »So makaber dieses Wort für medizinische Laien vielleicht klingen mag«, beeilte er sich schnell hinzuzufügen.

»Was passt alles wunderbar zusammen?«, hakte Jacob ungeduldig nach, wobei er dem Begriff ›wunderbar‹ eine höhnische Klangfärbung gab.

Dr. Wolters ließ sich von diesem ketzerischen Einwurf nicht provozieren. Gelassen legte er die Hände so zusammen, dass die Daumen ein Kreuz bildeten, und setzte eine bedeutungsschwere Miene auf.

»Ihre Ehefrau und Mutter hat offensichtlich durch das Unfallgeschehen …« Er räusperte sich erneut und fügte erläuternd hinzu: »… das nach Ihren Aussagen durch einen Mordanschlag ausgelöst wurde, einen schweren psychischen Schock erlitten. Solche extrem belastenden Ereignisse führen sehr häufig zu psychischen Störungen, die Minuten, Stunden, in gravierenden Fällen manchmal auch Tage oder gar Wochen andauern können. Bei diesen Reaktionen handelt es sich um Schutzmaßnahmen des Gehirns, oder wenn Sie so wollen, der Seele.«

Ein süffisantes Lächeln. »Wo immer dieses Mysterium bei uns Menschen auch zu verorten sein mag«, philosophierte er. »Das ist ein sehr spannendes wissenschaftliches Gebiet, das ich jetzt aber nicht weiter vertiefen möchte.«

Seine Augenbrauen zuckten ein paarmal, dann kehrte er zum Gesprächsanlass zurück. »Unser Gehirn schützt sich vor einem mentalen Kollaps, indem es unerträgliche Situationen verdrängt, ja diese quasi vorsätzlich vergisst.«

»Retrograde Amnesie«, warf Marieke ein.

Der Psychiater nickte mit hochgezogenen Augenbrauen. »Ja, so lautet der Fachausdruck«, sagte er. »Unser Gehirn will sich einfach nicht mehr an die dramatischen Ereignisse erinnern und schaltet sich deshalb auf Stand-by-Betrieb, flapsig formuliert.«

Die Blicke der Tannenbergs klebten förmlich an den Lippen des jungen Stationsarztes, der sich dieser Aufmerksamkeit durchaus bewusst war.

»Bei den von einer retrograden Amnesie betroffenen Patienten treten Erinnerungslücken auf, die sich auf die Geschehnisse vor und nach dem Schock auslösenden Ereignis beziehen«, fuhr Dr. Wolters mit seinem kleinen Fachvortrag fort.

»Wie schon erwähnt, kann der Gedächtnisverlust je nach Schwere des traumatischen Ereignisses auch länger andauern, vor allem dann, wenn der Patient aufgrund der psychischen Extrembelastung einige Zeit das Bewusstsein verloren hatte.«

»Ist das bei meiner Frau der Fall?«, fragte Jacob mit zitternder Stimme.

Dr. Wolters hob die Arme und zuckte mit den Schultern. »Das wissen wir leider nicht, Herr Tannenberg, denn Ihre Ehefrau hat bislang leider nicht auf unsere Ansprache reagiert.«

Der Mediziner machte eine beschwichtigende Handbewegung. »Bitte machen Sie sich deshalb keine unnötigen Gedanken. Dieses Phänomen ist nicht ungewöhnlich, denn der Schock löst auch körperliche Reaktionen aus.«

Mach ich aber, du Seelenklempner, kommentierte Jacob im Stillen.

»Deshalb wirken viele Betroffene oft völlig apathisch. Bewegungen werden, wenn überhaupt, nur mechanisch, geradezu roboterhaft ausgeführt. Die Patienten scheinen urplötzlich absolut emotionslos und starren wie in Trance mit einem Tunnelblick Löcher in die Luft.«

»Aber meine Margot wird doch hoffentlich wieder vollkommen gesund werden, oder?«, fragte Jacob. Je länger er dem Facharzt zuhörte, umso mehr Angst bekam er wieder um seine Ehefrau.

»Obwohl wir zum gegenwärtigen Zeitpunkt nicht ausschließen können, dass Ihre Frau möglicherweise einige Zeit unter Wasser gewesen ist und dadurch eine Sauerstoffminderversorgung des Gehirns erfolgte, sollten Sie sich gegenwärtig wirklich keine allzu großen Sorgen machen«, erklärte Dr. Wolters.

Allerdings bewirkte er mit seinen Worten eher das Gegenteil, denn die Familienmitglieder erbleichten.

»Unsere ersten Untersuchungen weisen jedenfalls nicht auf eine zerebrale Schädigung hin«, schob er eilig hinterher.

»Gott sei Dank«, stöhnte Heiner.

»Zur endgültigen Abklärung dieser Frage werden wir noch einige weitere Untersuchungen durchführen«, sagte der junge Psychiater. »Das hat aber noch Zeit. Frau Tannenberg braucht gegenwärtig vor allem eins: Ruhe, Ruhe und nochmals Ruhe. Deswegen haben wir ihr ein starkes Schlafmittel verabreicht.«

»Können wir sie trotzdem sehen?«, fragte Marieke.

Dr. Wolters nickte. »Ja. Allerdings bitte nicht länger als ein, zwei Minuten. Wie gesagt, die Patientin braucht dringend Ruhe.«

Als er den Protest in den Gesichtern der Familie bemerkte, korrigierte er sich und ließ sich zu einer Verlängerung breitschlagen: »Von mir aus auch fünf Minuten. Aber bitte nicht sprechen, weder untereinander noch Frau Tannenberg direkt ansprechen. Trotz des Schlafmittels ist nicht auszuschließen, dass sie Ihren Besuch registriert – und darauf reagiert. Und das würde ihren Genesungsprozess beeinträchtigen. Kann ich mich auf Sie verlassen?«, appellierte er an die Familie.

Mit einem Rundumblick vergewisserte er sich, dass seine mahnenden Worte bei den Adressaten angekommen waren. Das allseitige Nicken überzeugte ihn davon.

Wie bei einer feierlichen Prozession schritten Margots Familienangehörige hinter dem Stationsarzt her und durchquerten den langen Krankenhausflur. Am Ende des Gangs stellte sich Dr. Wolters vor die letzte Tür auf der linken Seite und drehte sich zu den Tannenbergs um.

Zur Erinnerung an seinen eindringlichen Appell legte er einen Finger senkrecht auf die Lippen. Nachdem er noch einmal jedem in die Augen geschaut hatte, öffnete er die Tür zum Patientenzimmer und hielt den Tannenbergs die Tür auf. In wortloser Übereinkunft überließen die Brüder ihrem Vater den Vortritt, Marieke folgte ihm auf dem Fuße.

Die beiden stellten sich auf die rechte Seite des Krankenbettes, während sich Heiner und sein Bruder auf die andere Seite begaben. Dr. Wolters blieb im Raum, lehnte sich mit dem Rücken an die Wand und verschränkte die Arme vor der Brust.

Bis auf die piepsenden Überwachungsmonitore war es mucksmäuschenstill in Margots Krankenzimmer. Die alte Dame lag auf dem Rücken, die blütenweiße Bettdecke reichte ihr fast bis zum Hals. Sie sah völlig entspannt aus und atmete tief und ruhig.

In ihrem rechten Unterarm steckte eine Infusionskanüle. An den Händen, den Armen und der linken Wangenseite hatte sie Schrammen, Hautabschürfungen und Hämatome, die zum Teil mit Pflastern bedeckt waren. Als Dr. Wolters die besorgten Blicke der Familienmitglieder registrierte, lächelte er ihnen aufmunternd zu.

Margots lange graue Haare waren offenbar erst vor Kurzem gewaschen worden.

Was meine Oma noch für tolle Haare hat, dachte Marieke, die ihre Großmutter nur mit einem Dutt kannte.

Jacob setzte sich auf den einzigen Besucherhocker im Raum. Danach legte er behutsam seine Hand auf die seiner Ehefrau und streichelte sie sanft. Minutenlang ruhte sein versonnener Blick auf ihrem regungslosen Antlitz.

Marieke entging nicht, dass sich die Atmung der beiden Alten bereits nach kurzer Zeit synchronisierte.

Was für eine beeindruckende stumme Liebe zwischen Oma und Opa, sinnierte sie ergriffen. Eine gewaltige, lebenslange Liebe. Eine tiefe Liebe, ohne große Worte, aber immer füreinander da. Mit der Fingerkuppe verteilte sie die Feuchte auf ihren Wangen.

Dr. Wolters bemerkte die emotionale Reaktion der jungen, bildhübschen Enkelin seiner Patientin und lächelte sie verständnisvoll an, denn er dachte in diesem Augenblick genau dasselbe.

Marieke irritierte die plötzliche Nähe zu diesem unbekannten Mann sehr, zumal sie ihn in dieser intimen familiären Situation als Fremdkörper empfand und ihm vorhin am liebsten den Zutritt zu Margots Krankenzimmer verwehrt hätte.

Sie errötete, halb aus Verlegenheit, halb aus Wut und schaute demonstrativ hinüber zu ihrem Vater, der nach wie vor gedankenversunken seine Mutter anstarrte. Lächelnd ging der Mediziner zu Jacob, legte ihm eine Hand auf die Schulter und drückte sie kurz. Margots Ehemann nickte knapp und erhob sich.

Auf dem Krankenhausflur umringten Margots Familienangehörige den Psychiater und fragten ihm Löcher in den Bauch. Wolfram Tannenberg entfernte sich ein paar Schritte, wandte den anderen den Rücken zu und zückte sein Handy. Er wählte die mit dem Begriff ›Leichenschnippler‹ versehene Rufnummer und tippte auf die grüne Taste.

»Wo bist du gerade?«, fragte er.

»An meinem Arbeitsplatz«, antwortete Dr. Schönthaler. »Und du?«

»Wir sind alle hier im Krankenhaus, allerdings einige Etagen über dir.«

»Was ist denn passiert?«

»Sie haben Mutter gefunden. Es geht ihr den Umständen entsprechend gut«, antwortete Dr. Schönthalters bester Freund.

»Gott sei Dank«, sagte der Rechtsmediziner erleichtert. »Wenigstens eine gute Nachricht heute.«

Wolfram Tannenbergs Mund war plötzlich staubtrocken, seine Zunge klebte am Gaumen fest. »Hast du Hanne schon …?«, flüsterte er. Den Rest konnte er nicht aussprechen, zu grauenvoll war dieser Gedanke.

Sekundenlang hörte Tannenberg nur ächzende Atemzüge. Dann ein tiefer Stoßseufzer. »Nein, Wolf, ich kann es nicht, ich kann es einfach nicht. Ich hab's versucht, aber ich bringe es nicht übers Herz. Das muss jemand anders machen.«

Nur zu gut konnte sich der Kriminalbeamte in die Lage seines alten Freundes hineinversetzen. »Ich bin gleich bei dir«, verkündete er und tippte auf das rote Feld seines Smartphones.

Als Leiter der Kaiserslauterer Mordkommission hatte sich Tannenberg schon unzählige Male auf den Weg in die weiß gekachelten, tristen Katakomben des Westpfalzklinikums gemacht, wo sich die Räume des pathologischen Instituts befanden. Aber dabei hatte es sich bislang immer um einen dienstlichen Anlass gehandelt, nie um einen privaten. Bis zu dieser heutigen Nacht.

Tannenberg kehrte zu seiner Familienmitgliedern zurück und informierte sie darüber, was er nun vorhatte und dass er nicht mit ihnen gemeinsam ins Musikerviertel zurückfahren würde.

»Ich könnte eh nicht auf dich warten«, betonte Marieke mit Blick auf ihre Armbanduhr. »Ich muss so schnell wie möglich ins Bett, damit ich wenigstens noch ein paar Stunden Schlaf bekomme. Ich muss früh raus, denn wie an jedem Freitag während des Semesterbetriebs treffen wir uns um 8 Uhr am Aschbacherhof. Von dort aus wandern wir zu unserem Baumkronenturm.«

Mit schleppenden Schritten ging Tannenberg zum Treppenhaus. Wie ferngesteuert nahm er eine Stufe nach der anderen. Er registrierte weder das Stockwerk, in dem er sich befand, noch die Aufschriften der Schilder, die mit Pfeilen auf die verschiedenen Stationen hinwiesen, noch die wenigen Krankenhausmitarbeiter, die ihm zu dieser nachtschlafenden Stunde begegneten.

Er musste nicht darüber nachdenken, wo er hinzugehen hatte, er musste einfach immer nur weiter die Treppen hinuntersteigen. Und wenn es nicht mehr weiter nach unten ging, war er da, wo er wohl oder übel hinmusste.

Wolfram Tannenberg fühlte sich wie beim Gang zum Schafott. Aus seinem Körper war jegliche Spannung gewichen. Wenn man ihn leicht angerempelt hätte, hätte er das Gleichgewicht verloren und wäre wie ein nasser Sack in sich zusammengefallen.

Vor der Milchglastür zur Pathologie verweilte er einige Sekunden, dann kratzte er allen Mut zusammen und betätigte den elektrischen Türöffner. Die Hydrauliktür öffnete sich mit einem schmatzenden Geräusch, dann war es wieder still, totenstill.

Mit gramgebeugtem Haupt schlurfte er zur Metalltür, die normalerweise geschlossen war und den Zugang zum Sektionsraum für ungebetene Gäste versperrte. Dr. Schönthaler hatte seinen Freund erwartet und hielt sie ihm auf.

»Soll ich dich allein lassen?«, fragte der Rechtsmediziner mit pietätvoller Stimme.

Mechanisch schüttelte Tannenberg den Kopf. Statt zu antworten, packte er Dr. Schönthalers eiskalte Hand. Die letzten Schritte zum Sektionstisch waren wahrscheinlich die schwersten seines Lebens. Jede Muskelfaser seines Körpers wehrte sich gegen die Gehbewegungen. Er hatte das Gefühl, dass starke Magnete seine Beine in den Fliesenboden hineinziehen wollten. Doch gleichzeitig wurde er wie an einem unsichtbaren Seil zur Edelstahlbahre hingezogen.

Dr. Schönthaler stellte sich hinter den Kopf des Leichnams, der mit einem grünen Tuch vollständig bedeckt war.

»Soll ich?«, fragte er leise, fast gehaucht.

Sein Freund atmete noch einmal tief ein, dann nickte er.

Der Rechtsmediziner griff das Tuch an beiden Enden, hob es in Zeitlupe an, zog es über Johannas Kopf und klappte es nach vorn.

Um diesem grausamen, herzzerreißenden Anblick zumindest ein wenig die Brutalität zu nehmen, hatte er den durch den Einschlag des Projektils weggesprengten Hinterhauptschädel durch einen gepolsterten Styroporring ersetzt, sodass der Kopf, wenn man ihn von der Seite betrachtete, in etwa normale Proportionen aufwies.

Natürlich handelte es sich bei diesem Arrangement nur um eine Marginalie, um einen unbeholfenen Versuch des Pathologen, dem armen Kerl an seiner Seite in dieser schweren Stunde hilfreich zur Seite zu stehen, diese eigentlich unerträgliche Situation wenigstens ein bisschen erträglicher zu gestalten.

Das dunkelrote Einschussloch auf Johanna von Hohenecks Stirn erinnerte an den Bindi, den roten Punkt auf der Stirn vieler Inderinnen, der traditionell den Verheiratetenstatus der Frau symbolisiert. Dr. Schönthaler hatte zunächst vorgehabt, diese Stelle wegzuschminken, sich dann aber doch dazu durchgerungen, es nicht zu tun.

Die von ihm durchgeführte Präparation des Hinterkopfes stellte bereits einen gravierenden Verstoß gegen die rechtsmedizinischen Dienstvorschriften dar. Solange niemand etwas von dieser Manipulation mitbekam, war dies unproblematisch, schließlich konnte er diese Hilfskonstruktion nachher wieder entfernen und den Kopf in seinen ursprünglichen Zustand zurückversetzen.

Tannenberg verharrte minutenlang regungslos auf der Stelle, nur seine Lippen bewegten sich leicht, als spräche er ein langes, stummes Gebet. Die ganze Zeit über bohrte sich sein starrer Blick in Hannes Gesicht.

Nachdem er seine kleine feierliche Andacht beendet hatte, holte er tief Luft, bückte sich zu Johanna hinunter und küsste ihre farblosen, eiskalten Lippen. Danach streichelte er die wächserne Haut, die sich über ihre eingefallenen Wangen spannte. Zum Abschied nickte er noch einmal, dann zog er das Tuch über ihren Kopf.

Urplötzlich wurde er von einer schier grenzenlosen Verzweiflung übermannt. Er drehte sich auf dem Absatz um und warf sich seinem Freund förmlich an den Hals. Während er sich an ihn wie an eine Rettungsboje klammerte, brachen alle Dämme und er heulte wie ein Schlosshund. Dr. Schönthaler wiegte ihn minutenlang wie ein kleines Kind, das sich das Knie aufgeschlagen hatte, sanft hin und her.

»Danke, Rainer«, schluchzte Tannenberg.

Rainer Schönthaler streichelte seinen Hinterkopf. »Schon gut, alter Junge, schon gut«, versuchte er ihn zu trösten.

Schniefend löste sich Tannenberg aus der Umklammerung seines besten Freundes. »Führst du die …?« Er konnte dieses fürchterliche Wort nicht aussprechen.

Der Rechtsmediziner schüttelte den Kopf. »Nein, Wolf, wie vorhin schon gesagt, ich bringe es nicht übers Herz. Ich habe einen Kollegen darum gebeten.«

Wie in Trance nickte Tannenberg, dann wandte er sich von seinem Freund ab und schlurfte in Richtung Flur.

»Wo gehst du denn jetzt hin, Wolf?«, rief ihm der Pathologe nach.

»An die Luft. Ich muss dringend an die frische Luft.«

Ächzend wie eine alte Dampflokomotive schleppte sich Tannenberg die Treppe hinauf. Vor dem Klinikgebäude sank er auf eine Steinmauer nieder und schlug die Hände vors Gesicht.

Einen betrunkenen Nachtschwärmer, der die Hellmut-Hartert-Straße aus Richtung der Innenstadt entlangschwankte, bemerkte er erst, als dieser direkt vor ihm stand.

»Probleme, Kumpel?«, lallte der Mann.

Tannenberg schüttelte den Kopf, stemmte sich in die Höhe und ließ den aufdringlichen Zeitgenossen einfach stehen.

»Haste Zoff mit deiner Alten? Hab ich jeden Abend«, hörte er die Schnapsdrossel in seinem Rücken. »Scheißweiber.«

Diese unbedacht in die Nacht geschleuderten Worte erschütterten Tannenberg im Mark. Er hatte das Gefühl, dass eine eiserne Faust in seinen Brustkorb eindrang, sein Herz packte und es ihm bei lebendigem Leib herausriss.

Plötzlich ging ein gewaltiger Ruck durch seinen Körper und er sprintete los. Als sein Fuß zum ersten Mal auf dem

Bürgersteig aufsetzte, schoss ihm ein stechender Schmerz ins linke Knie. Aber das war ihm egal. Er biss die Zähne zusammen und lief mit schmerzverzerrtem Gesicht weiter.

Er musste so schnell wie möglich weg von hier, weg von diesem schrecklichen Ort, weg von diesem schrecklichen Menschen. Nach den ersten hundert Metern wurden die Schmerzen ein wenig erträglicher und er wechselte in ein moderateres Lauftempo.

Wie von magischen Gummiseilen gezogen rannte der vom Dienst freigestellte Leiter des K 1 durch die ausgestorbenen Straßen seiner Heimatstadt. Zuerst passierte er den Stadtpark, dann nahm er die Fußgängerunterführung durch den Hauptbahnhof und joggte von dort aus zum Schulzentrum Süd.

Als er in den breiten Forstweg hinauf zum Humbergturm einbog, dämmerte es bereits. In dieser Gegend kannte er sich aus wie in seiner Westentasche, denn im südlichen Stadtwald hatten die Tannenberg-Brüder als Kinder und Jugendliche viele Streifzüge unternommen, Hütten gebaut und später mit Freunden an illegalen Lagerfeuern kleine Gelage gefeiert.

Das Morgenkonzert der Waldvögel registrierte er ebenso wenig wie das Grunzen einer Bache, die nur wenige Meter von ihm entfernt den Waldboden aufgeworfen hatte und nun das Weite suchte.

Während er mit roboterhaften Laufbewegungen dem gemächlich ansteigenden Forstweg folgte, kreisten seine Gedanken immer und immer wieder um ein und dieselbe Frage: Warum Hanne? Warum ausgerechnet Hanne?

Obwohl Tannenberg sich selbst nicht als religiös bezeichnet hätte und eine sehr große Skepsis hinsichtlich der Existenz eines christlichen Schöpfergottes an den Tag legte, wandte er sich in seiner abgrundtiefen Verzweiflung Hilfe suchend an die himmlischen Mächte.

Keuchend blieb er stehen, legte den Kopf in den Nacken und reckte beschwörend die Arme in Richtung des fahlen Lichtscheins zwischen den Baumkronen.

»Warum hast du mir nach Lea nun auch noch die zweite große Liebe meines Lebens genommen?«, brüllte er wie von Sinnen.

»Warum hast du angeblich so mächtiger, gütiger Gott das zugelassen? Warum? Was habe ich Schlimmes getan, dass du mich so brutal bestrafen musstest? Was? Los, sag es mir, du verfluchter Scheißgott!«

Ein überfallartiger Weinkrampf schüttelte ihn durch und jagte ihm einen eisigen Schauer nach dem anderen den Rücken hinunter. Er zückte ein Taschentuch, wischte sich damit die Tränen aus dem Gesicht und schnäuzte sich anschließend die Nase.

Dann setzte er seinen Weg fort. Als er wie in Trance das Plateau des Großen Humbergs erreichte, ästen am östlichen Rand der vor dem Turm gelegenen Wiese zwei Rehe. Von dem frühmorgendlichen Jogger, der mit hängendem Kopf direkt auf die Sandsteintreppe zusteuerte, ließen sie sich nicht stören.

Für die 163 Stufen, die der Besucher bis zur Aussichtsplattform zu überwinden hatte, benötigte Tannenberg die doppelte Zeit als früher, denn der nächtliche Waldlauf forderte seinen Tribut. Er fühlte sich, als würde er einen zentnerschweren Zementsack die Wendeltreppe hinaufschleppen.

Als er den höchsten Punkt der Treppe erreichte, rang er wie ein Asthmatiker nach Atemluft. Seine Lungen brannten wie Feuer, und er sah blitzende Sternchen. Er lehnte sich an das runde Turmgemäuer, dessen grob gehauene Sandsteinquader in seinen Rücken drückten, doch er spürte die Spitzen der Steine nicht.

Er kniff die Augen zusammen und strich mit den Handflächen zuerst über die Stirn, dann über die Nasenflügel. Nach einer Weile öffnete er die Augen und ließ seinen leeren Blick über die in einer breiten Senke ausgerollte Barbarossastadt schweifen.

Hinter den Bergrücken der Haardt lugte die aufsteigende Sonne kurz zwischen blauschwarzen Regenwolken hindurch, dann verschwand sie wieder dahinter. Eine frische Brise kam auf und ließ Tannenberg frösteln. Reflexartig zog er den Kopf zwischen die Schultern und schlug den Kragen seiner Lederjacke hoch.

Plötzlich tauchte vor seinem geistigen Auge ein dramatisches Szenario auf, das sich vor gut zwei Jahren genau an diesem Ort ereignet hatte. Allerdings war er damals nicht hier oben auf der Aussichtsplattform gewesen, sondern hatte unten am Fuße des Turms gestanden.

Mit Engelszungen hatte er auf einen Doppelmörder eingeredet, der sich nach einer wilden Verfolgungsjagd genau hierhin, wo er sich gegenwärtig befand, geflüchtet hatte. Als dieser Schwerkriminelle nicht am Humbergturm vorbei in den Wald gerannt, sondern im Innern des 36 Meter hohen Aussichtsturms verschwunden war, hatte Tannenberg sofort geahnt, was der Flüchtige vorgehabt hatte.

Der überführte Täter hatte keinen Ausweg mehr aus seiner verzweifelten Lage gesehen und seinem Leben durch einen Sprung in die Tiefe ein Ende bereiten wollen.

Ja, dieser Mistkerl hatte die Schnauze gestrichen voll von allem und wollte Schluss machen, dachte sein damaliger Häscher. Er ist auf die Brüstung geklettert und war kurz davor sich fallen zu lassen.

Aber das durfte er nicht, denn ich musste ihn vorher noch dazu bringen, dass er mir den Namen des Polizistenmörders verrät. Was ich dann ja auch geschafft habe.

Ein kleines Lächeln huschte über Tannenbergs Gesicht. Doch gleich darauf verwandelte sich sein Antlitz wieder in eine bleiche Trauermaske. Er trat einen Schritt vor, schwang das rechte Bein über die Sandsteinbrüstung und zog seinen Körper nach.

Nun lag er bäuchlings auf der Mauer, das linke Bein hatte keinen Bodenkontakt mehr, das rechte baumelte in schwindelerregender Höhe. Die Sandsteinbrüstung kühlte den schweißnassen, erhitzten Oberkörper. Kälte kroch in seine Oberschenkel.

Wenn er es damals getan hätte, wäre er alle seine Ängste, alle seine Sorgen auf einen Schlag los gewesen, sinnierte Tannenberg.

Er zuckte mit den Schultern.

Aber es hat nicht sollen sein, denn Michael hat ihn mit einem Präzisionsschuss aus dem Betäubungsgewehr erfolgreich daran gehindert.

Tja, ja, der liebe, gute Michael. Der neue Leiter des K 1. Und ich? Was ist mit mir? Ich bin suspendiert, darf nicht mehr ermitteln. Das ist doch genau *die* Gelegenheit für Hollerbach, mich alten Querulanten endlich loszuwerden.

Schnaubend wiegte Tannenberg den Kopf.

Meine Frau wurde erschossen und ich darf diesen Scheißkerl nicht suchen, der ihr das angetan hat. So ein Wahnsinn!

Was soll ich überhaupt noch auf dieser Scheißwelt?

Er verlagerte sein Gewicht nach rechts, schob den Kopf zum Abgrund und schaute hinunter zur Wildwiese, wo die beiden Rehe noch immer in aller Ruhe ästen.

14

Eigentlich hätte Victor darauf verzichten können, den Wecker zu stellen, denn er hatte in dieser Nacht höchstens eine Stunde am Stück geschlafen. Und das, obwohl er schon in der letzten Nacht in seinem Unterstand kaum ein Auge zugemacht hatte.

Aber als ihn der schrille Piepton aus einer Schlummerphase riss und auf der Digitalanzeige endlich die Ziffern »5.00« aufleuchteten, fühlte er sich überhaupt nicht schlapp oder übermüdet. Nein, er war sofort hellwach und verspürte einen unbändigen Tatendrang durch seinen athletischen Körper schießen. Es war wie früher, wenn ein neuer Kampfeinsatz seiner Eliteeinheit unmittelbar bevorgestanden hatte.

Da hatte er sich auch immer bremsen müssen, sich dazu zwingen müssen, zuerst die Gedanken zu ordnen und erst dann loszustürmen. Ungezügelter Aktionismus hätte tödlich sein können.

Nur mit der Ruhe!, ermahnte er sich selbst. Es gibt keinen Grund für irgendeine Form von Hektik. Mein Plan ist genial, die Vorbereitungen sind alle abgeschlossen.

Wie bei einer Meditation atmete er tief ein und ließ seinen Atem langsam durch die Nase ausströmen.

Ich muss nachher nur meinen Rucksack überziehen, den Helm aufsetzen und die Enduro starten. Dann geht es noch einmal zurück in diese Scheißpfalz, dorthin, wo das nächste Opfer bereits sehnsüchtig auf mich wartet.

Mit einem blechernen Kichern beendete er seinen inneren Dialog.

Victor schnappte sich die Handbibel mit den ausgewählten Textstellen, die ihm seine Mutter damals geschenkt hatte, als er nach Afghanistan zu seinem ersten Auslandseinsatz aufgebrochen war.

»Lies, so oft du kannst, in der Heiligen Schrift und bete inständig zu unser aller Herrgott. Möge er dich immer und überall beschützen«, hatte sie ihm unter Tränen mit auf den Weg gegeben.

Und das hat der liebe Gott dann ja auch getan, dachte Victor. Ein paarmal habe ich wirklich großes Glück gehabt und bin dem Tod gerade noch rechtzeitig von der Schippe gesprungen.

Der ehemalige Elitesoldat nickte und gestattete sich ein dünnes Lächeln.

Ja, Mutter, ich habe damals häufig in der Heiligen Schrift gelesen. Vor allem in den einsamen Stunden nach unseren Kampfeinsätzen, bei denen ich Dinge erlebt habe, die kaum ein Mensch ertragen kann. Gottes Worte haben mir die Kraft gegeben, trotz dieses fürchterlichen Leids und Elends um mich herum nicht wahnsinnig zu werden.

Er ließ ein Brummgeräusch verlauten und fügte zerknirscht hinzu: wie einige meiner Kameraden.

Victor schlug eine seiner Lieblingsstellen auf und las sie im Flüsterton vor, allerdings veränderte er den Inhalt ein wenig: »Darum gehorche jetzt den Worten des Herrn! So spricht der Herr der Heere: Ich habe beobachtet, was Wolfram Tannenberg dir angetan hat. Darum zieh jetzt in den Kampf, und schlag ihn! Weihe alles, was ihm gehört, dem Untergang! Schone ihn nicht, sondern töte Männer und Frauen, Kinder und Säuglinge, Rinder und Schafe, Kamele und Esel!«

Victor wiederholte den letzten Satz noch einmal, dann grinste er verschlagen und murmelte: »Mit meinem Rachefeldzug habe ich ja bereits begonnen – und ich werde ihn natürlich fortführen.«

Er bekreuzigte sich und küsste das kleine goldene Kreuz, das er immer an einer Halskette unter seinem Armee-T-Shirt trug.

Nach einer Katzenwäsche kochte er sich eine Kanne Kaffee und bestrich zwei Scheiben Roggenbrot dick mit Butter und Latwerge. Schmatzend trottete er zu seinem Schreibtisch und schaltete die elektronischen Geräte ein.

Die Livebilder der zwei Überwachungskameras zeigten Standbilder. Die beiden Wohnungen waren dunkel, und der vom fahlen Lichtschein der Straßenlaternen beleuchtete Teil der Beethovenstraße vor Tannenbergs Haus war wie ausgestorben.

Gelangweilt spulte Victor die Aufnahme bis zu dem Zeitpunkt zurück, an dem Tannenberg plötzlich von seiner Couch aufgesprungen und kurz darauf mit seiner Familie mit einem Van weggefahren war.

Um 3.46 Uhr kehrte die Großraumlimousine zurück, aber nur der alte Mann stieg aus dem Auto aus, von Tannenberg war nichts zu sehen. Im Auto saßen sein Bruder und dahinter auf der Rückbank dessen Tochter.

Wo bist du Scheißkerl nur abgeblieben?, fragte sich Victor zum wiederholten Male. Er grunzte amüsiert. Unser lieber Tannenberg wird doch wohl nicht mitten in der Nacht ganz allein durch die Stadt gelaufen sein. Victor wedelte mit dem Finger.

Nein, nein, Wolfram, das solltest du besser nicht tun. Eigentlich müsste er ja wissen, dass so etwas ziemlich gefährlich ist und tragisch enden kann. Schließlich ist Kaiserslautern laut der aktuellen Kriminalitätsstatistik die Stadt mit der höchsten Gewaltkriminalität in ganz Deutschland und liegt noch weit vor den vermeintlichen Kriminalitätshochburgen Frankfurt, Köln und Berlin.

Im Schnelldurchlauf rasten die Videoaufnahmen bis zur Realzeit weiter, doch Wolfram Tannenberg tauchte auch darin nicht auf.

»Egal, irgendwann wird er ja mal wieder in seiner Wohnung aufkreuzen – in seiner leeren Wohnung, in seiner ausge-stor-be-nen Wohnung«, zerlegte Victor das doppeldeutige Wort genüsslich in seine einzelnen Silben.

Erneut wedelte er mit dem Finger vor seinem Gesicht herum und sagte in einem gekünstelten Tonfall, in dem man für gewöhnlich mit Kleinkindern spricht: »Nein, nein, mein armer Wolfram, da ist kein liebes Frauchen mehr, das dich erwartet und dich in sein warmes Bettchen krabbeln lässt und dich an seinen weichen Busen drückt.« Ein blechernes Lachen.

Victor tippte den Domainnamen www.die-apokalyptiker.de in die Adresszeile seines Internetbrowsers ein.

Mal schauen, was die Jungs im Forum so treiben und wie sie auf mein schönes Video reagiert haben. Er betätigte die Returntaste.

Wow, das sind ja unzählige Userkommentare, freute er sich im Stillen.

Mit hastigen Blicken sondierte er einige der aktuellen Foreneinträge.

Die überschlagen sich ja regelrecht mit Begeisterung und Anerkennung, dachte er.

»Ich bewundere dich! Du bist der Größte! Du affengeiler Rachegott!«, las Victor sich selbst vor.

Doch schlagartig kippte seine Stimmung. Er schnaubte verächtlich und zischte: »Elende Schleimerbande. Selbst nicht den Arsch zu einer Aktion hochkriegen, aber dann vor Bewunderung für andere ausflippen – widerlich, einfach widerlich! Ihr solltet euch schämen.«

Victor verzog sein Gesicht so, als würde er einen üblen Geruch wahrnehmen. Dann rief er die Google-Startseite auf und recherchierte im Internet nach Presseberichten über seinen gestrigen Anschlag.

»Na, wo finde ich denn etwas über meine Heldentat?«, flüsterte er.

Als er nichts Entsprechendes entdeckte, klickte er auf die Website mit den Pressemitteilungen des Polizeipräsidiums Westpfalz, die er in seiner Favoritenleiste abgespeichert hatte.

»In den späten Abendstunden des gestrigen Tages ereignete sich am Walzweiher ein schwerer Verkehrsunfall mit Personenschaden. Das Unfallgeschehen steht wahrscheinlich in direktem Zusammenhang mit den extremen Unwettern, die in der vergangenen Nacht über die Pfalz hinweggezogen sind und schwere Verwüstungen angerichtet haben.«

Victor schnaubte belustigt. »Natürlich versuchen die bescheuerten Bullen, die Sache geheim zu halten. Aus ermittlungstaktischen Gründen, wie die das immer nennen. Dabei machen sie das nur, weil sie keinen blassen Schimmer haben, was da mit ihnen gespielt wird – und vor allem, wer da mit ihnen spielt!«

Er schenkte sich Kaffee nach und nahm einen großen Schluck. »In meinem Fall könnt ihr euch dieses leuteverarschende Gelaber sparen. Warum? Weil ihr Scheißbullen gar nicht zum Ermitteln kommt, denn zum Ermitteln bräuchtet ihr Zeit – und die habt ihr nicht.«

Victor zündete sich eine Zigarette an und sog gierig an dem Glimmstängel. »Weil ich euch keine Sekunde lang durchschnaufen lasse«, tönte er in den ausströmenden Qualm hinein.

»Ich wende die gleiche Strategie an wie die, die wir früher bei unseren Einsätzen angewandt haben: den Feind unter Dauerbeschuss setzen, damit er selbst nicht aktiv werden, sondern nur reagieren kann.«

Der ehemalige Elitekämpfer brannte den Videomitschnitt auf eine CD, steckte sie in ein bereits vor Tagen adressiertes Kuvert und frankierte es. Dann klappte er den Laptop zu und klatschte sich auf die Schenkel.

»So, und jetzt fahre ich los und bringe mein nächstes Opfer zur Strecke. Halali und halalo – Waidmannsheil!«

In der benachbarten Ortschaft steckte er den Brief in den Postkasten und bretterte dann in Richtung der pfälzischen Landesgrenze los. Eine gute halbe Stunde später dröhnte der markante, dumpfe Sound des luftgekühlten 4-Takt-Einzylinder-Motors durch ein südlich von Kaiserslautern gelegenes idyllisches Wiesental, das auf beiden Seiten von haushohen Tannen gesäumt wurde.

Bei einer seiner ausgedehnten Inspektionstouren durch den Pfälzer Wald war Victor zufällig auf diesen Ort gestoßen. Es war der ideale Ort, um die Enduro zu verstecken. Diesmal musste er noch nicht einmal eine Kuhle ausheben und präparieren.

Nur ein paar Meter von einem abgelegenen Waldweg entfernt hatte die Natur meterhohe Sandsteinfelsen so perfekt angeordnet, dass sie von drei Seiten Sichtschutz boten und man durch die gut zwei Meter breite Pforte ein Motorrad wie in einen Schuppen hineinfahren und dadurch quasi wegzaubern konnte.

Bevor er von der Sitzbank stieg, scannte er sicherheitshalber noch einmal mit schnellen Blicken die Umgebung. Als er feststellte, dass die Luft rein war, fuhr er seine Geländemaschine ein Stück den Hang hinauf und dann durch den Felsspalt in die Naturgarage.

Wegen des genetischen Materials, das unweigerlich in seinem Helm zu finden sein würde, ließ er diesen nicht beim Motorrad zurück, sondern deponierte ihn in seinem geräumigen Rucksack.

So konnte ihm, falls die Enduro zufälligerweise während der nächsten Stunden entdeckt werden würde, niemand auf die Schliche kommen, zumal er die einzigen beiden Möglichkeiten, mit denen man seine Geländemaschine hätte identifizieren können, neutralisiert hatte.

Das am Heck der Enduro angebrachte Nummernschild hatte er vorgestern in Zweibrücken von einem anderen Motorrad abgeschraubt, und die Fahrgestellnummer hatte er schon vor einigen Wochen vom Rahmen abgefeilt.

Eigentlich eine ziemlich überflüssige Maßnahme, schätzte er doch die Gefahr einer Entdeckung seiner Motocross-Maschine in dieser abgeschiedenen Gegend, in die sich außer Waldarbeitern, Jägern und Förstern kaum jemand verirrte, als ausgesprochen gering ein.

Und wenn durch Zufall doch jemand die Enduro in den wenigen Stunden seiner Abwesenheit entdecken würde, hatte er sich einen Plan B zurechtgelegt, schließlich musste ein Elitesoldat immer einen Plan B parat haben.

Querfeldein stapfte Victor in westlicher Richtung einen Berghang hinauf. Auf der Bergkuppe angelangt, durchquerte er eine schattige Lichtung und stieg dann wieder bergab, bis er etwa auf halber Höhe einen Hochsitz erreichte, den ein Waidmann am Fuße einer schräg am Hang gelegenen Wildwiese errichtet hatte.

Victor kletterte die Leiter hinauf, kramte die Einzelteile

seiner Präzisionswaffe aus dem Rucksack und setzte sie mit wenigen geübten Handgriffen zusammen. Anschließend legte er das Scharfschützengewehr auf die Holzbrüstung und fokussierte das Zielfernrohr auf einen Markierungspfosten der Landstraße, die quer hinter der Wiese in Nord-Süd-Richtung verlief.

Es dauerte nicht lange, bis das erste Auto in einer lang gezogenen Linkskurve auftauchte. Adrenalin schoss durch jede Zelle seines Körpers. Hoch konzentriert schwenkte er den Lauf des Präzisionsgewehrs ein wenig nach oben und fixierte den Fahrer mit Fadenkreuz und Laserpunkt.

Fehlalarm. Die Anspannung reduzierte sich sofort.

Ein Rentnerehepaar auf Sonntagsfahrt, dachte er belustigt, und das, obwohl erst Freitag ist. Nein, auf solche alten Knacker, die nur noch aus schlaffem Gammelfleisch bestehen, habe ich es nun wirklich nicht abgesehen. Ich warte auf junges, knackiges Frischfleisch. Nur mit Mühe konnte er ein schallendes Lachen unterdrücken.

Fünf Minuten später peitschte ein Schuss durch das enge Tal.

Der Kopf der jungen, dunkelhaarigen Fahrerin wurde nach hinten gerissen, das Auto brach aus, stürzte die Böschung hinunter und überschlug sich mehrmals.

15

Tannenberg hing schlaff wie ein nasses Handtuch über der Sandsteinbrüstung des Humbergturms. Minutenlang wurde er von extremen Stimmungsschwankungen gemartert, überlegte hin und her, was er nun tun sollte. Er war kurz davor, in die Tiefe zu springen und seinem Leben ein Ende zu setzen. Doch dann tauchte plötzlich vor seinem geistigen Auge das hämisch grinsende Gesicht des Oberstaatsanwaltes auf. Sein Anblick wirkte wie ein Aufputschmittel.

Tannenberg fletschte die Zähne und verlagerte sein Gewicht auf die sichere Seite. »Von diesem verfluchten Hohl-Hohl-Hollerbach lass ich mich doch nicht aufs Abstellgleis schieben. Ich nicht! Von dem Depp nicht!«, schnaubte er wütend. »So weit käm's noch!«

Außerdem muss ich mich um Mutter kümmern. Die kann ich doch jetzt nicht im Stich lassen!, schob er tonlos nach.

Ein letzter Blick in den Abgrund hinunter zu den äsenden Rehen, dann schwang er sein rechtes Bein über die Brüstung zurück auf die Aussichtsplattform.

»Mann, Wolf, was bist du doch für ein blöder Idiot!«, beschimpfte er sich selbst, während seine Handflächen mehrmals auf die Wangen klatschten. Die stechenden Schmerzen belebten ihn noch mehr.

»Und was ist mit Heiner, mit Marieke, mit Vater – und was ist mit der süßen Emma und dem süßen Paul? Die brauchen mich schließlich auch noch. Und ich brauche sie! Außerdem muss ich mir diesen Drecksack schnappen, der Hanne auf dem Gewissen hat. Und das, bevor er noch mehr Unheil anrichten kann.«

Mit wiedererstarktem, unbändigem Lebenswillen trippelte er die 163 Stufen hinunter zum Fuße des Humbergturms. Die beiden Rehe hoben die Köpfe und schauten in seine Richtung, doch sie flüchteten nicht.

»Ja, was ist denn mit euch los?«, schnauzte er die Tiere an. »Wo kommen wir denn hin, wenn das Wild keine Angst mehr vor den Menschen hat?«

Der suspendierte Leiter des K 1 legte die Fingerkuppen auf die Lippen und pfiff gellend.

»Na, endlich funktioniert euer Fluchtreflex und ihr zeigt mir eure wunderschönen weißen Hinterteile«, rief Tannenberg den Rehen, die bereits in einer Fichtendickung verschwunden waren, hinterher.

Wolfram Tannenberg marschierte so stramm durch den Wald und das südliche Stadtgebiet, dass er bereits kurz vor 7 Uhr am Pfaffplatz eintraf, wo sich in einem schmucklosen Funktionsgebäude seine Dienststelle befand.

Der uniformierte Beamte, der in einer verglasten Eingangspforte den Zugang zur Kriminalinspektion Westpfalz überwachte, staunte nicht schlecht, als er den notorischen Morgenmuffel Tannenberg zu dieser frühen Stunde erblickte. Normalerweise betrat der Leiter des K 1 nicht vor 8.30 Uhr die Kriminalinspektion.

»Was willst du denn hier? Ich dachte, du bist suspendiert«, sagte Tannenbergs konsternierter Kollege ohne Begrüßung.

»Quatsch, Willy«, zischte Tannenberg zurück und winkte ab. »Das war nichts als eine leere Drohung von Hollerbach«, schwindelte er. Mit einem schelmischen Augenzwinkern fügte er hinzu: »Ohne mich und meine grandiose Ermittlungskompetenz wärt ihr hier doch alle aufgeschmissen. Los, mach die Tür auf«, forderte Tannenberg mit Nachdruck. »Du willst doch auch, dass wir dieses elende Dreckschwein, das meine Hanne auf dem Gewissen hat, so schnell wie möglich aus dem Verkehr ziehen, oder?«

Der Portier setzte eine betroffene Miene auf. »Natürlich will ich das«, sagte er mit gepresster Stimme. Er räusperte sich verlegen. »Übrigens: mein aufrichtiges Beileid, Wolf.« Danach betätigte er endlich den elektrischen Türöffner.

Tannenberg nickte. »Danke, Willy.«

Der beurlaubte Kommissariatsleiter hastete die Treppe hinauf zum K 1. Der Vorraum, an den sein Dienstzimmer und die Büros seiner Mitarbeiter angrenzten, war Petra Flockerzies Reich. Die gute Seele des K 1 war eine sehr gewissenhafte und pünktliche Sekretärin, die jeden Morgen Punkt 8 Uhr an ihrem Arbeitsplatz erschien.

Sie benötigte diesen zeitlichen Vorlauf, schließlich hatte sie vor dem Eintreffen ihres vergötterten Chefs noch einiges zu erledigen, zum Beispiel musste sie die Espressomaschine reinigen, auffüllen und einschalten, denn die Mitarbeiter des K 1 waren für ihren hohen Espressokonsum bekannt.

Auch von Tannenbergs anderen Kollegen war noch niemand zum Dienst erschienen. Er vermutete, dass die K-1-Ermittler gestern bis spät in die Nacht hinein gearbeitet hatten und deshalb sehr wahrscheinlich an diesem Morgen erst später im K 1 eintreffen würden.

Also hatte er noch eine knappe Stunde Zeit, um sich einen Überblick über den aktuellen Ermittlungsstand zu verschaffen. Gedankenversunken schloss er die Tür seines Büros auf. Als er in sein Dienstzimmer blickte, traf ihn fast der Schlag.

Allerdings nicht etwa wegen eines Einbruchs oder wegen der darin herrschenden Unordnung, nein, wegen des genauen Gegenteils: Sein Schreibtisch war akribisch aufgeräumt – besser gesagt – leergeräumt. Keine einzige Akte befand sich mehr darauf, sondern nur noch ein Telefon, ein zusammengeklappter Laptop, die Maus und der Drucker.

»Na, das ging aber wirklich schnell«, fauchte er. »Ehe man sich versieht, ist man weg vom Fenster.«

Empört klappte er den Laptop auf und schaltete ihn ein. Erst jetzt registrierte er, dass nicht nur sein Schreibtisch, sondern sein gesamtes Büro völlig anders aussah als noch vor zwei Tagen, als er es zum letzten Mal betreten hatte.

Auf dem Konferenztisch, der häufig für kleine Dienstbesprechungen, aber auch schon mal für ein gemütliches Kaffeekränzchen genutzt wurde, stand weder eine Tasse noch die obligate Keksdose, die sich wie von Zauberhand immer wieder füllte, noch ein Glas oder eine angebrochene Trinkflasche.

Nichts, rein gar nichts mehr. Und schlimmer noch: Die mobilen Pinnwände, die den Kriminalbeamten als Anschlagtafeln für die diversen Ermittlungsergebnisse dienten, waren ebenfalls vollständig aus dem Raum entfernt worden.

Kopfschüttelnd loggte sich Tannenberg in das Intranet des K 1 ein. »Na, wenigstens haben die mir den Zugang nicht gesperrt«, stellte er erleichtert fest. Seine Kollegen hatten allerdings noch keine Ermittlungsergebnisse eingestellt.

Urplötzlich schäumte Wut in ihm auf. Er fletschte die Zähne. »Scheiß Hollerbach!«, fauchte er durch die geschlossenen Zahnreihen. »Bootet dieser Drecksack mich doch tatsächlich vom einen auf den anderen Tag aus. Na warte!«

Zornesröte schoss in sein Gesicht. Er ballte die Hand zur Faust und schleuderte sie in Richtung des gegenüber des Kaiserslauterer Hauptbahnhofs angesiedelten Justizgebäudes, in dem sich auch die zuständige Staatsanwaltschaft befand.

Der vom Dienst beurlaubte Kommissariatsleiter fuhr seinen Computer herunter und machte sich auf die Suche nach Stellwänden. Einer Intuition folgend, steuerte er auf direktem Weg Michael Schauß' Dienstzimmer an, in welchem die vermissten Anschlagtafeln tatsächlich nebeneinander vor der Wand standen.

»Da hat sich unser neuer K-1-Chef aber gleich mal anständig ins Zeug gelegt«, sagte Tannenberg in verächtlichem Ton.

Auf dem überladenen Schreibtisch des jungen Oberkommissars fanden sich auch die Ermittlungsakten aus den alten Fällen, die noch bis vor Kurzem auf Tannenbergs Schreibtisch ein eher unbeachtetes Dasein gefristet hatten. Daneben türmten sich mehrere Aktenstapel, die Michael Schauß offensichtlich aus dem Archiv angefordert hatte, denn sie betrafen alte, bereits abgeschlossene Mordfälle. Fälle, die maßgeblich von Kriminalhauptkommissar Tannenberg bearbeitet worden waren.

»Ach, da sucht einer nach dem Motiv für den Anschlag auf Hanne«, schlussfolgerte der kaltgestellte Kriminalbeamte. Nacheinander betrachtete er alle beschrifteten Deckel der vergilbten Ermittlungsakten.

»Da waren wirklich böse, böse Buben darunter«, murmelte er vor sich hin.

Auf dem Fußmarsch vom Humbergturm zu seiner Dienststelle war er in Gedanken alle Fälle durchgegangen, die er in den letzten zehn Jahren bearbeitet hatte. Anschließend hatte er die Hypothese, dass es sich um einen auf ihn gemünzten Racheakt handeln könnte, als ausgesprochen unwahrscheinlich verworfen.

»Tja, Satz mit x, das war wohl nix, mein lieber Michael«, spottete Tannenberg. »Denn alle diese Verbrecher sitzen entweder bis an ihr Lebensende im Knast oder sie wurden bei einer Polizeiaktion getötet«, stellte er lapidar fest.

Der aufs Abstellgleis verfrachtete Kriminalbeamte legte die Stirn in Falten und wiegte den Kopf. »Nee, also von diesen Jungs kommt aus besagten Gründen keiner in Betracht«, sagte er in den leeren Raum hinein.

Er legte den Kopf schief und korrigierte seine Aussage: »Na ja, theoretisch könnte ja auch ein durchgeknallter Familienangehöriger oder ein irrer Freund hinter dem Mordanschlag stecken.«

Doch gleich darauf winkte er ab und verwies diese Möglichkeit in das Reich der unrealistischen Spekulation. »Ach was, das ist ausgemachter Blödsinn! Hanne wurde garantiert das Zufallsopfer eines gehirnamputierten Psychopathen! Die Rache-Hypothese ist doch total an den Haaren herbeigezogen. Eine völlig falsche Ermittlungsrichtung!«

»Was ist eine völlig falsche Ermittlungsrichtung?«, wollte Michael Schauß wissen. Aus heiterem Himmel war er im Türrahmen seines Dienstzimmers aufgetaucht.

Wolfram Tannenberg reagierte so, als ob sein Kollege ihn in flagranti bei einer Straftat ertappt hätte. Er schnellte von Schauß' Schreibtischstuhl in die Höhe, zeigte seine Handflächen und verlagerte nervös das Gewicht von einem Bein auf das andere.

»Entschuldige, Micha, dass ich die Tür deines Büros aufgeschlossen habe, ohne dich vorher zu fragen. Ich … ich hab nur die Stellwände gesucht«, stammelte Tannenberg. »Aber wieso sind die bei dir und nicht mehr bei mir?«

»Der Idee mit dem Umzug der Stellwände ist nicht auf meinem Mist gewachsen, Wolf«, verteidigte sich der junge Oberkommissar. »Der Hollerbach hat es so angeordnet. Und zwar nach Absprache mit dem Kriminaldirektor.« Er zuckte entschuldigend mit den Schultern. »Also mussten wir die Wände in mein Büro stellen.«

Schauß zeigte auf die Aktenberge auf seinem Schreibtisch. »Die Tatsache, dass du in diesen Fall persönlich involviert bist, ist natürlich ein gefundenes Fressen für unseren geschätzten Herrn Oberstaatsanwalt.«

Tannenberg nickte mit säuerlichem Gesichtsausdruck.

»Darauf hat dieser Mistkerl schon lange gewartet. Pass ja auf, dass du nicht ins offene Messer läufst. Du weißt ja, wenn es nach ihm ginge, würdest du hier schon lange nicht mehr arbeiten, sondern bei den FCK-Spielen den Verkehr in der Kantstraße regeln.«

»Ja, ich weiß, Micha«, entgegnete Tannenberg. »Ich weiß auch, dass ich mich in diesem Gebäude eigentlich gar nicht mehr aufhalten dürfte.« Er kniff ein Auge zusammen. »Offiziell bin ich nur deshalb hier, weil ich mein privates Handy suche.«

Schauß lächelte verschwörerisch. »Na, dann such mal schön.«

Plötzlich überfiel Tannenberg ein derart schlechtes Gewissen angesichts seiner feindseligen Haltung gegenüber seinem jungen Kollegen, dessen Trauzeuge er immerhin war, dass er ihm nicht mehr in die Augen schauen konnte. Objektiv betrachtet hatte Schauß nicht von sich aus seinen Hut in den Ring als kommissarischer K-1-Leiter geworfen, sondern war von seinen Vorgesetzten zu dieser Aufgabe dienstverpflichtet worden.

Im Stillen schimpfte er sich einen bornierten Hornochsen, dann aber hakte er die Sache kurzerhand ab, schließlich gab es zurzeit Wichtigeres zu tun, als in irgendwelchen Sentimentalitäten zu versinken.

»Wieso bist du eigentlich um diese Uhrzeit schon hier?«,

wollte der suspendierte Chef-Ermittler wissen. »Du hast doch garantiert eine kurze Nacht gehabt, oder?«

Tannenbergs Gegenüber nickte und verzog dabei das Gesicht zu einem gequälten Lächeln.

»Wie man's nimmt, Wolf«, seufzte Michael Schauß. »Die Nacht war ganz schön lang, aber der Schlaf viel zu kurz, drei Stunden mussten reichen. Sabrina hat auch nicht länger geschlafen. Sie ist unten bei Mertel, müsste aber gleich hier sein.«

Sabrinas Ehemann zuckte mit den Schultern. »Was soll's, ausschlafen können wir uns irgendwann später. Jetzt hat die Ermittlungsarbeit absolute Priorität. Wir alle haben Johanna sehr gemocht, deshalb wollen wir alles Erdenkliche dafür tun, dass wir ihren Mörder so schnell wie möglich fassen – damit es auch dir wieder ein bisschen besser geht und deine Beurlaubung so schnell wie möglich aufgehoben wird.«

»Danke, Micha, eure Solidarität und euer Engagement weiß ich wirklich sehr zu schätzen«, sagte Tannenberg gerührt. »Wieso ist Karl denn eigentlich schon hier?«

Michael Schauß hob die Brauen. »Nicht schon, Wolf, sondern immer noch.«

»Wie?«

»Ja, unser guter Karl hat die ganze Nacht in seinem Labor verbracht und durchgearbeitet.« Ein verschmitztes Lächeln huschte über das Gesicht des jungen Oberkommissars. »Na ja, vielleicht hat er auch ein, zwei Stündchen die Pritsche in der Arrestzelle getestet.«

Tannenberg presste die Lippen zu einem schmalen Strich zusammen und wiegte den Kopf. »Wahnsinn. Ihr seid ja alle wahnsinnig«, schniefte er ergriffen.

»Wie geht es denn deiner Mutter?«, wechselte Schauß das Thema.

Wolfram Tannenberg schnäuzte sich elefantenartig die Nase. »Den Umständen entsprechend, wie es immer so schön heißt«, erwiderte er. »Nach Auskunft der Ärzte hat meine Mutter einen schweren Schock erlitten und braucht nun sehr viel Ruhe. Deshalb haben sie ihr starke Beruhigungsmittel verabreicht.«

Tannenberg zog sein Mobiltelefon aus der Jackentasche und hielt es in die Höhe. »Sobald sich etwas tut, werde ich sofort verständigt.«

Michael Schauß schmunzelte spitzbübisch. »Du hast dein Handy also schon gefunden«, frotzelte er. »Dann musst du das K 1 jetzt aber auf der Stelle verlassen.«

Als er die entsetzte Miene des beurlaubten Kommissariatsleiters bemerkte, schob er nach: »War nur Spaß, Wolf, natürlich wollen wir dich dabeihaben. Du bist und bleibst schließlich unser Chef, egal, was irgendwelche Vorgesetzten meinen.«

Tannenberg bedankte sich mit einem erleichterten Blick.

»Außerdem brauchen wir deine Fachkompetenz und deine Berufserfahrung dringend für die Ermittlungsarbeit. Du bist nicht umsonst der Mordkommissionsleiter mit der höchsten Aufklärungsrate in ganz Rheinland-Pfalz«, brachte der Oberkommissar seine Anerkennung zum Ausdruck.

Auch diese Sätze gingen Tannenberg runter wie Öl.

Michael Schauß blies die Backen auf und stieß einen lang gezogenen Seufzer aus. »Das wird ein hartes Stück Arbeit, Wolf«, sagte er. »Denn bisher haben wir noch rein gar nichts, keinen einzigen Hinweis auf einen potenziellen Tatverdächtigen, nichts.«

Er zeigte hinüber zu seinem Schreibtisch. »Sabrina und ich haben heute Nacht die Ermittlungsakten unserer alten Fälle durchgestöbert, aber nichts Verwertbares darin entdeckt. Alle diese Straftäter sitzen entweder hinter Schloss und Riegel oder sie sind nicht mehr am Leben.«

Da sind wir d'accord, kommentierte Tannenberg im Stillen.

»Mir erscheint eine direkte Verbindung zu deiner Person eher unwahrscheinlich zu sein. Ich gehe davon aus, dass Johanna auf tragische Weise zum falschen Zeitpunkt am falschen Ort war. Sie war wohl ein klassisches Zufallsopfer.«

Schauß zog die Unterlippe ein und ließ ein schmatzendes Geräusch verlauten. »Na ja, vielleicht hat Karl ja etwas Neues für uns, das uns den entscheidenden Schritt weiterbringt.«

»Und was machen wir, wenn der Hollerbach irgendwie spitzkriegt, dass ich trotz Beurlaubung bei euch mitmische?«

Der sportlich gekleidete Oberkommissar winkte lässig ab. »Mach dir darüber keinen Kopf, Wolf«, beschwichtigte er. »Falls er tatsächlich davon erfahren sollte, werden wir eben nach anderen Kommunikationsmöglichkeiten mit dir Ausschau halten. Es kann ja wohl nicht angehen, dass du ausgerechnet bei deinem persönlichsten Fall kaltgestellt bist.«

»Danke, Micha, das sehe ich ganz genauso.«

Der vom Dienst freigestellte Kommissariatsleiter hatte sich gerade der Begutachtung der auf den Stellwänden befestigten Tatortfotos zugewandt, als Sabrina und Mertel in Schauß' Büro hereinschneiten. Sabrina ging direkt zu ihrem väterlichen Freund und Trauzeugen und umarmte ihn herzlich.

»Mir tut das alles so wahnsinnig leid für dich, Wolf. Johanna war so eine tolle und liebenswerte Frau.« Sabrina atmete schwer. »Ihr wolltet doch bald heiraten – und jetzt solch ein Drama«, ergänzte sie schniefend.

Tannenberg hatte schon genug Probleme damit gehabt,

den Anblick der Tatortfotos seiner erschossenen Lebensgefährtin zu ertragen, aber Sabrinas einfühlsame Bemerkungen ließen alle Dämme brechen.

Er klammerte sich an seine junge Kollegin und Freundin, während ihm Tränen über die Wangen strömten und in Sabrinas hellblauer Sweatjacke versiegten. Die beiden anderen Männer wandten ihre Blicke ab und schauten betroffen zu Boden.

»Was ist denn hier los?«, ertönte plötzlich die herrische Stimme des leitenden Oberstaatsanwaltes Dr. Sigbert Hollerbach. »Ist heute früh etwa statt Dienstbesprechung kollektives Flennen angesagt, oder wie soll ich diese Schnulzenfilmszene hier deuten?«, polterte er weiter.

Tannenbergs Erzfeind klatschte in die Hände. »Meine Dame, meine Herren, dürfte ich Sie höflichst daran erinnern, dass Sie sich hier in den Räumen einer Mordkommission befinden und nicht am Set einer Soap-Opera.« Er ließ sich von den verdutzten Gesichtern nicht bremsen. »Und in einer Mordkommission wird für gewöhnlich gearbeitet. Wenn Sie heulen wollen, steht Ihnen das selbstverständlich frei. Ihre albernen Emotionsausbrüche sparen Sie sich aber bitte bis nach Dienstschluss auf.«

Ein hämisches Grinsen. »Für solche kindischen Mätzchen während der kostbaren Arbeitszeit kommt der Steuerzahler nun wirklich nicht auf. Ergo: Wenn Sie flennen wollen, dann nicht an Ihrem Arbeitsplatz, sondern zu Hause oder in der Kirche oder von mir aus auch auf dem Friedhof.«

Wolfram Tannenberg war sprachlos. Er konnte nicht glauben, was er da eben aus dem Munde seines Intimfeindes vernommen hatte. Während seine Halsschlagadern anschwollen, verengte er die Augen zu schmalen Schlitzen und nagelte den Oberstaatsanwalt regelrecht an die hinter ihm befindliche Wand. Wenn sein Blick hätte töten könnten, wäre Dr. Hollerbach auf der Stelle tot umgefallen.

»Du aufgeblasener, unsensibler Affenarsch«, brüllte Tannenberg mit sich überschlagender Stimme. »Ich heule, wann und wo es mir passt.«

Bedrohlich baute er sich vor seinem einen Kopf kleineren Erzfeind auf und tippte ihm so fest auf die Brust, dass Dr. Hollerbach mit schmerzverzerrtem Gesicht zurückwich. »Meine Trauer lasse ich mir von dir nicht verbieten. Ist das klar, du Oberarsch mit Ohren?«

Nun habe ich dich endlich dort, wo ich dich schon seit langer Zeit haben will, nämlich am Rande des Abgrunds, jubilierte der Oberstaatsanwalt in Gedanken. Dieser Ausraster in Anwesenheit mehrerer Zeugen wird ein saftiges Disziplinarverfahren nach sich ziehen, dessen kannst du dir sicher sein. Aber vielleicht kann ich dich noch ein bisschen mehr provozieren. Und zwar so, dass du richtig ausflippst. Dann stoße ich dich in den Abgrund hinunter!

Dr. Hollerbach setzte ein überhebliches Grinsen auf und verkündete mit eiskalter Stimme: »Bis eben wusste ich gar nicht, dass wir beide per Du sind, Herr Hauptkommissar.«

Der Oberstaatsanwalt wedelte mit dem Finger. »Diese impertinente Zudringlichkeit will ich Ihnen gütigerweise noch einmal nachsehen, sie ist schließlich Ihrer emotionalen Aufgewühltheit geschuldet. Was ich Ihnen allerdings nicht nachsehen werde, ist die Tatsache, dass Sie mich eben körperlich attackiert haben.«

»Körperlich attackiert«, spuckte ihm Tannenberg förmlich entgegen. »Dass ich nicht lache!«, blökte er.

Inzwischen hatten sich Michael Schauß und der Kriminaltechniker zwischen die beiden Streithähne geschoben und versuchten ihren Freund mit eindeutigem Mienenspiel und beschwichtigenden Gesten zu beruhigen.

Doch Tannenberg ließ sich nicht beruhigen. In ihm brodelte es wie in einem Vulkan kurz vor dem Ausbruch. Mit rudernden Armen versuchte er das menschliche Spalier zu überwinden, während Dr. Hollerbach keinen Millimeter zurückwich.

Tannenberg war völlig außer sich, spie nur noch Gift und Galle. »Wenn ich dich körperlich attackiere, siehst du danach ganz anders aus, du Lackaffe. Dann poliere ich dir nämlich deine arrogante Fresse«, schrie er mit knallrotem Kopf.

»Das sind doch nichts als leere Versprechungen, Herr Hauptkommissar«, grinste Dr. Hollerbach herausfordernd.

Der über Jahre aufgestaute Hass auf seinen Intimfeind brach nun explosionsartig aus Tannenberg heraus. Er ballte die rechte Faust und holte zu einem Schwinger aus. Sabrina, die diesem Aggressionsausbruch geschockt und hilflos beiwohnte, versuchte noch mit einer Reflexhandlung, Tannenberg in den Arm zu greifen, aber sie kam zu spät. Einen Sekundenbruchteil später traf Tannenbergs Faust das Gesicht seines Kontrahenten und brach ihm das Nasenbein.

Endlich bin ich am Ziel, freute sich Dr. Sigbert Hollerbach, der absichtlich keinerlei Anstalten gemacht hatte, dem vorauszusehenden Angriff auszuweichen.

Seltsamerweise fühlte er trotz dieser massiven körperlichen Attacke nicht den geringsten Schmerz. Dafür verspürte er aber umso mehr Genugtuung. Er zückte ein blütenweißes Taschentuch und drückte es vorsichtig auf sein stark blutendes Riechorgan.

Endlich!, lachte er sich ins Fäustchen. Dieses Mal kommst du mir nicht davon, du kulturloser, aufsässiger Provinzbulle, diesmal nicht. Diesmal kann dir noch nicht einmal dein alter Freund, der Polizeipräsident, helfen.

Dieser tätliche Angriff auf einen leitenden Oberstaatsanwalt reicht für deine fristlose Entlassung aus dem Polizeidienst völlig aus. Erschwerend kommen noch deine verbalen Ausfälle und nicht zuletzt die offensichtliche Ignoranz der von mir ausgesprochenen Beurlaubung hinzu, die ich nun in eine Suspendierung umwandeln werde.

Wolfram Tannenberg, du bist am Ende!

Dr. Sigbert Hollerbachs tiefliegenden Augen ruhten auf seinem verhassten Erzfeind, der von seinen entsetzten Kollegen nur mühevoll in Schach gehalten werden konnte. Ist diese Erkenntnis bereits in dein Spatzenhirn vorgedrungen?, fragte er tonlos.

»Wehr dich, du Scheißkerl!«, brüllte Tannenberg.

Einen Teufel werde ich tun, dachte sein Kontrahent. Die Rollen sind klar verteilt: Du bist der brutale Schläger – ich bin das bedauernswerte Opfer!

In diesem Augenblick betrat Petra Flockerzie das Büro des kommissarischen K-1-Leiters. Als sie ihren wutentbrannten Chef, der von Mertel und Michael Schauß an Schultern und Armen festgehalten wurde, und den verletzten Oberstaatsanwalt erblickte, der sich ein blutdurchtränktes Taschentuch auf die Nase drückte, war ihr sofort alles klar. Sie benötigte keine weiteren Erläuterungen zu diesem schockierenden Bild.

Irgendwann hatte es ja so weit kommen müssen. Auch sie hegte einen enormen Groll gegenüber dem ranghöchsten Vertreter der Kaiserslauterer Staatsanwaltschaft, der ihren Chef seit vielen Jahren mit allen nur erdenklichen dienstlichen Schikanen, Intrigen und Sticheleien malträtiert und bis aufs Blut gereizt hatte.

Wie alle anderen Mitarbeiter des K 1 hatte auch sie ein Freudenfeuer abgebrannt, als vor zwei Jahren bekannt geworden war, dass Dr. Hollerbach in das rheinland-pfälzische Partnerland Ruanda abgeordnet wurde, um dort beim Aufbau eines funktionierenden Justizsystems zu helfen.

Angeblich hatte er nach seiner Rückkehr als Staatssekretär ins Justizministerium wechseln sollen. Aber daraus war leider nichts geworden, denn die damals amtierende Landesregierung hatte bei den letzten Landtagswahlen eine verheerende Niederlage erlitten, deren Ursache unvoreingenommene politische Beobachter auf die chaotische und realitätsferne Bildungspolitik der damaligen Regierungskoalition zurückführten.

Die desaströse Wahlschlappe zeitigte für die Polizeidirektion Westpfalz eine gravierende Konsequenz, denn seitdem mussten sich die Kriminalbeamten mit einem frustrierten, heimtückischen Oberstaatsanwalt herumschlagen, der nichts anderes im Sinn zu haben schien, als sich jede Menge Feinde zu verschaffen.

»Viel Feind, viel Ehr«, soll er einmal trotzig getönt haben, als ihn der Gerichtspräsident auf die diversen Beschwerden hinsichtlich seiner autoritären und unkollegialen Amtsführung angesprochen hatte.

Die Konfliktsituation muss sofort entschärft werden, entschied die korpulente Sekretärin und schritt sogleich energisch zur Tat.

Geistesgegenwärtig packte sie Dr. Hollerbach am Ellenbogen und zog ihn aus der Hahnenkampf-Arena hinaus in den Vorraum. Dort reichte sie ihm mehrere Haushaltstücher und ging mit ihm hinunter zur Pförtnerloge, wo der uniformierte Polizeibeamte auf eindringlichen Wunsch des malträtierten Oberstaatsanwaltes einen Krankenwagen anforderte.

Dieser sollte ihn direkt zum Kaiserslauterer Gesundheitsamt fahren, schließlich legte Dr. Hollerbach großen Wert darauf, dass dieser körperliche Übergriff durch ein amtsärztliches Gutachten objektiv festgehalten und damit nicht nur dienstrechtlich, sondern auch strafrechtlich relevant wurde. Denn selbstverständlich würde er Tannenberg wegen Körperverletzung anzeigen.

Petra Flockerzie kehrte zu ihren Kollegen zurück und teilte ihnen mit, dass der verletzte Oberstaatsanwalt zur amtsärztlichen Untersuchung gebracht werden würde.

»Klar, dass dieser Mistkerl gleich Nägel mit Köpfen macht und sich juristisch absichert«, sagte Mertel mit bekümmerter Miene. »Auf so etwas hat er doch seit Ewigkeiten gewartet.« Er seufzte leidend. »Da wird wohl einiges auf dich zukommen, Wolf.«

»Ja, und?«, schnauzte Tannenberg zurück. »Ist mir doch egal, was dieser Depp nun anstellt.« Er bedachte den Kriminaltechniker mit einem forschen Blick.

»Soll ich dir mal etwas verraten, mein lieber Karl. Es hat mir richtig Spaß gemacht, ihm eine reinzuhauen. Hoffentlich tut ihm sein schiefer Riesenzinken schön lange weh.« Er grunzte amüsiert. »Vielleicht erscheint er die nächsten Wochen mit einer Gesichtsmaske zum Dienst.«

Sabrina stellte Wassergläser auf den Tisch, ihr Ehemann schenkte ein. »Also, ich kann mich beim besten Willen nicht über deinen Ausraster amüsieren«, bemerkte sie.

»Musst du ja auch nicht«, konterte Tannenberg schnippisch. »Macht euch keine Gedanken über meine Zukunft. Ich hab schon lange keine Lust mehr auf diesen Scheißjob. Wir sind doch eh nur die Deppen der Nation.«

Der langjährige Leiter der Kaiserslauterer Mordkommission breitete die Arme aus. »Seien wir doch mal ehrlich. Wir legen uns seit vielen Jahren mächtig ins Zeug, um den kriminellen Abschaum in den Knast zu bringen – und was macht die Justiz?«

Die Frage schwebte einige Sekunden durch den Raum. Jeder kannte die Antwort, aber niemand hatte offensichtlich Lust, sie zu äußern, denn den Kriminalbeamten war Tannenbergs Übergriff gewaltig auf den Magen geschlagen.

»Und solche Fuzzis wie der Hohl-Hohl-Hollerbach setzen diese Verbrecher wieder auf freien Fuß«, fuhr der beurlaubte Chef-Ermittler fort. »Weil wir angeblich schlampig ermittelt hätten. Mir ...«

»Ach, Wolf, hör doch auf mit dieser alten Leier, die will jetzt keiner hören«, fuhr ihm der Leiter der kriminaltechnischen Abteilung scharf in die Parade. »Wir haben im Moment wirklich andere Probleme. Wir machen uns nämlich gerade große Sorgen um dich, falls es dich interessieren sollte.«

»Das braucht ihr nicht«, wiegelte Tannenberg ab. »Ich hatte diese Aktion zwar nicht geplant, aber ich bereue sie nicht.« Er schüttelte energisch den Kopf. »Nein, ich bereue sie nicht im Geringsten. Sie war mehr als überfällig.«

Die verständnislosen Gesichter seiner Kollegen sprachen Bände.

»Ich verrate euch jetzt mal ein Geheimnis«, verkündete Wolfram Tannenberg. »Als Hochzeitsgeschenk wollte ich Hanne eröffnen, dass ich zum Jahresende meinen Job quittiere. Ihr war mein Beruf eh viel zu gefährlich.«

Der Gedanke an seine ermordete Lebensgefährtin versetzte ihm einen Stich in den Magen, trotzdem sprach er weiter. »Sie hätte sich so sehr über diese Entscheidung gefreut.« Er legte die Hände vors Gesicht und zog die Nase hoch.

»Das hattest du wirklich vor?«, fragte Sabrina ungläubig.

Tannenberg wischte sich die Tränen von den Wangen und nickte.

»Und wovon wolltet ihr leben, wenn du kein Geld mehr verdienst?«

»Hanne hat von ihren verstorbenen Eltern zwei Mehrfamilienhäuser in Mannheim geerbt. Allein die Mieteinnahmen hätten dicke für uns beide für ein sorgenfreies Leben gereicht.«

Tannenberg straffte den Rücken und klatschte die Hände auf die Tischplatte. »So, Leute, und nun ist Schluss mit dieser elenden Flennerei«, beschloss er. »Wie hat mein Busenfreund, der Herr Oberstaatsanwalt mit der geschwollenen Nase, vorhin gesagt? Geheult wird zu Hause und nicht am Arbeitsplatz. Wo er recht hat, hat er nun mal recht. Also, auf, Karl, dann leg los. Da ich meinen Job nun eh los bin, kann ich auch noch so lange hierbleiben, bis mir die Kollegen auf sein Geheiß hin Handschellen anlegen und mich aus dem Gebäude schleifen werden.«

Tannenberg fühlte sich auf einmal unheimlich leicht, wie von einer zentnerschweren Last befreit. Er lachte herzhaft. »Vielleicht verständigt er dazu ja auch das SEK.«

Seine Kollegen vermochten seine prächtige Laune nicht nachzuvollziehen.

»Also, Karl, was hast du alter Dreckschnüffler uns zu bieten?«, wollte Tannenberg wissen. Er wies auf einen zusammengerollten Bogen Papier, der neben dem Kriminaltechniker auf dem Tisch lag. »Ich vermute mal, du hast eine Tatortskizze angefertigt.«

Mertel hatte anscheinend beträchtliche Probleme damit, abrupt den Schalter umzulegen und in den Modus der kriminalpolizeilichen Routinearbeit zu wechseln, denn er reagierte zunächst überhaupt nicht auf Tannenbergs Ansprache, sondern schüttelte nur monoton den Kopf. Erst als ihn Tannenberg erneut dazu aufforderte, erhob er sich, schritt zu einer leeren Stellwand und heftete die großformatige Tatortskizze auf die mit Kork überzogene Anschlagtafel.

»Bist du ganz sicher, dass du das hier emotional verkraftest?«, fragte er sicherheitshalber nach.

»Ja«, erklang kurz und bündig die Antwort.

Mertel trat zur Seite und gab dadurch den Blick auf die Anschlagtafel frei. Anschließend zückte er seinen Laserpointer und ließ ihn über die Skizze tanzen. Er hatte gerade seine detaillierten Ausführungen zu Schussbahn und Eintrittswinkel der beiden Geschosse beendet und wollte sich nun zu der verwendeten Munition und dem mutmaßlichen Tatwaffentyp äußern, als sich Tannenbergs Mobiltelefon bemerkbar machte.

›Nervensäge ruft an‹, leuchtete es auf dem Display des Smartphones. Tannenberg drehte seinen Mitarbeitern den Rücken zu und tippte mit seinem Finger auf das kleine grüne Feld mit dem Telefonhörer.

»Okay, ich bin schon auf dem Weg«, war alles, was er verlauten ließ. Dann beendete er das Gespräch.

Als er sich wieder seinen Kollegen zuwandte, blickte er in angespannte Mienen. »Ist etwas passiert?«, fragte Sabrina mit dünner Stimme.

»Ja, aber nichts Schlimmes, eher das Gegenteil«, beruhigte Tannenberg. »Das war der berühmt-berüchtigte Sherlock Holmes aus der Beethovenstraße. Er hat mir gerade eröffnet, dass seine Ehefrau nun endlich ansprechbar ist. Mutter will mich sofort sehen. Vater sagt, sie habe mir etwas sehr Wichtiges mitzuteilen.«

16

Unmittelbar nachdem Tannenberg das K 1 verlassen und sich zu Fuß auf den Weg zu dem nahe gelegenen städtischen Klinikum gemacht hatte, fand hinter der geschlossenen Bürotür des kommissarischen Kommissariatsleiters eine Krisensitzung statt. Aufgrund der dramatischen Ereignisse musste unter Tannenbergs Freunden und Unterstützern dringend Konsens über das weitere Vorgehen hergestellt werden.

»Uns ist wohl allen klar, welche Konsequenzen Wolfs Ausraster haben werden«, sagte Karl Mertel.

Während seine Kollegen mit versteinerten Mienen nickten, nahm er einen großen Schluck Kaffee. Er war so in seine Gedanken versunken, dass er nicht bewusst wahrnahm, wie er mit dem Hemdärmel den nassen Kreis unter seiner Henkeltasse wegwischte.

»Der Scheiß-Hollerbach wird so lange keine Ruhe geben, bis Wolf aus dem Dienst entfernt wird«, seufzte der Kriminaltechniker.

»Du glaubst, sie werfen ihn wirklich raus?«, fragte Sabrina.

Eine rhetorische Frage, schließlich war ihr völlig klar, dass Tannenberg seinen Kopf aus dieser Schlinge nicht würde ziehen können. Denn durch diesen Eklat hatte er selbst beim Kriminaldirektor und beim Polizeipräsidenten, die ihm in der Vergangenheit stets wohlgesonnen waren und schon öfter ein Auge zugedrückt hatten, seinen Kredit ein für alle Mal verspielt.

»Ja, natürlich«, gab Mertel scharf zurück. »Was sollen unsere Vorgesetzten denn auch anderes tun, als ihn rauszuschmeißen? Sie haben doch überhaupt keine andere Wahl.«

Seine Faust donnerte so fest auf den Tisch, dass die Gläser und Tassen auf und ab hüpften. »Verdammte Scheiße«, fauchte er. »Warum ist Wolf auch so blöd und haut diesem Idioten eine rein?« Er räusperte sich. »Obwohl der Mistkerl es natürlich schon lange verdient hat. Trotzdem war es ein Riesenfehler!«

Der Spurenexperte hämmerte mit der Faust so fest an seine Stirn, dass sich an dieser Stelle ein roter Fleck bildete. »Wolf ist solch ein Vollidiot!«, schimpfte er.

»Meinst du nicht, unser Chef kann in seiner Situation auf mildernde Umstände hoffen?«, fragte Petra Flockerzie mit dünner Stimme. Sie vergötterte ihren Chef und suchte verzweifelt nach einer Lösung.

Mertel schüttelte energisch den Kopf. »Nein, keine Chance. Der Vorfall war viel zu gravierend. So weit hätte er einfach nicht gehen dürfen.«

»Und wenn er sich bei Dr. Hollerbach in aller Form entschuldigt?«, klammerte sich die Sekretärin an einen letzten Strohhalm. »Vielleicht käme er dann mit einer Abmahnung und einer Degradierung davon.«

»Das kannst du getrost vergessen, Flocke. Bevor Wolf, dieser sture Bock, vor dem Hollerbach zu Kreuze kriecht, gewinnt der FCK die Championsleague«, mischte sich Michael Schauß ein.

Im Gegensatz zu seinen Kollegen war es für ihn bedeutend schwieriger, mit dieser neuen Situation umzugehen, Solidarität mit Tannenberg hin oder her. Er musste, wenn auch zähneknirschend, konstruktiv und vor allem strategisch sinnvoll mit den veränderten Gegebenheiten umgehen.

Mertel hatte nur noch ein paar Jährchen bis zu seiner Pensionierung. Petra Flockerzie war Angestellte und setzte somit nicht, wie die verbeamteten Mitarbeiter des K 1, ihre Pensionsansprüche aufs Spiel.

Und seine Ehefrau Sabrina hegte keinerlei Karriereambitionen, sondern spielte mit dem Gedanken, beruflich kürzerzutreten, schließlich hatten die beiden vor ein paar Tagen vereinbart, sich in naher Zukunft ihren Kinderwunsch zu erfüllen.

Ganz im Gegensatz zu ihm, denn er wollte unbedingt Karriere machen. Wenn er sich die Sache recht überlegte, hatte die dramatische Entwicklung in der letzten Stunde auch ihre positiven Aspekte, zumindest für ihn. Bei Wohlverhalten gegenüber seinen Vorgesetzten konnte er sich sehr gute Chancen ausrechnen, Tannenbergs Stelle als Kommissariatsleiter einzunehmen – und das war ein Sprung um gleich zwei Gehaltsstufen!

Mit dieser finanziellen Verbesserung konnten Sabrina und er sorgenfrei die Familienplanung in Angriff nehmen. Verlockende Aussichten! Mit seinen Vorgesetzten wollte und konnte er es sich nicht verscherzen, denn er war auf diesen Job angewiesen, schließlich hatte er nichts anderes gelernt. Und die Option, nach einer Entlassung aus dem Polizeidienst bei einem privaten Sicherheitsunternehmen zu arbeiten, erschien ihm nicht gerade sehr verlockend. Von dem weitaus geringeren Nettogehalt einmal ganz abgesehen.

»Wie können wir denn mit Wolf in Verbindung bleiben, ohne dass jemand Wind davon bekommt?«, fragte Mertel in die Runde seiner Kollegen. Er bemerkte, dass Schauß gedanklich nicht bei der Sache war. Deshalb sprach er ihn direkt an. »Hast du eine gute Idee, Micha?«

»Was?«

»Hast du eben nicht zugehört?«, raunzte Mertel. »Wo warst du denn gerade mit deinen Gedanken?«

»Klar hab ich zugehört«, erwiderte der mutmaßliche neue Kommissariatsleiter, der zum Glück einige Gesprächsbrocken mitbekommen hatte. »Nee, spontan habe ich keine gute Idee«, gab er angesäuert zurück.

»Ich könnte den Kontakt zum Chef aufrechterhalten«, schlug Petra Flockerzie mit Blick auf Michael Schauß vor.

Sie schien die beruflichen Ambitionen ihres erst vor einigen Monaten zum Oberkommissar und stellvertretenden Kommissariatsleiter beförderten jungen Kollegen zu erahnen. Was eigentlich nicht schwer war, denn Schauß hatte in der Vergangenheit schon den einen oder anderen Alleingang unternommen und ab und an offen die Ermittlungsstrategie seines unmittelbaren Vorgesetzten kritisiert – was ja an sich nichts Verwerfliches war, zumal der karrierebewusste Oberkommissar auch nach ihrer Einschätzung qualifiziert und für dieses Amt durchaus geeignet war.

Doch zurzeit zählte vor allem eins: die uneingeschränkte Solidarität mit ihrem Chef. Insgeheim war sie sogar richtig stolz auf ihn, dass er es Hollerbach endlich einmal richtig gezeigt hatte. Egal, welche Konsequenzen ihn erwarteten.

Sie selbst hatte keine Angst davor, sich im Ernstfall nach einer anderen Arbeitsstelle umschauen zu müssen. Wenn es denn sein musste, konnte sie sich einen neuen Job suchen, musste es aber nicht. Sie war alleinstehend, besaß eine abgezahlte Eigentumswohnung und hatte so viel Geld zur Seite gelegt, dass sie die wenigen Jahre bis zur Rente problemlos finanziell überstehen würde.

»Und wie stellst du dir das konkret vor, Flocke?«, fragte Mertel.

Die Sekretärin schmunzelte. »Na ja, ich hab schon einige Ideen. Ich könnte zum Beispiel regelmäßig die Familie Tannenberg aufsuchen und einen Kuchen vorbeibringen oder etwas für sie kochen. Und dabei könnte ich mich ein bisschen verplappern.« Ihr süffisantes Lächeln wurde noch breiter. »Es ist ja allseits bekannt, dass ich ein ziemlich lockeres Mundwerk besitze.«

»Gute Idee«, lobte Mertel. »Dann wäre diese Frage ja schon mal geklärt.«

Er trank seine Kaffeetasse leer und stellte sie auf den Tisch. Dann stemmte er sich auf die Ellenbogen, wodurch sich der Abstand zu Michael Schauß' Kopf auf höchstens 30 Zentimeter verringerte.

»Und wie geht's jetzt weiter, Chef?«, setzte er eine provokante Spitze.

Von alldem bekam Tannenberg natürlich nichts mit, denn er saß zu diesem Zeitpunkt bereits am Krankenbett seiner Mutter und streichelte ihre faltige, von Altersflecken gesprenkelte linke Hand, in der eine Infusionsnadel steckte.

Heiner hielt die andere Hand seiner Mutter so, als wollte er sie nie mehr loslassen. Jacob war nach dem für Margot glimpflichen Ausgang mit sich selbst und der Welt wieder einigermaßen im Reinen und tat nichts anderes, als seine geliebte Ehefrau wie ein Honigkuchenpferd anzustrahlen.

»Kannst du schon über das sprechen, was vorgestern Abend am Walzweiher passiert ist?«, fragte Tannenberg seine Mutter, obwohl er es eigentlich nicht sollte.

Mit eindringlichen Worten hatte ihn der Arzt vorhin im Flur darum gebeten, dieses Thema noch nicht anzusprechen, denn im Sinne eines schnellen Genesungsprozesses sei es dringend erforderlich, seine Mutter nur äußerst behutsam mit den traumatischen Ereignissen zu konfrontieren. Nichts anderes hatte er vor.

Nur warum sollte er diese wichtige Aufgabe irgendwelchen Seelenklempnern überlassen? Als Chef-Ermittler verfügte er über ausreichend Erfahrung im Umgang mit traumatisierten Tatzeugen, Opfern oder deren Familienangehörigen. Und behutsam ging er nun wirklich an die Sache ran, also hatte er sich nichts vorzuwerfen.

Was sollte er auch anderes tun, als seine Mutter zu den dramatischen Geschehnissen zu befragen, denn trotz seiner Suspendierung konnte er nicht einfach so sein kriminalistisches Berufsethos ablegen. Die zentrale Aufgabe eines Polizeibeamten bestand schließlich darin, die Bevölkerung vor gemeingefährlichen Straftätern zu schützen. Und da sich der heimtückische Mörder seiner Lebensgefährtin noch immer auf freiem Fuß befand, musste die Kriminalpolizei so schnell wie möglich alle verfügbaren Informationen einholen. Zumal im vorliegenden Fall nicht auszuschließen war, dass der Anschlag auf Hanne und Margot nur die Ouvertüre eines Serienmörders war. Und dieser Zeitdruck rechtfertigte die behutsame Befragung seiner Mutter, fand Tannenberg jedenfalls.

Margot hob die Brauen und ließ sie, während sie mit schleppenden Worten antwortete, oben verharren. »Aber ich weiß doch nicht, was passiert ist, Wolfi«, jammerte sie. »Ich kann mich an nichts mehr erinnern.«

»Schon gut, Mutter, kein Problem«, beteuerte ihr Sohn. »Mach dir keine Sorgen, dein Erinnerungsvermögen kehrt bestimmt schon bald wieder zurück. Wir haben den mutmaßlichen Ablauf eh bereits rekonstruiert.«

Heiner warf seinem Bruder einen ernsten Blick zu. »Bitte verschon Mutter damit«, raunte er ihm von der Seite her zu. »Sie braucht ihre Ruhe.«

»Nein, nein, Heiner«, mischte sich die alte Dame ein. »Ich will doch auch wissen, was passiert ist. Umso schneller komme ich wieder zu euch nach Hause.«

»Recht so, mein liebes, gutes Margotchen«, lobte ihr Ehemann, während er ihre Hand tätschelte. Anschließend wandte er sich seinen Söhnen zu. »Eure Mutter ist nämlich eine richtige Kämpfernatur. Die wirft so leicht nichts aus der Bahn. Das hat sie von ihrem Vater geerbt.«

Jacob Tannenberg wedelte mit der Hand, als habe er sich an einer Herdplatte verbrannt. »Das war ein ganz schöner Haudegen, kann ich euch flüstern. Wenn sich dem einer in den Weg gestellt hat, wurde er einfach von ihm plattgewalzt. Zwei Zentner pure Energie. Den hatte man besser nicht zum Feind.«

»Sprich nicht so abschätzig über meinen Vater, Jacob«, rüffelte Margot ihren Ehemann. »Er hatte auch seine guten Seiten.«

Der Senior hob entschuldigend die Hände. »Das weiß ich doch.« Er spannte den Bizeps seines rechten Arms an und umfasste ihn mit der anderen Hand. »Vor allem hatte er viele, viele Muskeln und kein Gramm Fett auf den Rippen.«

»Du hast dich doch immer ganz gut mit ihm verstanden.«

Jacob nickte schmunzelnd. »Ja, wenn man alles so gemacht hat, wie er es wollte, war gut mit ihm Kirschen essen.«

Margot kehrte zum ursprünglichen Thema zurück: »Also, Wolfi, was genau ist vorgestern Abend passiert?«, wollte sie wissen.

Unter den missbilligenden Blicken seines Bruders legte Tannenberg sofort los: »Eingangs der Kurve vor dem Walzweiher wurde mein Auto von jemandem beschossen. Zwei Geschosse durchschlugen die Windschutzscheibe. Eines davon …« Er hatte plötzlich einen dicken Kloß im Hals und konnte nicht weitersprechen.

»Mein armer, armer Wolfi«, stöhnte seine betagte Mutter.

Tannenberg schluckte hart und vollendete seinen Satz mit gepresster Stimme: »… hat Hanne tödlich verletzt.«

»Ja, das weiß ich schon, Wolfi«, schniefte Margot. »Dein Vater hat es mir vorhin gesagt. Mein armer Junge.«

Nur mit Mühe konnte Wolfram Tannenberg die aufsteigenden Tränen zurückhalten. Er merkte überhaupt nicht, dass nicht mehr er seine Mutter streichelte, sondern ihr Daumen über seinen Handrücken strich, während seine Hand schlaff auf der Bettdecke lag.

Der suspendierte Kriminalbeamte zog die Nase hoch und erläuterte die näheren Tatumstände: »Dadurch kam mein Auto von der Straße ab, schoss über den Parkplatz hinweg und flog durch eine Schneise an einem Hochspannungsmast vorbei in den See.«

»Trink mal einen Schluck«, forderte Jacob und drückte ihm das halb gefüllte Wasserglas, das auf Margots Beistelltischchen stand, in die Hand.

Sein jüngster Sohn nickte dankbar und trank das Glas in einem Zug leer. »Wir gehen davon aus, dass mein Auto sehr schnell im Wasser versunken ist«, fuhr er fort. »Dies wurde höchstwahrscheinlich dadurch begünstigt, dass das Faltdach geöffnet war.«

Tannenberg krauste nachdenklich die Stirn. »Habt ihr irgendwo unterwegs das Verdeck aufgeklappt? Es war ja ziemlich kalt.«

Kaum wahrnehmbar wiegte Margot den Kopf. »Daran kann ich mich nicht erinnern, Wolfi.« Ihr Gesicht leuchtete plötzlich auf. »Doch, jetzt weiß ich es wieder: Als Johanna die spielenden Kinder im Stadtpark gesehen hat, hielt sie an und öffnete das Verdeck. Sie wollte frische Luft.«

»Bei dem kalten Wetter?«, warf Heiner ein.

»Als wir losfuhren, schien die Sonne«, korrigierte seine Mutter. Ein verschmitztes Lächeln. »Damit es uns von unten her nicht zu kalt wird, hat Johanna die Autoheizung eingeschaltet.« Dann erstarb das Lächeln genauso unvermittelt, wie es in ihrem Gesicht aufgetaucht war. »Johanna war so gut gelaunt.«

»Siehst du, deine Erinnerungen kehren bereits Stück für Stück zurück«, freute sich ihr Ehemann. »Ich hab dem Arzt doch gleich gesagt, dass es bei meiner Frau nicht so lange dauern wird wie bei seinen anderen Patienten.«

»Aber was ist dann am Walzweiher passiert?«, wollte Margot wissen. »Wie habe ich es denn geschafft, aus deinem Auto rauszukommen?«

»Genau wissen wir das natürlich nicht, Mutter«, entgegnete Tannenberg.

Jacob winkte ab. »Ist doch völlig egal.«

Tannenberg ignorierte den Kommentar seines Vaters. »Aber eigentlich gibt es nur zwei Möglichkeiten: Entweder hast du dich im Flug abgeschnallt und bist aus dem Wagen in den See gesprungen oder – was uns bedeutend wahrscheinlicher erscheint – du hast dich im Wasser abgeschnallt, bist aufgetaucht und an Land geschwommen.«

»Ich wiederhole: Das ist mir schnurzpiepegal«, nervte der überglückliche Senior.

»Wie dem auch sei, die Tatsache, dass du jetzt hier bei uns bist, beweist, dass du es auf irgendeine Weise geschafft haben musst, dich aus dieser extremen Notlage zu befreien«, fuhr Tannenberg unbeeindruckt fort.

»Und was habe ich dann gemacht?«, hakte Margot nach.

»Dann bist du offensichtlich ziellos durch den Wald gestreift, bis dich zum Glück irgendwo in der Nähe von Schmalenberg ein Jäger aufgegabelt und in ein nahe gelegenes Seniorenheim gebracht hat.«

»Das du aber sofort wieder verlassen hast«, warf Jacob energisch dazwischen. »Wir lassen uns nämlich nicht in solch einen muffigen Gruftibunker abschieben!«, stellte er betont akzentuiert klar. »Wir nicht!«

»Schon gut, Vater«, versuchte ihn Heiner zu beruhigen.

Doch Jacob ließ sich nicht beruhigen. »Nur über unsere Leichen«, tönte er weiter. »Wir wollen in der Beethovenstraße sterben und sonst nirgends.« Mit Nachdruck ergänzte er: »Ist das klar, meine werten Herren Söhne?«

»Ja-a«, tönte es zweistimmig zurück.

Den Brüdern war die panische Angst ihres Vaters, in ein Altersheim abgeschoben zu werden, durchaus bekannt, schließlich appellierte er bei jeder sich bietenden Gelegenheit an das Gewissen seiner Söhne.

»Das Thema hätten wir dann ja mal wieder geklärt«, frotzelte Tannenberg. Ein Schmunzeln huschte über sein Gesicht. »Dieser Jäger hat dich anscheinend für eine demente Bewohnerin dieses Altersheims gehalten. Und zwar für eine sehr unternehmenslustige. Er hat anscheinend geglaubt, dass du einen nächtlichen Spaziergang unternommen hast, bei dem du irgendwo in einen Bach gefallen bist.«

»Kein Wunder«, meinte Heiner. »Schließlich warst du pitschnass und völlig ausgekühlt.«

Margot schaute hinüber zur Heizung, an der eine Plastiktüte mit ihren nassen Kleidern lag. »Bitte nehmt meine Sachen mit und steckt sie in die Waschmaschine.« Sie hob den Zeigefinger. »Aber das Kleid nur bei 30 Grad waschen.«

Tannenberg grinste breit. »Das übernimmt Heiner, der muss ja bei sich zu Hause auch immer die Wäsche waschen.«

Ein kurzer herausfordernder Blick zu seinem Vater. »Aber in dieser wun-der-schö-nen Seniorenresidenz hat

Mutter niemand gekannt«, frotzelte er. »Wie denn auch, sie war ja vorher noch niemals dort.«

»Und wird auch niemals wieder dort sein«, knurrte Margots Ehemann.

Tannenberg fasste wieder seine Mutter ins Auge. »Weil du total apathisch und nicht ansprechbar warst, hat man dich hierher ins Westpfalzklinikum gebracht. Ausweispapiere hattest du keine bei dir. Deshalb wurden meine Kollegen verständigt, die wiederum uns informiert haben.«

Margot seufzte erleichtert auf. »Jetzt bin ich ja endlich wieder bei meinen Lieben.«

»Wie lange sollst du denn noch hierbleiben?«, wollte Heiner wissen.

»Die Ärzte haben mir dringend dazu geraten, noch ein paar Tage zur Beobachtung zu bleiben. Sie meinen, hier könnte ich mich besser und bedeutend schneller erholen als zu Hause.« Sie setzte eine skeptische Miene auf und schob die Unterlippe vor. »Aber ich weiß nicht so recht, ob ich ihnen das glauben soll.«

»Nee, nee, mein Schätzchen, das sollst du nicht«, sagte Jacob. »Dir geht es erst wieder richtig gut, wenn du uns bekochen und liebevoll umsorgen kannst.«

»Ach, daher weht der Wind«, versetzte seine Ehefrau. »Meine verwöhnten Männer vermissen ihre Köchin und Putzfrau.«

»Nicht nur, aber auch«, grinste Jacob. »Deshalb ziehst du dich jetzt an und kommst gleich mit uns mit. Kurt und deine Urenkel freuen sich nämlich schon mächtig auf dich.«

»Nein, Vater, unsere Mutter kann sich ruhig noch ein bisschen von uns und ihrem Ehemann erholen. Wenn es Mutter recht ist, holen wir sie gleich morgen früh ab«, schlug Heiner vor.

»Ja, das ist eine gute Idee«, pflichtete ihm Margot bei. »Ich bin nämlich noch ziemlich wackelig auf den Beinen. Aber morgen früh bin ich bestimmt wieder fit.«

Wie auf Knopfdruck verdüsterte sich ihre Miene, denn ein weiteres Mosaiksteinchen ihres verschütteten Erinnerungsvermögens hatte sich gerade auf die Bewusstseinsebene vorgearbeitet. Mit einem Mal erinnerte sie sich an die kurze Zeitspanne unmittelbar vor dem Einschlag des ersten Projektils in die Windschutzscheibe.

»Wolfi, da ist noch etwas«, sagte sie stockend.

»Was denn, Mutter?«

Margot räusperte sich ausgiebig. »Kurz bevor es passiert ist, hat mir Johanna gesagt, dass ...« Sie brach ab, entriss Heiner ihre Hand und bedeckte damit ihre zitternden Lippen. »Oh mein Gott, du weißt es ja bestimmt noch gar nicht.«

»Was?«, stieß Tannenberg geschockt aus.

»Nein, woher sollst du es auch wissen«, keuchte Margot. »Johanna hat es ja auch erst kurz vor unserer Abfahrt erfahren.«

»Was hat sie gesagt, Mutter? Was hat sie erfahren? Los, sag schon!«, bedrängte sie ihr jüngster Sohn.

Die alte Dame schluckte so hart, als müsse sie einen sperrigen Gegenstand hinunterwürgen. Heiner füllte das Wasserglas, das auf dem Beistelltischchen neben ihrem Bett stand, halb voll und reichte es ihr.

Margots Hand zitterte stark, sie konnte das Glas kaum halten. Heiner umschloss ihre Finger mit seiner Hand und führte das Wasserglas vorsichtig an ihre farblosen Lippen. Wie eine Verdurstende trank sie hastig einen Schluck.

»Du musst jetzt sehr tapfer sein, Wolfi«, sagte sie mit Tränen in den Augen. »Ja?«

Wolfram Tannenberg nickte.

»Johanna hat mir erzählt, dass sie an diesem Nachmittag beim Arzt war«, fuhr seine Mutter fort.

»War sie krank?«

Margot schüttelte den Kopf. »Nein, sie war schwanger«, greinte sie.

Tannenberg hatte das Gefühl, als ob ihm jemand das Herz aus dem Leib herausreißen würde.

»Oh nein, nicht auch noch das«, wimmerte er.

Sein Oberkörper klappte nach vorn, die Ellbogen bohrten sich in die Oberschenkel und die tonnenschwere Stirn fiel förmlich in die stützenden Handflächen hinein.

»Es ist schon schlimm genug, dass ich Hanne verloren habe, aber auch noch unser Kind. So etwas kann doch kein Mensch ertragen«, schluchzte er.

Sanft streichelte Margot den Hinterkopf ihres Sohnes, wie sie es in seiner Kindheit oft getan hatte, wenn er mit aufgeschlagenen Knien nach Hause gekommen war.

»Ich weiß, wie hart das für dich ist, Wolfi«, sagte sie voller Mitgefühl. »Ich weiß, wie sehr du dir immer Kinder gewünscht hast.«

Ihr Atem ächzte wie eine alte Dampflokomotive. »Mit Lea hat es nicht sein sollen und mit Hanne nun auch nicht. Das tut mir so unendlich leid.«

»So, meine Herrschaften, für heute ist die Besuchszeit zu Ende«, polterte der Stationsarzt in Margots Krankenzimmer herein. »Die Patientin …«

Den Rest verschluckte der junge Psychiater, denn er spürte die emotionsgeladene Atmosphäre, die alle Familienmitglieder ergriffen hatte. Er räusperte sich verlegen, murmelte: »Entschuldigung«, und machte auf dem Absatz kehrt.

»Zentrale an Lutra 32«, tönte es aus dem Lautsprecher des Streifenwagens.

Polizeihauptmeister Krummenacker und seine Kollegin Jenny Molter gönnten sich auf einem Waldparkplatz am Rande des Kaiserslauterer Uniwohngebietes eine ausgedehnte Frühstückspause, als sie der Anruf aus der Einsatzzentrale erreichte.

Nach einer Serie von Wohnungseinbrüchen zeigten sie einmal am Tag und zweimal in der Nacht in dieser Gegend Präsenz, wohl wissend, dass sich professionelle Einbrecherbanden nicht vom Erscheinen eines Streifenwagens abschrecken ließen.

Aber nachdem die Lokalpresse unzählige Leserbriefe abgedruckt hatte, in denen die verängstigte Bevölkerung ihren Unmut über die völlig unzureichende Polizeipräsenz in den Wohngebieten der Barbarossastadt kundgetan hatte, hatte der Polizeipräsident öffentlichkeitswirksame Polizeimaßnahmen angeordnet. Und das bedeutete für die betroffenen Beamten zweierlei: viele Überstunden und viele unnötige Streifenfahrten.

Jenny Molter würgte schnell einen Bissen ihres Salamibrötchens hinunter, dann meldete sie sich. »Lutra 32 an Zentrale.«

»Wo seid ihr gerade?«

»Wir befahren die Konrad-Adenauer-Straße in Richtung Universität«, schwindelte sie, denn der Streifenwagen stand nach wie vor mit offenen Vordertüren in einem am südlichen Rand des Uniwohngebietes gelegenen Wanderparkplatz.

»Schwerer Verkehrsunfall auf der K 53 zwischen Aschbacherhof und erster Abzweigung nach Stelzenberg. Ein PKW ist von der Straße abgekommen, hat sich überschlagen und liegt auf dem Dach. Das Dach ist stark eingedrückt, die Insassen befinden sich wahrscheinlich noch im Wagen. Ein Förster hat das Auto entdeckt. Er wartet an der Straße auf euch. NAW und Feuerwehr sind bereits verständigt.«

»Verstanden. Wir fahren sofort hin.«

Jenny Molter steuerte den Streifenwagen zurück auf die Konrad-Adenauer-Straße. Dort schaltete sie das Blaulicht und die Sirene ein und raste über eine rote Ampel an der Trippstadter Straße stadtauswärts.

Als sie die Kuppe an der Rothen Hohl überquerten, sahen sie einen Notarztwagen, der circa einen Kilometer von ihnen entfernt die Landstraße befuhr und kurz darauf hinter einer Kurve aus ihrem Blickfeld verschwand.

Drei Minuten später hatten sie den Unglücksort erreicht. Ohne das auffällige Blaulicht des Notarztwagens wäre Jenny womöglich an der Unglücksstelle vorbeigefahren, denn der von der Straße abgekommene PKW lag in einer Fichtenschonung und war von der Straße aus nicht zu erkennen. Die Polizeimeisterin stellte ihr Auto hinter dem Notarztwagen ab.

»Trassiere hier bitte alles weiträumig ab«, ordnete Krummenacker an.

»Kann ich mir nicht zuerst …«

»Nein«, blaffte ihr Vorgesetzter. »Die Pressefuzzis kreuzen bestimmt bald auf und vernichten wertvolle Spuren, wenn wir nicht vorher abgesperrt haben. Die Zentrale soll uns Verstärkung schicken. Alleine werden wir es nicht schaffen, uns diese aufdringlichen Aasgeier vom Leib zu halten.«

Während Jenny umgehend die Anweisungen in die Tat umsetzte, marschierte der Polizeihauptmeister hinter dem Notarzt, dem Sanitäter und dem Förster her in die dichte Fichtenschonung.

Den jungen Nadelbäumen, die am Rand der Anpflanzung standen, war auf den ersten Blick nicht anzusehen, dass in den letzten Stunden ein Auto in sie hineingeschossen beziehungsweise über sie hinweggeschossen war.

Doch hinter diesem sattgrünen Spalier hatte der dunkelblaue Opel Astra, der wie ein Käfer auf dem Rücken lag, eine zwei Meter breite und circa zehn Meter lange Schneise in die Schonung hineingeschlagen.

Das Dach war großflächig eingedrückt und hatte sich ein Stück in den Waldboden eingegraben. Penetranter Benzingeruch stieg den Ersthelfern in die Nase. Der Notarzt kniete sich zuerst auf der einen, dann auf der anderen Seite des verunglückten Fahrzeugs nieder und leuchtete mit seiner Stablampe ins Innere.

»Eine weibliche Person«, rief er über die Schulter hinweg. »Verdammt, wir müssen sie bergen, bevor das Auto explodiert. Wann kommt denn endlich die Feuerwehr?«, schimpfte der Notfallmediziner.

Hektisch sprang er in die Höhe und ruderte mit den Armen. »Los, los, sofort alle herkommen!«, befahl er. »Wir müssen versuchen, das Auto aufzurichten.«

Auch Jenny Molter ließ alles stehen und liegen und eilte herbei. Doch selbst mit vereinten Kräften schafften es die fünf Erwachsenen nicht, den PKW mehr als ein paar Zentimeter anzuheben.

Erst als die Feuerwehr eintraf, gelang es mithilfe eines Krans, das Auto auf die Räder zu stellen. Der Einsatzleiter entschied, die Spreizschere einzusetzen und zusätzlich das Dach mit der Trennscheibe von der Karosserie zu lösen.

»Ach du Scheiße«, zischte Krummenacker, als er das Einschussloch in der Stirn der leblosen dunkelhaarigen Frau entdeckte.

Der Kopf der Toten war nach hinten überstreckt und wurde zwischen der gesplitterten Windschutzscheibe und dem eingedrückten Lenkrad eingeklemmt.

»Jenny, verständige sofort die Kollegen vom K 1«, ordnete Krummenacker an.

Die junge Beamtin spurtete zu ihrem Dienstfahrzeug und bat ihren Kollegen in der Zentrale, umgehend die Mordkommission zu benachrichtigen. Zehn Minuten später trafen Sabrina und Michael Schauß am Unglücksort ein. Einem Unglücksort, der auch diesmal wieder ein Tatort war.

17

So, jetzt habe ich mit meiner Videokamera schon zwei perfekte Aktionen aufgenommen und für die Nachwelt festgehalten. Für die Nachwelt im Allgemeinen und für die Forenmitglieder der www.die-apokalyptiker.de-Community im Speziellen, freute sich Victor, nachdem er die gefilmte Sequenz erst auf seinen Laptop und gleich darauf auf die Apokalyptiker-Website hochgeladen hatte.

Und bevor aus der Konserve eine Konserve wird, sollte man sie besser öffnen und ihren Inhalt unter den Hungernden verteilen, dachte er schmunzelnd. Anschließend wiederholte er diesen Satz noch einmal in Gedanken.

Er schnaubte verächtlich. »Was war das denn eben für ein blöder Spruch, mein lieber Victor?«, verspottete er sich selbst.

Der ehemalige Elitesoldat holte tief Luft und ließ den aufgestauten Atem durch die angespitzten Lippen entweichen, wodurch ein langgezogener Pfeifton entstand.

»Na ja, was soll's, es ist eben, wie es ist. In einer blöden Birne können eben auch nur blöde Sprüche entstehen.«

Er klopfte sich mit den Fingerkuppen seiner beiden Hände an die Schläfen und lachte dabei hysterisch.

»In deiner verrückten Birne geht es manchmal ganz schön rund, nicht wahr, Victor?«, führte er sein Selbstgespräch fort. »Aber trotzdem ist diese blöde Birne zu logischen Meisterleistungen fähig«, prahlte er. »Das war auch schon bei unseren Einsätzen so.

Wer hat denn die Anweisungen des Kommandanten am schnellsten verstanden? Wer hat die Einsatzbefehle auswendig aufsagen können, nachdem er sie nur einmal gehört hatte? Wer hat die Lagepläne und Landkarten am besten interpretiert? Wer hatte die beste Erfolgsquote als Scharfschütze? Na, wer war das wohl?«

Victor schlug die Hände aneinander. »Man glaubt es kaum, aber der gute Victor war's! Und warum hat nur er das alles so perfekt hingekriegt? Na?«, fragte er laut, doch er bekam keine Antwort. »Ganz einfach: Weil seine Entfernungsberechnungen und Visiereinstellungen immer optimal aufeinander abgestimmt waren. Und weil er die Bewegungen und Aktivitäten seiner Feinde antizipieren konnte und ihnen dadurch gedanklich immer einen Schritt voraus war. Und das alles, obwohl dieser geniale Mann kein Abitur hat.«

Victor nickte anerkennend. »Du bist wirklich ein toller Hecht, mein lieber Victor.« Er grunzte amüsiert. »Obwohl, wenn man solch einen geilen Vornamen hat wie ich, ist es eigentlich auch kein Wunder, schließlich wurden mir diese Fähigkeiten ja quasi vom lieben Gott in die Wiege gelegt. Wie sagt der Saarländer so treffend: Nomen est omen! Victor – der Sieger!«

Gelangweilt las er sich einige der neuen Foreneinträge durch, die sich wieder vor Lobhudelei geradezu überschlugen.

»Zu solch einer Aktion seid ihr Pappnasen niemals fähig«, höhnte er. »Elendes Theoretikerpack!«

Victor rümpfte die Nase, als habe er gerade einen brechreizauslösenden Gestank wahrgenommen. Sein angewiderter Blick schwebte an der Nemesis-Abbildung auf der Apokalyptiker-Homepage vorbei zur Wand und hakte sich an einem postergroßen Foto fest, das neben einem Bild von Johanna von Hoheneck hing.

Hannes strahlendes Gesicht war mit einem dicken roten Kreuz durchgestrichen.

»Und du mein Herzchen bist als Nächstes an der Reihe«, verkündete Victor an die Frau auf dem postergroßen Foto gewandt. »Aber noch nicht heute. Morgen wahrscheinlich auch noch nicht, und übermorgen garantiert auch nicht, denn da ist Sonntag. Und Sonntag ist Ruhetag, der Tag des Herrn, der Tag, an dem man nicht arbeiten darf, auch ich nicht.«

Er schloss die Augen und rezitierte den dazu passenden Bibeltext: »Und Gott vollendete am siebenten Tag sein Werk, das er gemacht hatte, und er ruhte am siebenten Tage von all seinem Werke, das er gemacht hatte. Und Gott segnete den siebenten Tag und heiligte ihn; denn an ihm hat Gott geruht von all seinem Werke, das er geschaffen und vollbracht hat.«

Natürlich soll man sein Leben nach den Geboten des Herrn ausrichten, sinnierte er. Sofern einem dies möglich ist. Hier in diesem satten, friedlichen Land ist das ja auch kein Problem.

Aber dort, wo ich viele Jahre gewesen bin, war es mir ab und an leider nicht möglich, die Vorgaben des Herrn zu erfüllen.

Victor zuckte entschuldigend mit den Schultern.

Wenn es um Leben oder Tod geht, hat man keine andere Wahl, muss andere Prioritäten setzen. Bei einem Kampfeinsatz tief im Feindesland kann man nicht einfach rufen: »Hallo, du böser Feind, seit Mitternacht ist Sonntag, und an diesem Wochentag hat mir mein Gott befohlen, dass ich nicht arbeiten darf. Also kämpfe ich 24 Stunden nicht gegen dich. Bei einem gläubigen Christen hätte man mit solch einem Appell vielleicht mit viel Glück sogar auf Verständnis hoffen können. Aber bei einem Kämpfer, dessen Gott einen anderen Ruhetag festgelegt hat, wird es schon bedeutend schwieriger, wenn nicht sogar aussichtslos.«

Ein affektiertes Kichern hallte durch den Raum.

»Schluss mit diesem Quatsch!«, zischte Victor.

Energisch schüttelte er den Kopf und klatschte sich so fest mit den Handflächen auf die Wangen, dass er einen stechenden Schmerz verspürte. Der brachte ihn wieder zur Besinnung.

Um den Teufelskreis selbstzerstörerischen Grübelns zu durchbrechen, verordnete er sich einen Gedankenstopp, wie er es in seiner Einzelkämpferausbildung gelernt hatte. Das funktionierte normalerweise recht gut. Auch heute.

Seine Hand griff nach der Computermaus. Er staunte nicht schlecht, als er seinen blutenden rechten Daumen erblickte. Irritiert begutachtete er ihn eingehend. Der Rand des Daumennagels war vollständig abgenagt, die angrenzende Haut war von dem permanenten Beißen und Reißen dünn geworden und blutete aus mehreren Schrunden.

»Scheiße«, fluchte Victor.

Er steckte den Daumen in den Mund und leckte das Blut ab. Danach zog er einen Bleistift aus der Utensilienbox und begann darauf herumzukauen. Sein Blick kehrte zurück an die mit Raufaser tapezierte, irgendwann einmal weiß gestrichene, inzwischen aber vergilbte, mit großformatigen Fotos dekorierte Wand.

Victors Augen verengten sich zu schmalen Schlitzen. »Das Grinsen wird dir schon sehr bald vergehen, das verspreche ich dir. Wenn du mausetot bist, kannst du nie mehr so dreckig grinsen!«, stieß er wie ein feuerspeiender Drache aus.

»Leider kann ich dir noch nicht genau sagen, wann meine nächste Aktion stattfinden wird«, schob er nach.

Victor zog den Bleistift aus dem Mund und spielte damit. »Ich vermute mal tollkühn, dass ich am Dienstag wieder zuschlagen werde. Es könnte allerdings auch schon einen Tag früher so weit sein. Also genieße deine letzten Tage und Stunden. Viele sind es nämlich nicht mehr.«

Mit einem dumpfen Knacken brach der Bleistift entzwei, und Victor schleuderte die Einzelteile in den Mülleimer.

18

Wer von den K-1-Mitarbeitern gehofft hatte, dass Tannenbergs körperliche Attacke den verhassten Oberstaatsanwalt eine Zeit lang außer Gefecht setzten würde, hatte sich zu früh gefreut, denn Dr. Sigbert Hollerbach ließ sich diese einmalige Chance natürlich nicht entgehen. Nachdem der behandelnde Arzt unter örtlicher Betäubung sein lädiertes Riechorgan erst auf- und dann gerade gerichtet hatte, hatte eine Krankenschwester die geschwollene Nase mit einer Plastikschiene fixiert.

Möglichst viele Menschen in diesem Lande sollte erfahren, was Tannenberg ihm angetan hatte. Deshalb heckte er einen perfiden Plan aus, um sich und seine Verletzungen der breiten Öffentlichkeit zu präsentieren. Da kam ihm der zweite Mordanschlag sehr gelegen, schließlich garantierte dieser ein hohes Medieninteresse.

Das Timing war geradezu perfekt. Als der leitende Oberstaatsanwalt am Tatort eintraf, erwarteten ihn bereits ein gutes Dutzend Journalisten, Fotografen sowie Fernseh- und Hörfunkreporter. Auf irgendwelchen dunklen Kanälen hatten sie von diesem neuerlichen Mordanschlag erfahren und sich selbstverständlich sofort auf den Weg in das abgelegene Seitental des Pfälzer Waldes gemacht.

Kaum war Dr. Hollerbach mit schmerzverzerrtem Gesicht aus dem Streifenwagen geklettert, schon hatte ihn der erste Fotograf entdeckt und begrüßte ihn mit einem Blitzlichtgewitter. Da der leitende Oberstaatsanwalt bekanntermaßen als recht zugänglich und auskunftsfreudig galt, stürmten auch die anderen Medienvertreter sogleich auf ihn zu.

»Was ist denn mit Ihrer Nase passiert?«, rief ihm die Wasserstoffblondine eines Privatsenders entgegen.

»Jetzt ist sein Zinken noch dicker, dabei war er doch schon vorher groß genug«, raunte der Tontechniker seinem Kameramann zu, der gerade auf das lädierte Gesicht des Ankömmlings zoomte.

»Der hat auch sonst noch einige Schrammen abbekommen«, verkündete der Kameramann schadenfroh.

Würdevoll schritt der Oberstaatsanwalt auf die Medienvertreter zu und wartete, bis sie einen Halbkreis um ihn gebildet hatten. Wie eine Diva lächelte er huldvoll der sensationslüsternen Meute zu. Dann breitete er die Arme aus, um die auf ihn hereinprasselnden Fragen bereits im Keim zu ersticken. »Bitte, bitte, meine sehr verehrten Herrschaften, wir wollen doch bitte schön dieses Interview wie üblich führen, nicht wahr?« Ohne eine Reaktion abzuwarten, fuhr er fort: »Wenn Sie eine Frage an mich richten möchten, heben Sie bitte die Hand, und ich erteile Ihnen dann nacheinander das Wort.«

Natürlich schnellten sofort fast alle Arme in die Höhe.

»Wenn ich mich richtig erinnere, hat mir eine Ihrer Kolleginnen vorhin bereits eine Frage gestellt«, sagte Dr. Hollerbach. »Gestatten Sie mir deshalb, dass ich diese zuerst beantworte.«

Während er sich theatralisch räusperte, schenkte er der aufgedonnerten Fernsehreporterin sein charmantestes Lächeln, das allerdings wegen seines lädierten Gesichts nicht so recht gelingen wollte. »Sie möchten gerne wissen, was mit meiner Nase passiert ist, nicht wahr?«

Die solariumgebräunte Blondine, die sich sehr gut als kalifornische Strandikone geeignet hätte, nickte und schob ihr Mikrofon noch ein Stückchen weiter nach vorn, sodass es fast Dr. Hollerbachs Mund berührte.

Der Oberstaatsanwalt zeigte auf die strahlend weiße Plastikschiene auf seiner Nase, die mit gleichfarbigen Pflastern auf seinen Wangen festgeklebt worden war. Tannenbergs Faust hatte neben der Nase auch auf der rechten Wange ihre Spuren hinterlassen. Gegenwärtig zeichneten sich dort eine Schwellung sowie stark gerötete Striemen ab, die sich wahrscheinlich schon am nächsten Tag farblich verändern würden.

Man sah Dr. Hollerbach deutlich an, wie sehr er seinen öffentlichkeitswirksamen Auftritt genoss. Trotz seiner Verletzungen strahlten seine tief liegenden Augen, und er verspürte ein wohliges Kribbeln am ganzen Körper. »Die gravierenden Gesichtsverletzungen sind das Ergebnis eines brutalen tätlichen Übergriffs, dem ich heute Morgen wehrlos ausgesetzt war.«

Trotz seines Eingangsappells riefen nun alle seine Zuhörer wild durcheinander. Natürlich wollte jeder sofort wissen, um wen es sich bei diesem brutalen Schläger handelte, der keinen Geringeren als den ranghöchsten Vertreter der Kaiserslauterer Staatsanwaltschaft verprügelt hatte.

Dr. Hollerbach hätte am liebsten einen Freudentanz vollführt, denn die neugierige Meute reagierte genau so, wie er es sich erhofft hatte. Doch er hatte seine Emotionen sehr gut unter Kontrolle.

Mit versteinerter Miene setzte er seine bis ins Detail geplante Inszenierung fort. Nach einem demonstrativen Blick auf seine teure goldene Armbanduhr verkündete er mit tonloser Stimme, wobei er jede einzelne Silbe des Satzes betonte: »Vor gut drei Stunden hat mir der inzwischen selbstredend vom Dienst suspendierte Kriminalhauptkommissar Wolfram Tannenberg mit einem brutalen Schlag das Nasenbein gebrochen und meine rechte Gesichtshälfte massiv verletzt.«

Die Medienvertreter waren ja einiges gewohnt, aber diese Nachricht schlug dem Fass den Boden aus. Die Tatsache, dass in unmittelbarer Nähe dieses Interviews gerade das zweite Opfer eines vermeintlichen Serienmörders aus dem zerstörten Auto geborgen wurde, schien zu diesem Zeitpunkt völlig in Vergessenheit geraten zu sein. Was für eine Wahnsinnsstory, schoss es den Journalisten durch den Kopf.

»Kommissar schlägt Oberstaatsanwalt krankenhausreif«, textete der BILD-Reporter bereits die Schlagzeile für seinen morgen erscheinenden Artikel in sein Smartphone, das ihm auch als Diktiergerät diente und von dem aus er eine Audiodatei sofort an seine Redaktion übermitteln konnte.

»Warum hat er das getan?«, brüllte der Vertreter des Boulevardjournalismus, nachdem er die Datei abgesendet hatte.

»Das müssen Sie ihn schon selbst fragen«, empfahl ihm Dr. Hollerbach. »Ich vermag nämlich nicht in den Kopf dieses psychisch kranken Menschen hineinzuschauen.«

»Aber Tannenberg hat doch vorgestern seine Frau verloren?«, rief eine SWR-Reporterin des Regionalstudios Kaiserslautern, in deren Frage durchaus ein gewisses Maß an Empathie für den stadtbekannten Chef-Ermittler mitschwang.

»Ja und?«, schnauzte Dr. Hollerbach zurück. Er lachte hämisch auf. »Wollen Sie damit etwa seinen brutalen Übergriff auf mich rechtfertigen?«, fuhr er der Reporterin in die Parade. »Ich bin schließlich nicht für den Tod seiner Lebensgefährtin verantwortlich.«

Dr. Sigbert Hollerbach hob Zeigefinger und Augenbrauen. »Er aber sehr wohl für seinen brutalen Übergriff auf einen Vorgesetzten.«

»Was geschieht nun mit Kommissar Tannenberg?«, wollte eine andere Journalistin wissen.

Der Oberstaatsanwalt grinste schief. »Ja, was wohl?«

»Ja, was wohl?«, echote ein Reporter der Lokalpresse.

»Das können Sie sich doch selbst ausrechnen«, erwiderte Dr. Hollerbach. »Beurlaubt war der ehemalige Leiter des K 1 ja bereits *vor* dieser Körperverletzung und *wegen* dieser Körperverletzung habe ich ihn nun vom Dienst suspendiert. Zudem muss er natürlich mit einer Strafanzeige rechnen.«

»Sie zeigen ihn also an?«, hakte der Pressevertreter nach.

»Selbstverständlich tue ich das«, gab der Oberstaatsanwalt in überheblichem Ton zurück. »Wo kämen wir denn hin, wenn ein cholerischer Hauptkommissar einem ranghohen Vertreter der Strafermittlungsbehörde ungestraft seine Faust ins Gesicht rammen dürfte?«

Dr. Hollerbach klatschte in die Hände und signalisierte damit, dass die Audienz nun beendet war. »Mehr möchte ich gegenwärtig zu diesem Thema nicht sagen«, verkündete er in Gutsherrenmanier.

Nun erinnerten sich auch seine Zuhörer plötzlich wieder an den eigentlichen Grund ihrer Anwesenheit. Vergessen hatten sie Dr. Hollerbachs Appell hinsichtlich eines geordneten Ablaufs des Interviews. Jeder schmetterte die Fragen, die ihm auf der Zunge lagen, dem Oberstaatsanwalt entgegen.

»Stimmt es, dass derselbe Täter, der vorgestern Tannenbergs Frau erschossen hat, erneut zugeschlagen hat?«

»Haben wir es mit einem Serienmörder zu tun?«

»Mit einem Psychopathen?«

»Arbeiten Sie mit einem Profiler zusammen?«

»Wie heißt das neue Opfer?«

»Ist es wieder eine Frau?«

»Stimmt es, dass es sich dabei um Tannenbergs Nichte handelt?«

Dr. Hollerbach entzog sich diesem verbalen Chaos, indem er sich schleunigst hinter die Polizeiabsperrung flüchtete. Dort rief er die Mitarbeiter des K 1 zusammen und verkündet coram publico: »Übrigens, meine Herrschaften, wer von Ihnen auf die Idee kommen sollte, den suspendierten ehemaligen Leiter des K 1 über unsere Ermittlungsergebnisse zu informieren, muss mit einem Disziplinarverfahren und im Wiederholungsfall mit seiner fristlosen Entfernung aus dem Landesdienst rechnen. So weit hänge ich mich hier und jetzt schon mal aus dem Fenster.«

Mit einem schadenfrohen Schmunzeln ergänzte er: »Ich gebe Ihnen hiermit einen gut gemeinten Rat: Setzen Sie nicht wegen irgendwelcher Sentimentalitäten oder naiver Solidarität mit einem brutalen Schläger Ihre hart erarbeiteten Pensionsansprüche aufs Spiel. Nach diesem eindringlichen Appell können Sie sich nebenbei bemerkt nicht mehr darüber beschweren, dass Sie nicht vor den folgenreichen Konsequenzen gewarnt wurden.«

Ein durchdringender Blick fixierte jeden Einzelnen der Beamten. »Habe ich Ihnen damit die ernsten Konsequenzen eines derartigen Dienstvergehens klar genug vor Augen geführt?«, fragte er in scharfem Ton.

Allseitiges knappes Nicken, dann wandten sich die Kriminalbeamten wieder ihrer Ermittlungsarbeit zu. An diesem neuen Tatort konnten die Kriminaltechniker auf das Aufstellen der großen Stellwände verzichten, mit denen routinemäßig der blutrünstigen Gaffermeute die Sicht auf die Opfer von Straftaten oder Verkehrsunfällen versperrt wurde, denn die übermannshohen Fichten bildeten einen undurchdringlichen natürlichen Sichtschutz.

Und wegen der manchmal von unbelehrbaren Sensationsjournalisten gecharterten Helikopter musste sich diesmal ebenfalls niemand Gedanken machen, denn die umstehenden hohen Laubbäume verhinderten mit ihren ausladenden Kronen allzu neugierige Blicke.

Das typische Knattern, das aus Richtung Kaiserslautern von der Kreisstraße her ertönte, kündigte den Rechtsmediziner an, der für alle seine Dienstfahren stets seinen laubfroschgrünen 2 CV 6 benutzte.

Außer bei Starkregen und Minustemperaturen hatte er immer das Verdeck geöffnet und die Fenster hochgeklappt. Deshalb gesellten sich zu dem typischen 2-CV-Fahrtgeräusch für gewöhnlich knallharte Hardrockklänge aus einer überdimensionierten Bose-Soundanlage. Aber diesmal fehlten sie vollständig, denn Dr. Schönthaler war zurzeit nicht in der Stimmung, um seiner Marotte zu frönen.

»Ach, der Herr Rechtsmediziner gibt sich schon die Ehre«, provozierte Tannenbergs Erzfeind den Ankömmling.

Dr. Schönthaler ignorierte sowohl die Worte als auch den Oberstaatsanwalt selbst, der sich trotz seiner demonstrativ zu Markte getragenen Blessuren bester Laune zu erfreuen schien.

Erhobenen Hauptes und ohne Dr. Hollerbach auch nur eines einzigen Blickes zu würdigen, schritt Dr. Schönthaler an ihm vorbei und wandte sich der Begutachtung des Mordopfers zu. Die junge Frau war inzwischen aus ihrem Blechsarg geborgen worden und lag nun mit dem Rücken auf einer Bahre.

Sie wies in etwa die gleichen äußeren Verletzungen wie Johanna von Hoheneck auf, sah man einmal davon ab, dass sie sich beim mehrfachen Überschlag ihres Autos zudem das Genick gebrochen hatte. Das Projektil war schräg über der Nasenwurzel in ihre Stirn eingedrungen und hatte einen großen Teil des Hinterkopfs weggesprengt.

»Wie ist der Stand der Ermittlungen bezüglich der verwendeten Munition?«, fragte der Oberstaatsanwalt hinter Dr. Schönthalers Rücken den Leiter der kriminaltechnischen Abteilung.

Auch Mertels Fähigkeit zur Selbstbeherrschung wurde in diesen Minuten auf eine harte Probe gestellt. Aber was sollte er gegenwärtig anderes tun, als gute Miene zum bösen Spiel zu machen?

Zum einen hatte der ungeliebte Oberstaatsanwalt eindeutig die objektiven Fakten auf seiner Seite, und zum anderen hatte die Jagd nach diesem Psychopathen, der möglicherweise gerade seinen nächsten Anschlag plante oder gar schon ausführte, selbst in dieser extrem belastenden Situation absolute Priorität für einen Profi-Ermittler.

»Nachdem meine Kollegen am Walzweiher den halben Berghang abgetragen und die Erde durchgesiebt haben«, antwortete der Spurenexperte so abgeklärt wie möglich, »konnten sie heute Morgen ein deformiertes Projektil des Kalibers 7,62 × 67 mm sicherstellen. Es wurde wahrscheinlich von der Tatwaffe abgefeuert.«

»Warum nur wahrscheinlich?«, hakte Dr. Hollerbach nach.

»Weil wir diese Frage erst hundertprozentig verifizieren können, wenn wir die Tatwaffe in Händen haben«, entgegnete Mertel.

»Waffentyp, bei dem dieses Kaliber verwendet wird?«

»Scharfschützengewehr«, gab der Kriminaltechniker kurz angebunden zurück.

»Ach, tatsächlich? Bisher hatte ich vermutet, dass der Täter ein Luftgewehr benutzt hat«, spottete der Oberstaatsanwalt. »Geht's auch ein wenig konkreter?«

»Selbstverständlich, Herr Oberstaatsanwalt«, erwiderte Mertel mit säuerlichem Gesichtsausdruck. »Das G 22 gehört zu dieser Waffenart. Sie wird von der Bundeswehr, der Nato, von diversen Sondereinheiten und Spezialkräften, darunter auch unser SEK, verwendet.«

Dr. Hollerbach brummte nachdenklich. »Also ein beträchtlicher Personenkreis, der Zugang zu solch einer Präzisionswaffe hat.«

»Theoretisch schon, praktisch wohl eher nicht.«

»Wie?«

Mertel wandte sich Michael Schauß zu und verdrehte die Augen. »Selbstverständlich befinden sich diese Präzisionswaffen nur bei einem Einsatz am Mann und sind ansonsten sicher unter Verschluss.«

Dr. Hollerbach wies mit seinem ausgestreckten Arm auf die junge Frau, die ein Kopfschuss getötet hatte. »Wenn man Ihrer Hausfrauenlogik folgt«, spottete der Oberstaatsanwalt, »ergibt sich aus Ihrer Aussage wohl eindeutig die Tatsache, dass unser Todesschütze im Dienst war, als er seine Waffe eingesetzt hat.« Er tippte sich an die Stirn, wobei seine Fingerkuppe die Haut nur streifte. »Erst denken, Mertel, dann sprechen – nicht umgekehrt!«

Sabrina Schauß ging diese unproduktive Kabbelei gewaltig auf die Nerven. Ein vermutlich geistesgestörter Mörder hatte innerhalb kürzester Zeit zwei Frauen auf heimtückischste Art und Weise getötet, und die ermittelnden Beamten verschwendeten wertvolle Zeit mit albernem Gockelgehabe. »Um abzuklären, ob und wo möglicherweise ein Scharfschützengewehr vermisst wird, haben wir, gleich nachdem das Kaliber des tödlichen Projektils feststand, alle uns bekannten Stellen um Amtshilfe gebeten«, versuchte sie das Gespräch in konstruktivere Bahnen zu lenken.

Aus unerfindlichen Gründen hatte Sabrina Schauß schon immer bei Dr. Hollerbach einen Stein im Brett. Ihr gegenüber hatte er sich noch nie provokant oder aggressiv gebärdet.

»Na, das ist doch schon mal ein vielversprechender Ermittlungsansatz, geschätzte Frau Kommissarin«, sagte er freundlich. »Dann wollen wir hoffen, dass uns diese Spur zum Täter führt.«

An Sabrinas männliche Kollegen adressiert ergänzte er grinsend: »Von Ihrer kreativen Kollegin können Sie sich ruhig mal eine Scheibe abschneiden, meine Herren. Im übertragenen Sinne versteht sich.«

Damit war für ihn die Konfrontation mit der schnöden kriminalpolizeilichen Routinearbeit beendet. Er wandte sich wieder seiner Lieblingsbeschäftigung zu, dem ebenso berauschenden wie gefährlichen Spiel mit den Medien.

Nach der niederschmetternden Information, dass Johanna schwanger gewesen war, hatte sich Tannenberg in seine Höhle, sprich in seine im ersten Obergeschoss seines Elternhauses in der Beethovenstraße gelegene Wohnung, zurückgezogen.

Fünf Minuten vor 12 Uhr läutete es an der Haustür Sturm, und zwar sowohl im Erdgeschoss als auch oben bei Wolfram Tannenberg. Das schrille, nervtötende Geräusch riss den suspendierten Leiter des K 1 aus seiner bleiernen Apathie. Zudem rannte Kurt zur Wohnungstür und bellte los.

Tannenberg vermutete einen Klingelstreich von Nachbarskindern, die schon öfter mit seiner Familie ihren Schabernack getrieben hatten. Deshalb hastete er zum Fenster und riss es weit auf. Er wollte gerade losbrüllte, als er unten vor der Tür in das strahlende Gesicht seiner Sekretärin blickte. Er verschluckte die wüsten Flüche, die ihm auf der Zunge lagen.

»Hallo, Flocke«, begrüßte er die treue Seele verdutzt.

Petra Flockerzie reckte ihre Arme in die Höhe. In den Händen hielt sie zwei Plastiktüten.

»Chef, heute Morgen habe ich mich daran erinnert, dass im Hause Tannenberg stets um Punkt 12 Uhr zu Mittag gegessen wird. Und da Ihre Mutter noch im Krankenhaus liegt, habe ich mich spontan dazu entschlossen, heute Mittag ihren Part zu übernehmen. Sonst verhungern Sie mir noch, Chef. Und das wäre doch jammerschade.«

Inzwischen hatte Jacob die Tür geöffnet und bat nun den guten Geist des K 1 in sein Haus hinein. Als Tannenberg die Treppe hinunterstieg, hörte er, wie sein Vater vor Begeisterung regelrecht sprühte.

»Das war eine sehr, sehr gute Idee, liebe Frau Flockerzie«, flötete der Senior. »Denn unter uns gesagt: Ich habe einen Bärenhunger.«

Im Flur raschelten die Plastiktüten. Tannenberg wunderte sich nicht über dieses Geräusch. Jacob war bekannt dafür, dass er, sobald sich etwas Essbares in seiner unmittelbaren Nähe befand, umgehend wissen wollte, um was es sich dabei handelte. Darin stand er seinen Söhnen in nichts nach. Auch ihre feinen Näschen erschnupperten kulinarische Köstlichkeiten zwei Kilometer gegen den Wind.

»Was haben Sie uns denn da Feines mitgebracht?«, fragte der ausgehungerte Rentner.

»Vater, bitte lass Flocke erst mal bei uns ankommen und reiß ihr nicht gleich das Essen aus der Hand«, rüffelte sein Sohn.

»Papperlapapp, Junior. Ich falle ja nicht gleich darüber her, sondern möchte nur mal kurz schauen, was es ist. Es riecht schon mal ganz gut.«

»Ich dachte, den Tannenbergs könnte ein bisschen Nervennahrung nicht schaden. Deshalb habe ich meinen Lieblingschinesen angerufen und ihn gebeten, etwas Leckeres für drei hungrige, gestandene Männer zusammenzustellen«, erklärte Petra Flockerzie.

Entsetzt warf sie eine Hand vor den Mund. »Oh, du meine Güte, ich hab ja Marieke, ihre Kinder und Ihre Schwägerin ganz vergessen.«

Tannenberg beschwichtigte mit einer Handbewegung. »Betty befindet sich auf Klassenfahrt, die Kleinen sind im Kindergarten und Marieke hat sich wie jede Woche heute Morgen um 8 Uhr am Aschbacherhof mit ihren Studenten getroffen, um zum Baumkronenturm zu wandern und dort biologische Experimente durchzuführen. Sie kehrt erst in etwa zwei Stunden zurück.«

Der gute Geist des K 1 strahlte erleichtert. »Na, da habe ich ja gerade noch mal Glück gehabt.«

»Es wäre auch kein Problem gewesen, wenn die alle da wären, dann hätten wir das Essen unter uns aufgeteilt«, tönte Jacob. Ein herausfordernder Blick zu seinem Sohn. »Wolfram hätten wir dabei außen vor gelassen und ihm eine Tüte Knäckebrot hingestellt. Mein Herr Sohn hat sich in den letzten Jahren eh zu viel Speck auf die Rippen gefuttert.«

»Ha, ha, ha«, gab der Provozierte zurück.

»Wen ich aber nicht vergessen habe, ist der liebe Kurt«, sagte Petra Flockerzie und kraulte den bärenartigen Familienhund hinter den Schlappohren.

Kurt hatte natürlich schon längst den Braten, besser gesagt den Knochen gerochen, den ihm die langjährige Sekretärin seines Herrchens mitgebracht hatte. Sie war keine Unbekannte für ihn, denn sie hatte schon oft auf ihn aufgepasst, wenn Tannenberg ihn im K 1 dabei gehabt hatte und plötzlich zu einem Einsatz gerufen worden war.

Tannenbergs Hund hatte sie schon lange ins Herz geschlossen. Eine Tatsache, die nicht nur darauf zurückzuführen war, dass sie ihm, nach dem Gassi Gehen im nahe gelegenen Stadtpark, in der Metzgerei in der Dr.-Rudolf-Breitscheid-Straße immer ein großes Stück Fleischwurst kaufte.

Bei Jacob dagegen machte sich Enttäuschung breit, war er doch ein eingeschworener Fan der pfälzischen Hausmannskost. Ausländische Speisen kamen bei den alten Tannenbergs so gut wie nie auf den Tisch.

Höchstens mal in einer Ausnahmesituation wie zum Beispiel vor etwa vier Wochen, als die kleine Emma ihre Uroma so lange gelöchert hatte, bis sie drei riesige Blech Pizza für die gesamte Großfamilie gebacken hatte.

Wenn meine Frau im Krankenhaus liegt, herrscht bei uns zu Hause quasi ein Ausnahmezustand. Und der rechtfertigt es wohl, dass ich ausnahmsweise einmal Chinafutter esse, entschied der Senior. Zumal dieses Zeug so verdammt lecker riecht und ich fast vor Hunger sterbe.

Die Speisen, die Petra Flockerzie auf den Tisch stellte und von ihren Plastikdeckeln befreite, rochen nicht nur sehr lecker, sondern sahen auch noch ausgesprochen appetitanregend aus.

Während Tannenberg telefonisch seinen Bruder verständigte, stellte Jacob Teller, Gläser und zwei Flaschen Mineralwasser auf den Tisch. »Mit Stäbchen muss ich aber nicht essen?«, fragte er mit geschürzten Lippen.

»Nein, nein, Herr Tannenberg, Sie und Ihre Söhne dürfen natürlich gerne mit ganz normalem Besteck essen. Ich habe Ihnen trotzdem welche mitgebracht.«

Schmunzelnd packte Petra Flockerzie ein Paar hölzerne Essstäbchen aus und hielt sie ihm hin. »Sie dürfen sie gerne einmal ausprobieren. Es ist gar nicht so schwer, wie Sie wahrscheinlich vermuten.«

Jacob hielt abwehrend die Hände in die Höhe. »Vielen Dank für das Angebot, Frau Flockerzie, aber ich bleibe lieber bei meinem alten Esswerkzeug. Sonst füge ich mir beim Essen noch ernsthafte Verletzungen zu. Dann wird mein Margotchen aus dem Krankenhaus entlassen und ich werde dafür eingeliefert.«

»So weit darf es natürlich nicht kommen«, scherzte sein Gegenüber. »Dann bleiben Sie wirklich besser bei Messer und Gabel.«

Jacob entnahm der Besteckschublade vier Messer und vier Gabeln. Dann verteilte er die aufgestapelten Teller und legte das Besteck daneben.

»Für mich bitte nicht, Herr Tannenberg«, bat die Sekretärin des K 1.

»Was?«, fragte Jacob verdutzt.

»Für mich brauchen Sie nicht zu decken.«

»Wieso? Essen Sie denn nicht mit uns, Frau Flockerzie?«, fragte der Rentner mit ernstem Gesichtsausdruck. »Wie man sieht, ist doch genug für alle da«, ergänzte er großzügig.

Die Sekretärin seufzte tief auf und verzog dabei den Mund wie bei der Ankündigung von sieben Tagen Regenwetter. »Ich habe mein Mittagessen bereits im Büro eingenommen.«

»Das woraus bestand?«, hakte Tannenberg, der sich bereits an den Tisch gesetzt hatte, neugierig nach.

»Ach, Chef, das wollen Sie nicht wirklich wissen.«

Tannenberg war natürlich sofort klar, worauf seine Sekretärin anspielte, schließlich kannte er ihr Hauptproblem schon sehr lange. »Ich vermute, du probierst mal wieder eine neue Diät aus. Stimmt's, oder habe ich recht?«, fragte er in einfühlsamem Tonfall.

Petra Flockerzie seufzte auf und nickte. Wenn sie ehrlich war, lief ihr beim Anblick der Köstlichkeiten, die sie gerade den Tannenbergs kredenzte, derart das Wasser im Mund zusammen, dass sie Schwierigkeiten hatte, die Spucke schnell genug hinunterzuschlucken.

Sie hatte die Rangliste der beliebtesten chinesischen Speisen von oben nach unten abgearbeitet und Schweinefleisch süß-sauer, Hühnchen Gong Bao, kleine Frühlingsrollen, gebratene Nudeln sowie Jiaozi eingekauft. Mit hängenden Mundwinkeln sammelte sie das ihr zugedachte Besteck ein und legte es zurück.

Wie ausgehungerte Wölfe fielen die Männer über die fernöstlichen Köstlichkeiten her, wobei jeder zuerst einen Berg Reis in der Mitte seines Tellers platzierte und dann von jeder Speise eine Portion darum herum drapierte.

Jacob Tannenberg konnte einfach nicht mit ansehen, wie Petra Flockerzies Augen immer größer wurden. »Da wir in einer Demokratie leben, liebe Frau Flockerzie, stelle ich hiermit folgenden Antrag zur Abstimmung: Wer ist dafür, dass Petra Flockerzie gemeinsam mit uns zu Mittag isst?«

Drei stark behaarte Männerarme schnellten in die Höhe.

»Gegenstimmen?«, fragte der Senior schmatzend.

Petra Flockerzie hob zögerlich die Hand.

»Also ist hiermit mein Antrag mit nur einer Gegenstimme angenommen. Tut mir aufrichtig leid für Sie, liebe Frau Flockerzie, aber Mehrheitsentscheidungen sind in unserer demokratischen Gesellschaft nun einmal bindend.«

Während die Sekretärin freudestrahlend kurzerhand ihre Diätvorsätze über Bord warf und sich am Mittagsbüfett bediente, wandte sich auch Jacob wieder seinem reichlich gefüllten Teller zu.

»Schmeckt zwar etwas ungewohnt, aber ich muss zugeben, dass dieses Chinesenfutter wirklich lecker ist«, lobte das Familienoberhaupt der Tannenbergs. »Hätte ich ehrlich gesagt nicht vermutet.«

»Manchmal sollte man eben einen Blick über den eigenen Tellerrand hinaus werfen«, frotzelte Heiner. »Natürlich nur sprichwörtlich gemeint. Du musst dich dazu also nicht auf deinen Teller setzen.«

Herzhaftes Lachen erfüllte die gemütliche Wohnküche der alten Tannenbergs.

Jacob grinste seinen ältesten Sohn derart breit an, dass die beiden gelblichen Zahnreihen seines Gebisses sichtbar wurden. Anschließend legte er demonstrativ sein Besteck auf den Tellerrand und knetete die Hände. »Wisst ihr was, Jungs, wenn eure Mutter wieder bei uns ist, lade ich sie zur Feier des Tages in ein chinesisches Restaurant ein. Mein Margotchen wird nicht schlecht staunen, wenn ich ihr das sage. Na, was haltet ihr davon?«

»Super Idee, Vater, dann kommen wir *alle* mit – und du lädst uns *alle* ein. Schließlich gibt es Mutters Genesung zu feiern«, sagte Heiner.

Als notorischer Geizkragen musste Jacob diesen Schock erst einmal verdauen. Blitzschnell überschlug er die damit verbundene Geldausgabe, die sich durchaus zu einer kleineren dreistelligen Rechnung summierte.

Doch dann verscheuchte die Freude darüber, dass seine geliebte Ehefrau ihn ab morgen wieder kulinarisch verwöhnen würde, diese deprimierenden Gedanken, und er bekundete mit einem säuerlichen Lächeln sein Einverständnis.

Nachdem sich jeder satt gegessen hatte, kochte Heiner

eine Kanne Filterkaffee. Die Espressomaschine, welche die Söhne – nicht ganz uneigennützig – ihren Eltern letzte Weihnachten geschenkt hatten, befand sich inzwischen in Mariekes Wohnung.

Die beiden Alten hatten sich mit Händen und Füßen dagegen gewehrt, auch nur eine einzige Tasse dieser ›neumodischen Brühe‹, wie sich Jacob abschätzig äußerte, zu trinken.

Als alle Anwesenden eine Tasse Kaffee vor sich stehen hatte, registrierte Tannenberg aus den Augenwinkeln, dass seine Sekretärin unruhig auf dem Stuhl herumrutschte. Er kannte Petra Flockerzie lange genug, um einschätzen zu können, dass sie etwas bedrückte.

»Wo drückt der Schuh, Flocke?«, fragte er in sanftem Ton. »Du hast doch etwas auf dem Herzen, oder täusche ich mich da?«

»Es ist alles okay, Chef«, erwiderte sie wie aus der Pistole geschossen, doch ihre Antwort klang nicht sonderlich überzeugend.

»Das glaube ich dir nicht«, sagte Tannenberg. »Also rück raus mit der Sprache.«

Petra Flockerzie saugte die Oberlippe ein und nagte darauf herum.

»Los, nun leg schon endlich dein Ei.«

Die Sekretärin senkte die Stimme zu einem Flüstern. »Die Kollegen möchten gerne wissen, wann Johanna beerdigt wird.« Sie schluckte hart. »Wenn es Ihnen recht ist, würden wir Ihnen gerne Beistand in dieser schweren Stunde leisten. Oder wollen Sie lieber im engsten Familienkreis unter sich sein?«, fragte sie und schob nach: »Was wir alle selbstverständlich respektieren würden.«

Tannenberg schüttelte wortlos den Kopf.

»Die Beisetzung findet am Dienstag um 9 Uhr auf dem städtischen Hauptfriedhof statt«, erklärte Jacob. »Rainer hat dafür gesorgt, dass Johanna so schnell wie möglich zur Bestattung freigegeben wird.«

Er machte eine Kopfbewegung hinüber zu seinem jüngsten Sohn, der auf seinem Küchenstuhl in sich zusammengesunken war. »Wolfram hat zurzeit schon genug um die Ohren, deshalb begleite ich ihn heute Nachmittag zum Bestattungsinstitut.«

Petra Flockerzie konnte den deprimierenden Anblick ihres langjährigen Chefs kaum ertragen. Liebend gern hätte sie ihm einige seiner Sorgen abgenommen. Doch das ging nun mal leider nicht.

Und als ob dies alles nicht schon schlimm genug für ihn wäre, hatte sie auch noch etwas im Gepäck, das ihn noch mehr quälen würde. Man merkte der Sekretärin deutlich an, wie sehr sie mit sich kämpfte, ob sie es ihm mitteilen sollte oder nicht. In einem tiefen Zug saugte sie die nach fernöstlichen Speisen riechende Raumluft ein.

»Da ist noch etwas, Chef, das ich Ihnen sagen muss«, hauchte sie ihm entgegen.

Tannenbergs trauriger Blick arbeitete sich von der Tischplatte hoch zu ihrem Gesicht. »Und was?«

»Wir haben einen wichtigen Hinweis aus einem anderen Dezernat erhalten, Chef«, ließ sie nun doch die Katze aus dem Sack.

»Welches Dezernat? Welchen Hinweis?«, hakte der suspendierte Kriminalbeamte nach.

»Dezernat K 4.«

»Computerkriminalität? Was haben die denn mit unserem Fall zu tun?«, brach es aus Tannenberg heraus.

Petra Flockerzies Gesicht verfinsterte sich noch stärker.

Nervös knibbelte sie an einem Fingernagel herum. »Ich habe lange mit mir gerungen, Chef, ob ich Ihnen die Info wirklich weitergeben soll.« Sie schniefte auf. »Aber für mich sind Sie nach wie vor mein Chef. Und als Leiter des K 1 haben Sie ja wohl ein Recht darauf, alles zu erfahren, was für diesen Fall relevant ist.« Petra Flockerzie räusperte sich und ergänzte danach: »Zumal, wenn Sie persönlich von diesem fürchterlichen Anschlag betroffen sind.«

Sie stockte, legte eine Hand vor den Mund, um die zuckenden Lippen im Zaum zu halten. In der Wohnküche war es inzwischen so still geworden, dass man das Ticken der Wanduhr hören konnte. Die Männer hatten ihr gebannt gelauscht und warteten nun gespannt auf eine Fortsetzung.

»Im Internet sind die Kollegen vom K 4 auf ein Video gestoßen, das den Anschlag auf Johanna und Ihre Mutter zum Inhalt hat«, sagte die Sekretärin.

Das schnelle Auf und Ab ihrer Augenlider verriet, dass sie immer noch nicht sicher war, ob das, was sie gerade tat, auch das Richtige für ihren Chef und seine Familie war.

Doch überraschenderweise reagierte Tannenberg nicht als geschockter Betroffener, sondern als leidenschaftlicher Ermittler. Er schaltete blitzschnell. »Dieses Video muss vom Täter stammen«, stieß er aus.

Petra nickte. »Davon gehen die Kollegen auch aus, zumal es aus der Perspektive des Schützen aufgenommen wurde.«

»Hast du dieses Video auf DVD dabei?«

Die Sekretärin schüttelte den Kopf.

»Warum nicht? Hat Hollerbach es …«

»Nein, Chef«, schnitt ihm Petra Flockerzie das Wort ab. »Das Video ist für jeden frei zugänglich im Internet abrufbar und zwar auf der Seite www.die-apokalyptiker.de.«

Jacob eilte ins Wohnzimmer und kehrte nur Sekunden

später mit seinem Laptop zurück. Er stellte ihn vor Tannenberg auf den Tisch. Sein Sohn schaltete ihn ein und tippte, nachdem der alte Kasten endlich hochgefahren war, die von seiner Sekretärin genannte Internetadresse in die Adresszeile. Er musste diese nicht noch einmal erfragen, sein pulsierendes Gehirn hatte sie sofort abgespeichert, nachdem er sie zum ersten Mal gehört hatte.

Wie schon sein Vater stand nun auch Heiner hinter seinem Bruder und starrte mit versteinerter Miene auf den Monitor.

»Da sieht man, wie eure Mutter auftaucht und ans Ufer schwimmt«, rief Jacob.

Hanne leider nicht, dachte Tannenberg bei sich. Obwohl ihn der Schmerz innerlich fast zerriss, ließ er das Anschlagsvideo noch zweimal durchlaufen und klickte dann auf die betreffenden Kommentare.

»Was es für kranke Menschen gibt. Unglaublich! Diese Kretins sind doch total abartig«, schimpfte Heiner fassungslos.

»Perverse Dreckschweine!«, setzte Jacob noch eins drauf.

»Da, da ist ja noch ein neues Video«, stammelte Heiner.

Er hatte gerade in einer seitlichen Menüleiste, die mit ›Aktuell‹ überschrieben war, ein angeblich erst heute Morgen hochgeladenes Video entdeckt. Es trug dieselbe Signatur wie das des Anschlags am Walzweiher: ›rotciv16‹.

»Rotciv16?«, las Jacob verständnislos vor.

»Rückwärts gelesen: Victor«, erklärte Heiner, seines Zeichens studierter Germanist. »Rotciv ist ein Anagramm von Victor.« Der Deutschlehrer grunzte verächtlich. »Victor heißt ›der Sieger‹. Zynischer geht's nun wirklich nicht!«

»Die 16 steht womöglich für die Jahreszahl 2016«, spekulierte Petra Flockerzie.

Paralysiert stierten die vier auf den Bildschirm. »Gott sei Dank, es ist nicht Mariekes Auto«, keuchte Heiner mit der

Hand an der Kehle. »Als ich die Autofarbe gesehen hab, hab ich im ersten Moment gemeint, ich sterbe, weil ich die ganze Zeit über schon befürchtete, dass es dieser Irre auf unsere ganze Familie abgesehen haben könnte.«

Wolfram Tannenberg ignorierte die letzte Bemerkung seines Bruders. »Es ist ja Gott sei Dank ein Astra und kein Golf«, stellte er erleichtert fest.

»Das Kennzeichen trägt auch keine Stadtnummer, sondern eine Landnummer«, ergänzte Jacob.

»Dann spricht wohl einiges dafür, dass Hanne und Mutter Zufallsopfer waren«, sagte Heiner, dem gerade ein zentnerschweres Gewicht von den Schultern gerutscht war. »Das da unten untermauert diese Hypothese.«

»Was?«, fragte sein Vater.

Heiner tippte auf die Stelle des Monitors, wo er eben auf einen Forumeintrag dieses ominösen Rotciv16 gestoßen war. Er las ihn laut vor: »›Ein gut gemeinter Rat an alle Apokalyptiker: Wer von euch in oder in der Nähe von Pirmasens und Zweibrücken wohnt, sollte sich Anfang nächster Woche besser nicht auf die Straße wagen. Es könnte ihn sonst erwischen. Also, Leute, beherzigt meinen Rat und haltet euch aus dieser Gegend fern – oder meldet euch krank und bleibt zu Hause, wenn ihr in dieser Region wohnt. Heute und morgen könnt ihr noch bedenkenlos eure Einkäufe erledigen und Freunde besuchen. Aber fahrt so lange nicht mit eurem Auto durch die Gegend, bis ich euch mein nächstes Video präsentiert habe. Sonst könnte es eure letzte Autofahrt sein.‹«

»Das gibt's doch gar nicht«, stieß der Senior entgeistert aus. »Dieser Irre kündigt ganz locker seinen nächsten Mordanschlag an.«

Tannenberg nickte mit zusammengepressten Lippen.

Einerseits war es natürlich eine gute Nachricht, dass es der Täter offensichtlich nicht auf seine Familie und ihn abgesehen hatte, andererseits änderte dies nichts an der Tatsache, dass dieser Psychopath nicht nur seine Frau und sein ungeborenes Kind, sondern auch noch mindestens einen weiteren Menschen getötet hatte.

Zu diesem Zeitpunkt konnte noch keiner der Anwesenden wissen, wie viele Insassen sich in dem verunglückten PKW befanden. Nach Tannenbergs kriminalistischer Erfahrung bestand nicht im Geringsten Anlass für die Hoffnung, dass der Todesschütze nun seine Mordlust gestillt haben könnte. Vielmehr war zu befürchten, dass dieser Serienmörder so lange weitertöten würde, bis die Polizei ihn aus dem Verkehr zog.

»Flocke, kennst du dieses zweite Video und die Ankündigung dieses weiteren Anschlags schon?«

»Ja, Chef, die Kollegen haben es mir vorhin gezeigt. Es sind bereits alle notwendigen Sicherheitsmaßnahmen eingeleitet.«

»Die da wären?«, fragte Jacob neugierig nach.

»Zuerst wurden die Kollegen in Zweibrücken und Pirmasens über die neue Entwicklung informiert. Die wiederum haben sich sofort mit der zuständigen Staatsanwaltschaft kurzgeschlossen. Wegen der öffentlichen Bedrohungslage hat daraufhin der Generalstaatsanwalt das Verfahren an sich gezogen und …«

»Wodurch der Hohl-Hohl-Hollerbach mit einem Schlag aus dem Spiel ist«, warf Tannenberg schadenfroh dazwischen.

Petra Flockerzie nickte, dann beendete sie den angefangenen Satz: »Und er hat dem LKA die Leitungsfunktion übertragen, das wiederum umgehend eine Sonderkommission ins Leben gerufen hat. Als Basis bezieht diese SOKO Räumlichkeiten im Gebäude der Generalstaatsanwaltschaft. Unser K 1 muss jedes noch so kleine Ermittlungsergebnis umgehend an die SOKO weiterleiten. Wegen des für Anfang nächster Woche angedrohten Anschlags hat der Generalstaatsanwalt zum Schutz der Bevölkerung Unterstützung beim Bundesgrenzschutz, der Bundespolizei und so weiter angefordert.«

»Dann ist in dieser Gegend die Hölle los«, sagte Heiner.

»Davon kannst du ausgehen«, meinte Tannenberg. Damit war für ihn das Thema zunächst abgehakt.

»Wieder exakt die gleiche Tatausführung«, murmelte der suspendierte Chef-Ermittler vor sich hin. Er räusperte sich und fuhr an seine Sekretärin adressiert fort: »Von dieser Anschlagsdrohung dürfen wir uns nicht aus dem Konzept bringen lassen und müssen uns auch weiterhin auf unsere Routinearbeit konzentrieren. Deshalb müssen wir unbedingt abklären, ob es eine Verbindung zwischen den Opfern gibt. Bitte rufe Michael, den neuen Leiter des K 1, an«, er konnte sich diese Spitze einfach nicht verkneifen, »und frag ihn, um wen es sich bei dem oder den Anschlagsopfern handelt. Michael, Mertel oder Sabrina halten sich garantiert am Tatort auf. Einen von ihnen wirst du sicher an die Strippe kriegen.«

»Das ist genau der richtige Ermittlungsansatz, Wolfram«, mischte sich Jacob ein. »Das ist der springende Punkt: Mordet der Täter wahllos oder folgt er einem Plan?«

Der Sherlock Holmes aus der Beethovenstraße war nun ganz in seinem Element. »Bei dem neuen Opfer müsst ihr so schnell wie möglich eine Umfeldrecherche durchführen«, regte er an. »Und zwar *bevor* dieser hinterhältige Sauhund erneut zuschlägt. Außerdem müssen sich die Computerspezialisten darum kümmern, wer hinter diesen Videos und der

Anschlagsdrohung steckt. Diese Experten müssen das doch irgendwie rauskriegen können.«

»Das ist leider nicht so einfach, Vater«, entgegnete Tannenberg. »Man kann zwar von dem Provider, bei dem der Betreiber diese Webseite hochgeladen hat, die IP-Adresse des Computers herausbekommen, aber das nutzt oft nichts.«

»Wieso, Wolfram?«

»Ganz einfach deshalb, weil Kriminelle für ihre Aktivitäten für gewöhnlich nicht ihren eigenen Computer benutzen, sondern sich dazu beispielsweise in Internetcafés setzen und die dortigen Computer verwenden.«

»Scheiß anonymes Internet«, fluchte Jacob.

Petra Flockerzie verzog sich in den Flur und telefonierte. Nach einer Minute kehrte sie frustriert zurück.

»Karl und Sabrina gehen nicht ran«, verkündete Tannenbergs langjährige Sekretärin. »Und Michael hat mich zuerst mit einem anderen Namen angeredet. Dann hat er gesagt, dass er jetzt keine Zeit habe und hat mich einfach weggedrückt.«

»Das deutet eindeutig darauf hin, dass der Hohl-Hohl-Hollerbach sich in unmittelbarer Nähe unserer Kollegen aufhält. Diesen öffentlichkeitswirksamen Auftritt lässt er sich natürlich nicht entgehen. Dabei kann er seine lädierte Fresse auch gleich den Medien zeigen.«

Petra Flockerzie atmete tief ein und aus. »Ja, das wird er sicherlich tun, Chef«, sagte sie zerknirscht. »Der hat ja in der Vergangenheit schon jede Gelegenheit genutzt, um sich in Presse, Funk und Fernsehen zu präsentieren.«

Tannenberg zog einen Mundwinkel hoch. »Das wird dieser Drecksack aber nur so lange tun, bis er erfährt, dass ihm der Herr Generalstaatsanwalt die Verfahrenshoheit entzogen hat. Der Hollerbach wird staunen. Wahrscheinlich hat man ihn noch gar nicht über die neueste Entwicklung informiert.«

»Das stimmt, Chef. Trotzdem befürchte ich, dass unsere Kollegen nach Hollerbachs knallharter Drohung ziemlich eingeschüchtert sind.«

»Sie aber Gott sei Dank nicht, liebe Frau Flockerzie«, flötete Jacob. »Sonst wären Sie ja wohl kaum zu uns gekommen.«

Die Sekretärin wiegte den Kopf. »Nein, ich habe keine Angst, Herr Tannenberg. Ich bin zum Glück Angestellte und setze nicht meine Pensionsansprüche aufs Spiel, wenn es hart auf hart kommt.«

»Was sind Sie doch für eine mutige Frau! Respekt!«, sagte Jacob bewundernd.

»Trotzdem müssen wir uns überlegen, wie ich am Ball bleiben kann, ohne dass die arme Flocke ihren Job verliert«, versetzte Tannenberg. »Dem Hohl-Hohl-Hollerbach traue ich alles zu, auch dass er Flockes Handy überwachen lässt.«

Jacob strahlte über das ganze Gesicht. »Vielleicht hat dein alter Vater ja eine Lösung für dieses Problem.«

Heiner und sein Bruder brummten verständnislos.

»Na ja, ich kenne da zufälligerweise jemanden, der angeblich über sehr gute Kontakte zur Unterwelt verfügt.«

»Hört, hört, unser berühmter Sherlock Holmes steht mit einem Fuß in der Kaiserslauterer Unterwelt«, frotzelte Heiner.

Jacob rollte mit den Augen. »Mach dich nicht lustig über mich. Im Gegensatz zu dir verfüge ich nämlich über sehr interessante Beziehungen in alle möglichen Bevölkerungskreise, auch ins kriminelle Milieu.«

»Hört, hört«, frotzelte der suspendierte Leiter des K 1.

»Im Tchibo steht einer am Nebentisch, der lauthals getönt

hat, dass er alles besorgen könne, was man sonst nicht so leicht besorgen kann, zum Beispiel Prepaid-Handys mit Nummern ohne Namenszuordnung«, fuhr Jacob fort. »Ja, der Mann hat sogar behauptet, sein Kumpel könne Waffen besorgen. Ich kann ihn ja mal testen, vielleicht ist er nur ein Aufschneider. Aber der Kerl sieht so verschlagen aus, dass ich ihm solche Kontakte durchaus zutraue.«

Tannenberg lachte. »Warum nicht? Ich bin ja eh schon ein halber Krimineller. Da kommt es auf illegalen Waffenbesitz auch nicht mehr an.«

»Wenn ich diese Prepaid-Handys bekomme, können Frau Flockerzies Anrufe bei uns nicht zu ihr zurückverfolgt werden. Das habe ich doch richtig verstanden, oder?«

»Ja, das hast du«, bestätigte Tannenberg.

»Gut, dann versuche ich, drei von diesen sicheren Handys zu besorgen.«

»Wieso drei?«, wollte sein jüngster Sohn wissen.

»Na ja, eins für Frau Flockerzie, eins für dich – und eins für mich.«

»Wieso eins für dich?«

Der Senior grinste breit. »Es könnte doch gut sein, dass du gerade nicht erreichbar bist, wenn Frau Flockerzie wichtige Informationen für uns hat.«

»Damit unser neugieriger Sherlock Holmes auch ja alles mitbekommt. Du bist vielleicht ein alter Gauner!«, bemerkte Tannenberg schmunzelnd.

Jacob zog einen Mundwinkel hoch. »Stimmt, Junior, schließlich bin ich der Vater eines brutalen Schlägers.«

19

Am Samstagmorgen machte sich Victor zeitig auf den Weg in die verhasste Pfalz. Wie ein Junkie nach seiner Droge lechzte er nach der aktuellen Tageszeitung, aber nicht nach irgendeiner, sondern nach der mit dem Kaiserslauterer Lokalteil.

Mit seiner Einzylinder-Enduro donnerte er über die Sickinger Höhe hinunter ins Moosalbtal zur B 270. Dort passierte er zuerst den Walzweiher und bog unmittelbar hinter dem nördlichen Ufer zur Espensteig ab, von wo aus er den Hauptbahnhof der Barbarossastadt ansteuerte. Auf einem der auf der Bahnhofsrückseite gelegenen, sogenannten Kiss-and-Ride-Kurzzeitparkplätze stellte er seine Maschine ab und kaufte in der Bahnhofsbuchhandlung die Pfälzische Allgemeine Zeitung.

Obwohl er vor Neugierde fast platzte, wollte er unter keinen Umständen Aufsehen erregen. Außerdem hatte er sich eine Art Selbstkasteiung auferlegt. Deshalb ließ er die Zeitung unter seiner Motorradjacke verschwinden und suchte sich für die genüssliche Lektüre ein ruhigeres Plätzchen.

Er fuhr über den Verkehrskreisel an der ehemaligen Löwenburg in die Eisenbahnstraße und schwenkte von dort aus in die Beethovenstraße ein. Auf der Höhe von Tannenbergs Elternhaus schnellte sein rechter Mittelfinger in Richtung der massiven Eichenholztür. Am Stadtpark stellte er sein Geländemotorrad ab und setzte sich auf eine der Metallbänke in unmittelbarer Nähe des Klettergerüsts.

Von seinen diversen Spähangriffen, mit denen er seit Wochen die Lebensgewohnheiten der Großfamilie Tannenberg ausspionierte, wusste er, dass während der nächsten halben Stunde bis Stunde entweder der alte Tannenberg oder einer seiner Söhne, manchmal aber auch Marieke den Familienhund hierher ausführen würde.

Natürlich durfte Kurt sein Geschäft nicht auf dem Kinderspielplatz verrichten, sondern nur in dem mit Büschen besetzten Randbereich neben der Straße. Wobei man seinen menschlichen Begleitern zugutehalten musste, dass diese die Hinterlassenschaften des tapsigen Vierbeiners mit einer kleinen Schaufel aufsammelten und in einem der Papierkörbe verschwinden ließen.

Victors Gier nach den gedruckten Buchstaben und den dazugehörigen Fotos steigerte sich ins Unerträgliche, doch er hatte sich eisern vorgenommen, den Spannungspegel noch eine Weile auf diesem hohen Level zu halten.

Also legte er erst einmal eine gemütliche Frühstückspause ein. Im Bahnhof hatte er sich eine kleine Flasche Wasser und zwei Laugenbrezeln gekauft, die er nun in aller Ruhe verköstigte. Ab und an warf er einen kurzen Blick hinüber zur Beethovenstraße und dann auf seine Armbanduhr.

Na ja, vielleicht ist heute Morgen schon jemand mit dem Köter Gassi gegangen oder einer von ihnen ist mit ihm in den Wald gefahren, erklärte sich Victor die womöglich kurzfristig geänderte Gewohnheit der Familie Tannenberg.

Ist eigentlich auch kein Wunder, dass bei denen der Zeitplan durcheinandergeraten ist, bei dem, was in dieser Scheißfamilie in den letzten Tagen so alles passiert ist. Ein unterdrücktes, schadenfrohes Lachen.

Nun kramte er endlich die Tageszeitung unter seiner Motorradkluft hervor. Schon auf dem Titelblatt des überregionalen Teils wurde auf eine Sonderveröffentlichung zu den beiden spektakulären Mordanschlägen verwiesen.

Über dem Namen Pfälzische Allgemeine Zeitung sprang ihm förmlich ein signalroter Schriftzug ins Auge: ›Heckenschütze kündigt für Anfang der neuen Woche Anschlag in der Südwestpfalz an‹, stand dort zu lesen.

Jawohl, freute er sich im Stillen. Er ließ die Zeitung auf seine Oberschenkel herabsinken und schlug mit der Faust in seine offene linke Hand. Diese blöden Bullen haben den Köder also gefressen. Dann wissen ja nun alle Bescheid. Mannomann, diese Nachricht wird in der Bevölkerung eine Hysterie auslösen.

Seine Vorfreude steigerte sich immer mehr, aber er riss sich am Riemen. Mit zitternden Fingern blätterte er das erste Zeitungsblatt um. Anschließend scannten seine Augen Seite für Seite die Schlagzeilen mit den weltpolitischen Ereignissen, den Wirtschafts- und Sportnachrichten ab. Doch hätte man ihn gefragt, was er da gerade gelesen hatte, hätte er eingestehen müssen, dass keine einzige Information zu seinem Bewusstsein vorgedrungen war.

Victor atmete noch einmal tief durch, dann legte er den ersten Teil der Pfälzischen Allgemeinen Zeitung neben sich auf die Metallbank. Anschließend widmete er sich der Sonderbeilage. Diesmal las er nicht nur jede einzelne Zeile Wort für Wort, nein, er las jede einzelne Zeile sogar mehrmals hintereinander.

Er konnte sich gar nicht sattsehen an dem, was ihm da kredenzt wurde. Tief in seine Lektüre versunken, bemerkte er gar nicht, dass plötzlich ein riesiger Hund an seinem Motorradhelm herumschnupperte.

»Aus, Kurt!«, schimpfte eine etwa 25-jährige, sportlich gekleidete Frau. Nur mit Mühe konnte sie den bärigen Hund von der Sitzbank weg in Richtung der sie begleitenden beiden Kinder zerren. Das blonde Lockenköpfchen war ungefähr vier Jahre alt, ihr kleiner, dunkelhaariger Bruder gut zwei Jahre jünger.

»Entschuldigung«, murmelte die Frau, bei der es sich unzweifelhaft um Marieke Tannenberg, die Mutter der beiden Kleinen handelte.

Victor wurde abwechselnd heiß und kalt. »Kein … kein Problem«, stotterte Victor. »Ist ja nichts passiert.«

Für Marieke war die Sache damit erledigt. Sie drehte dem Motorradfahrer den Rücken zu und eilte ihren Kindern hinterher, die zum Klettergerüst rannten.

»Emma, Paul, ihr könnt jetzt leider nicht klettern. Wir müssen sofort wieder zurück. Eure Uroma kommt gleich nach Hause. Und die wollen wir doch alle ganz lieb begrüßen. Sie freut sich bestimmt schon doll auf euch.«

»Ich freue mich auch ganz doll auf die Uroma«, rief Emma. Sie strecke ihre Arme aus und drehte sich juchzend im Kreis herum. Dann schnappte sie die Hand ihres Bruders und zog ihn hinter sich her.

Paul stolperte und wäre um ein Haar hingefallen. Er riss seine Hand los. »Will auf Kurt reiten«, forderte er.

Lächelnd schnappte Marieke ihren Sohn und setzte ihn vorsichtig auf dem Rücken des Riesenhundes ab. Kurt ließ die Aktion mit stoischer Ruhe über sich ergehen und trottete los. Für ihn war es nichts Besonderes, dass er kurzerhand zum Reittier umfunktioniert wurde.

Schon vor Jahren hatte er die kleine Emma durchs Musikerviertel getragen und damit belustigte Blicke und Kommentare auf sich gezogen. Im vorletzten, schneereichen Winter hatte er sogar ein paarmal als Schlittenhund fungiert.

Was für eine goldige kleine Scheißfamilie, dachte Victor, den Blick auf Pauls Rücken gerichtet. Hämisch grinsend knetete er sein Kinn. Hoffentlich passiert niemandem von euch etwas. Das geschieht manchmal nämlich schneller als man denkt.

Und wenn ein weiterer von euch tot ist, ist euer Scheißfamilienglück ein für alle Mal im Eimer. Dann ist nix mehr mit Friede, Freude, Eierkuchen, sondern dann herrscht nur noch Verzweiflung, Trauer und Depression.

Aber selbst das muss noch lange nicht das Ende dieser Horrorgeschichte sein. Es laufen dann schließlich leider immer noch viel zu viele Tannenbergs auf dieser schönen Scheißwelt herum.

Victor grunzte kopfschüttelnd. Eine ziemlich zähe Bande seid ihr, das muss man euch schon lassen. Hat man ja an eurer Alten gesehen. Hätte nie gedacht, dass es diese alte Kuh aus dem versunkenen Auto schafft.

Nachdem Marieke, ihre Kinder und der Familienhund aus seinem Blickfeld verschwunden waren, schnappte er sich die Zeitung und weidete sich noch einmal genüsslich an den vielen Fotos und Kommentaren zu den von ihm verübten Mordanschlägen.

Am allerbesten gefiel ihm das Interview mit einem gewissen Oberstaatsanwalt Hollerbach, in dem dieser der Presse ausführlich von Tannenbergs Gewaltausbruch berichtet und die daraus resultierenden Konsequenzen dargelegt hatte.

Suspendierung, Strafanzeige, Verlust der Pensionsansprüche und so weiter und so fort, freute sich Victor im Stillen. Anscheinend bist du völlig fertig mit den Nerven, du verfluchter Tannenberg. *Du* bist am Ende, beruflich und privat, aber *es* ist noch nicht zu Ende, noch lange nicht!

Victor faltete die Zeitung zusammen, verstaute sie unter seiner Lederjacke und bretterte zurück zu seinem alten Bauernhof. Im Arbeitszimmer schnitt er die wichtigsten Artikel und Fotos aus der Zeitung aus und heftete sie neben die Fotos, auf denen die einzelnen Mitglieder der Familie Tannenberg in Postergröße abgebildet waren.

Wie früher in seiner aktiven Zeit als Elitesoldat bereitete er sich diszipliniert und akribisch auf seinen nächsten Kampfeinsatz vor. Zuerst ging er in den Keller, wo er in einem verschlossenen Waffenschrank sein Präzisionsgewehr aufbewahrte.

Er setzte sich an die Werkbank und breitete ein weiches, fusselfreies Spezialtuch vor sich aus. Anschließend zerlegte er das Scharfschützengewehr in seine Einzelteile, ölte diese fein säuberlich ein, trocknete sie ab und setzte die Waffe wieder zusammen. Als ritualisierter letzter Akt dieser Wartungsmaßnahme strich er zärtlich über Schaft und Lauf.

Dann ging er die Treppe hoch, stellte sich ans Flurfenster und legte die Waffe spielerisch an. Dabei testete er die Funktionsfähigkeit der lasergesteuerten Zieloptik, indem er einen circa 200 Meter entfernten Pfosten des maroden ehemaligen Weidezauns ins Visier nahm. Zum Abschluss berührte er den eiskalten Abzugshahn der ungeladenen Waffe und spielte mit dem Druckpunkt.

Nachdem er sein Scharfschützengewehr wieder im Waffenschrank deponiert hatte, wandte er sich den Utensilien für seine Schornsteinfeger-Maskerade zu, die er im Keller in einem alten Kleiderschrank versteckt hatte.

Bei Ebay hatte er einen getragenen, zweiteiligen Original-Kehranzug ersteigert, den der Verkäufer mit blumigen Worten angepriesen hatte: ›Garantiert getragene Schornsteinfeger-Berufskleidung mit Gebrauchsspuren, Rußanhaftungen und dem typischen Aschegeruch, der zu einem Schornsteinfeger einfach dazugehört. Diese Glücksbringer-Uniform ist als Party-Gag oder Faschingsclou nicht zu toppen! Mit diesem originellen Outfit werden Sie überall im Mittelpunkt stehen, denn jeder wird versuchen, durch den engen Kontakt mit Ihnen eine Portion Glück zu erhaschen. Auf das weibliche Geschlecht übt diese kernige Männerkleidung eine geradezu magische Anziehung aus. Lassen Sie sich überraschen! Als Zugabe erhalten Sie eine Dose, die randvoll mit echtem Kaminruß gefüllt ist‹.

Als er damals diesen Satz gelesen hatte, hatte er schallend gelacht, denn im Schornstein und in den Holzöfen seines Bauerhofs war von diesem grauschwarzen Dreck wahrlich genug vorhanden.

Dieser Typ spinnt doch. Was der so alles zusammenfaselt, um seine Scheißklamotten loszukriegen, hatte er sich über den Anbieter lustig gemacht.

Doch die Verkaufsauktion überzeugte ihn davon, dass diese marktschreierische Werbung bei den Bietern ankam. Trotz des nach Victors Meinung stark übertriebenen Kaufpreises hatte er die Montur ersteigert – inklusive der Dose Ruß.

Den für seine Verkleidungsaktion erforderlichen Schornsteinbesen, die 10 Meter lange Fiberglas-Flexstange, den Rußbesen und das 1,6-Kilogramm-Vollgummi-Zuggewicht hatte er im Internet bei einem Spezialversand bestellt. Damit war er nun perfekt ausgestattet.

Wie es sich für einen Perfektionisten wie ihn gehörte, schlüpfte er in die georderte Berufskleidung, testete sie auf Reißfestigkeit und übte eine halbe Stunde lang das berufstypische Gebaren eines professionellen Schornsteinfegers. Anschließend kontrollierte er noch einmal die großflächigen Aufkleber, mit denen er vor ein paar Tagen seinen Kastenwagen in ein Fahrzeug der pfälzischen Schornsteinfegerinnung verwandelt hatte.

20

Obwohl er absolut keine Lust hatte, an diesem Morgen seinen Rentnerkollegen im Tchibo Rede und Antwort über die dramatischen Ereignisse der letzten Tage zu stehen, erschien Jacob wie an jedem Samstag pünktlich um 9 Uhr an seinem Stammtisch in der Tchibo-Filiale in der Fackelstraße.

Die ehemaligen Mitarbeiter der Kaiserslauterer Nähmaschinenfirma Pfaff rückten an dem kreisrunden Stehtisch eng zusammen und bombardierten ihn sofort mit allen möglichen Fragen, schließlich hatten auch sie die Lokalzeitung gelesen. Doch Jacob wimmelte seine Rentnerkollegen mit Verweis auf seine Schweigepflicht angesichts der laufenden Ermittlungen ab.

Der Senior der Familie Tannenberg hatte gegenwärtig sowieso anderes im Sinn, als den Auskunftsonkel zu geben. Schließlich war er hierhergekommen, um diesen Prahlhans vom Nebentisch zu treffen und dessen angebliche Schwarzmarktkontakte zu nutzen.

Zum Glück musste er nicht lange warten, um den potenziellen Prepaid-Handy- und vielleicht sogar Schusswaffen-Lieferanten durch die breite Fensterfront zu erspähen. Jacob stürmte hinaus in die Fußgängerzone und fing den völlig überraschten Mann ab. Mit dem Hinweis, dass er dringend dessen Hilfe benötige, scheuchte er ihn in eine unbelebte Ladeneinfahrt und schilderte ihm sein Anliegen.

Nachdem Jacob eine Weile gestenreich mit dem zwielichtigen Frührentner verhandelt hatte, nahm er ihm das Versprechen ab, die gewünschten Prepaid-Handys zu besorgen

– für einen Sonderpreis. Sein konspirativer Kontakt zur Kaiserslauterer Unterwelt versprach, sich noch an diesem Morgen darum zu kümmern. Allerdings sei es ihm unmöglich, in dieser kurzen Zeit auch noch die von Jacob angefragte Handfeuerwaffe zu besorgen. Dazu müsse er andere Kontakte nutzen.

Bereits vier Stunden später präsentierte Jacob seiner Familie stolz die für die sichere Kommunikation mit Petra Flockerzie erforderlichen Mobiltelefone. Es waren allerdings nur noch zwei Exemplare, denn das dritte hatte er nach der Übergabe auf einem Parkplatz am Fritz-Walter-Stadion gleich der Sekretärin, die nur einen Steinwurf entfernt auf dem Betzenberg in einer Eigentumswohnung lebte, vorbeigebracht.

»Dann wollen wir doch gleich mal ausprobieren, ob diese Dinger auch wirklich funktionieren«, schlug Jacob vor.

Er zog einen Schmierzettel aus seiner Cordhose, faltete ihn auseinander und tippe die darauf notierte Telefonnummer ein. Tatsächlich meldete sich Petra Flockerzie. Der Senior bat sie, nun auch die Verbindung zu seinem Sohn zu testen. Auch dies funktionierte tadellos. Tannenberg nutzte die Gelegenheit, um sich über den neuesten Ermittlungsstand zu informieren.

»Los, schalte den Lautsprecher an«, forderte Jacob in barschem Ton.

Tannenberg gehorchte nur widerwillig

»Ich zitiere aus Michaels Bericht: ›Bei der Toten handelt es sich um die 23-jährige Bürokauffrau Jessica Landfried aus Elmstein. Als der tödliche Schuss fiel, befand sie sich auf dem Weg zu ihrer Arbeitsstelle an der Kaiserslauterer Universität, wo sie als Verwaltungsangestellte in der Zentralbibliothek arbeitet‹«, gab Petra Flockerzie bereitwillig Auskunft.

»Wurde nur ein einziger Schuss abgegeben oder waren es mehrere?«

»Wahrscheinlich nur einer, Chef. Definitiv fest steht das allerdings nicht, denn die Kriminaltechniker müssen natürlich erst noch das Auto und das Gelände genauer untersuchen.«

»Ein Profi eben«, kommentierte Jacob trocken.

»Habt ihr schon irgendeinen Hinweis darauf, dass es eine Verbindung von dieser Jessica Landfried zu Johanna oder meiner Mutter geben könnte?«, wollte Tannenberg wissen.

»Also, ich kenne jedenfalls keine Jessica Landfried«, mischte sich Margot ein.

Heiner hatte seine Mutter am Morgen aus dem Krankenhaus abgeholt. Zuerst hatte die alte Dame jedes einzelne Mitglied ihrer Familie geküsst und fest an ihr Herz gedrückt. Nach dieser Begrüßungszeremonie hatte sie in einem Tonfall, der keinerlei Widerspruch duldete, verkündet, dass sie fortan nicht mehr wie ein rohes Ei behandelt werden wolle und selbstverständlich gedenke, auch heute das Mittagessen zuzubereiten.

Obwohl alle noch eine Weile mit Engelszungen auf sie eingeredet hatten, hatte sie niemand von ihrem Vorhaben abbringen können. Bezüglich Sturheit stand sie ihrem Ehemann in nichts nach. Eine Eigenart, die Margot natürlich niemals eingestanden hätte. Zur Feier des Tages kochte die Göttin der Hausmannskost eine original »Pälzer Grumbeersupp« und servierte dazu frisch gebackene Waffeln mit Sahne und eingekochten Schattenmorellen.

»Auch diesmal glaube ich nicht, dass es sich um einen gezielten Anschlag handelt«, sagte Tannenberg. »Ich denke, dieser Irre legt sich einfach irgendwo auf die Lauer und knallt dann ein Zufallsopfer ab.«

»Dieser Meinung sind auch unsere Kollegen«, pflichtete ihm die treue Seele am anderen Ende der Mobilfunkverbindung bei. »So makaber es auch klingen mag, Chef, aber dieser Umstand hat auch etwas Gutes, denn dadurch muss sich wenigstens niemand in Ihrer Familie mehr Sorgen machen.«

»Das sehe ich genau wie du, Flocke«, stimmte Tannenberg zu. »Worauf konzentriert sich eigentlich der neue Leiter des K 1 bei seiner Ermittlungsarbeit?«, frotzelte er.

Obwohl Wolfram Tannenberg nach außen hin den Coolen mimte, der vorgab, sogar stolz darauf zu sein, dem allseits verhassten Oberstaatsanwalt das Nasenbein gebrochen zu haben, konnte und wollte er sich in seinem tiefsten Innern nicht damit abfinden, dass ihn sein Erzfeind auf das Abstellgleis verfrachtet hatte.

Nach reiflicher Überlegung hatte er sich dazu entschlossen, das Feld nicht kampflos zu räumen und alle juristischen Möglichkeiten gegen seine drohende Entlassung aus dem Polizeidienst auszuschöpfen.

Nach seiner Einschätzung standen die Chancen dabei gar nicht mal so schlecht, schließlich konnte er sich auf eine emotionale Ausnahmesituation berufen, in der ihn Dr. Hollerbach vorsätzlich provoziert hatte.

Den tätlichen Angriff auf den Oberstaatsanwalt konnten seine Vorgesetzten oder auch ein Richter durchaus als Affekthandlung bewerten. Sowohl der Kriminaldirektor als auch der Polizeipräsident hatten ihm in der Vergangenheit stets die Stange gehalten, wenn Dr. Hollerbach versucht hatte, ihn anzuschwärzen.

Bezüglich der drohenden dienstrechtlichen Konsequenzen konnte Tannenberg möglicherweise auf eine Abmahnung oder eine andere, weniger gravierende Disziplinarmaßnahme als die einer fristlosen Entlassung aus dem Polizeidienst hoffen.

Die straf- beziehungsweise zivilrechtliche Dimension seines Fehlverhaltens würde er mithilfe eines sehr guten Anwaltes auch irgendwie bewältigen können, hoffte er. Qualifizierte Anwälte kannte er ja zum Glück einige.

»Auf Hohl-Hohl-Hollerbachs Anweisung hin konzentriert sich Michael auf den Personenkreis, der aufgrund einer Spezialausbildung in der Lage ist, solche Präzisionsschüsse abzugeben«, zerschnitt Petra Flockerzie die Gedanken ihres suspendierten Vorgesetzten. »Also Elitesoldaten, Spezialkräfte und …«

»Und das kann sehr lange dauern«, vollendete Tannenberg. »Diese Zeit haben wir aber leider nicht«, fügte er frustriert hinzu. »Dieser Irre sitzt vielleicht gerade jetzt wieder irgendwo im Wald auf einem Hochsitz und …«

Nun wurde er seinerseits unterbrochen. »Vorhin haben sie im Radio gemeldet, dass im Kreis Kaiserslautern Hochsitze abgesägt wurden«, warf Margot ein. »Vor allem diejenigen, die in der Nähe von Straßen stehen. Hast du das auch schon gehört?«

»Nein, das habe ich noch nicht gehört, Mutter. Aber es wundert mich nicht, angesichts der unverantwortlichen Panik, die die Presse in der Bevölkerung schürt. Da traut sich ja bald keiner mehr, mit dem Auto durch ein Waldgebiet zu fahren.«

»Also, ich kann es den Leuten wirklich nicht verdenken, Chef«, meinte die Sekretärin. »Ich bewerte die Arbeit der Presse auch nicht ganz so negativ wie Sie, Chef. Vielleicht führt die enorme Medienresonanz ja zu einem entscheidenden Hinweis der Bevölkerung auf den Täter, damit wir ihm endlich auf die Spur kommen. Dieser skrupellose Verbrecher ist ja wohl auch nur ein Mensch mit Haut und Knochen und kein unsichtbares Phantom.«

»Okay, Flocke, du hast recht, Dann wollen wir mal hoffen, dass dieser Medienrummel etwas bringt«, entgegnete Tannenberg. »Vielleicht haben wir ja mal wieder Glück und der berühmte Kommissar Zufall greift uns hilfreich unter die Arme. Hast du sonst noch etwas Neues für mich?«

»Nein, Chef, leider nicht.«

Entgegen sonstiger Gewohnheit hatte der Senior der Familie sich mit einem Geschirrhandtuch bewaffnet und trocknete nun Teller und Besteck ab. Schmunzelnd ließ Margot den ungewohnten Aktionismus ihres Ehemanns geschehen.

»Viel können deine Kollegen zu diesem frühen Zeitpunkt auch noch nicht haben, Wolfram«, bemerkte Jacob, während er das Geschirr einräumte. »Die können schließlich den Mörder nicht herbeihexen.«

Tannenberg seufzte. »Tja, das wäre wirklich zu schön.«

»Denk dran, dass du um 15 Uhr den Termin beim Pfarrer und danach den im Bestattungsinstitut hast«, sagte Jacob.

»Soll ich nicht doch mitkommen, Wolfi?«, fragte seine Mutter mit besorgtem Gesichtsausdruck. »Zusammen ist der Schmerz leichter zu ertragen als ganz allein.«

Tannenberg schloss die Augen und schüttelte den Kopf. »Nein, danke, Mutter, da gehe ich schon alleine hin.«

Mehr konnte er nicht mehr sagen, denn der Gedanke an die Beerdigung am Dienstagmorgen schnürte ihm die Kehle zu. Er stemmte sich in die Höhe und verzog sich in seine Wohnung. Kurt folgte ihm auf dem Fuße.

Er hatte kaum die Tür ins Schloss gedrückt, als ihn die Trauer um seine über alles geliebte Partnerin, baldige Ehefrau und Mutter seines ungeborenen Kindes wie eine Lawine überrollte.

Der Dielenfußboden schien zu wanken und die Wände drohten auf ihn einzustürzen. Taumelnd schaffte er es gerade noch auf seine Wohnzimmercouch, wo er schluchzend zusammenbrach. Wimmernd lag er auf dem Bauch, sein Kopf war in einem großen Kissen vergraben, seine linke Hand berührte schlaff den Boden.

Tannenberg bemerkte nicht, dass Kurt minutenlang seine Hand und seinen Unterarm ableckte. Erst als ihm die bärenartige Genmischung aus Langhaarschäferhund und Leonberger die nasse, kalte Hundeschnauze in die Wange rammte, reagierte sein Herrchen endlich.

Ähnlich einem Schiffbrüchigen, der sich verzweifelt an einen Rettungsring klammert, schlang er seine Arme um Kurts Hals und zog ihn zu sich herunter. Der massige Hundekopf auf seinem Oberkörper wog tonnenschwer, aber die Wärme und Nähe des anhänglichen Familienhundes war genau das, was Tannenberg in diesem Moment brauchte.

»Wenn ich dich nicht hätte«, schniefte er.

Kurt jaulte auf und zog die riesige Zunge über Tannenbergs Kinn. Das belebte den suspendierten Leiter des K 1 schlagartig.

»Bäh, Kurt, du stinkst ja aus dem Maul wie eine Jauchegrube«, stieß er angewidert aus.

Tannenberg richtete sich auf, schleppte sich in Bad und wusch sich ausgiebig die Hände und das Gesicht. Anschließend schaufelte er sich einige Ladungen eiskaltes Wasser ins Gesicht und trocknete sich prustend ab. Danach ging er in sein Arbeitszimmer und setzte sich an den Schreibtisch. Er fertigte bunte Pappkärtchen mit den bisherigen, allerdings eher recht spärlichen, Ermittlungsergebnissen an und pinnte sie an die Wand. Nun sah es in seinem Arbeitszimmer fast so aus wie in seinem verwaisten Dienstzimmer im K 1.

Johannas Beisetzung lag Tannenberg seit Tagen wie ein kiloschwerer Pflasterstein im Magen. Wie angekündigt, nahm er den Termin bei dem zuständigen Gemeindepfarrer allein wahr und plante zusammen mit dem evangelischen Geistlichen den Ablauf des Trauergottesdienstes und der Beerdigung.

Auf seine Bitte hin sollte der Trauergottesdienst so kurz und schlicht wie möglich gestaltet werden. Als ihn der Pfarrer fragte, ob ein besonderes Musikstück, zum Beispiel das Lieblingslied der Verstorbenen, eingespielt werden sollte, dachte er spontan an »Somewhere over the rainbow«, das Lied, das die beiden, unmittelbar nachdem er feierlich um Johannas Hand angehalten hatte, gemeinsam angehört und mitgesungen hatten.

Doch bereits nach kurzer Bedenkzeit verwarf er diese Idee, denn er war sich sicher, dass er solch eine aufgeladene emotionale Stimmung nicht ertragen würde. Nachdem auch diese Frage geklärt war, informierte ihn der Geistliche über die obligatorischen kirchlichen Rituale.

Wolfram Tannenberg akzeptierte alles kritiklos. Und das, obwohl er seit vielen Jahren ein durchaus angespanntes Verhältnis zur Amtskirche hegte. Mit der Existenz Gott hatte er dagegen nicht die geringsten Probleme. Ja, er führte sogar des Öfteren Zwiegespräche mit ihm und wandte sich manchmal Hilfe suchend an ihn, wenn er verzweifelt war und nicht mehr weiterwusste, was auch schon vor den jüngsten dramatischen Ereignissen ab und an vorgekommen war.

Nicht selten lud er seinen Zorn bei Gott ab oder beschimpfte ihn angesichts des unerträglichen Leids und Elends, das er auf der Erde geschehen ließ. Er hatte ihn schon ein paarmal zu Weizenbier und Mirabellenschnaps eingeladen, aber der große Meister war bisher seiner Einladung leider nicht gefolgt.

Weshalb die meisten Menschen einen weltlichen Mittler zwischen sich und Gott benötigten, hatte Tannenberg noch nie recht verstanden. Und wozu es verschiedener Religionen bedurfte, konnte er ebenso wenig nachvollziehen. Wahrscheinlich nur, damit die Menschen einen Grund hatten, sich gegenseitig die Köpfe einzuschlagen, erklärte er sich dieses Phänomen.

Bis vor einigen Wochen hätte er nicht einmal im Traum daran gedacht, dass er Johanna einmal kirchlich heiraten würde. Aber gleich nach seinem Heiratsantrag hatte ihm seine Auserwählte deutlich gemacht, wie wichtig ihr eine traditionelle kirchliche Trauung mit allem dazugehörigen Pipapo war.

Also war ihm nichts anderes übrig geblieben, als sich mit dieser Vorgabe zu arrangieren. Obwohl er mit Johanna nie über die konkrete Ausgestaltung der eigenen Beerdigung gesprochen hatte, folgte für ihn aus Johannas Wunsch nach einer kirchlichen Trauungszeremonie zwingend, dass sie auch mit einem religiösen Ritual bestattet werden wollte.

Er für seinen Teil hatte schon vor langer Zeit Dr. Schönthaler die Aufgabe übertragen, seine Beisetzung zu organisieren. Tannenberg wollte mitten im Pfälzer Wald in einem Ruheforst beerdigt werden. Zu diesem Anlass sollte Led Zeppelin, am besten in der Originalbesetzung, an seinem Grab »Stairway to heaven« spielen. Darüber hinausgehende Wünsche besaß er keine.

Allerdings hatte er seinem Freund das Versprechen abgetrotzt, dass der Pathologe keine einzige Zelle seiner sterblichen Überreste in Formalin einlegen und deponieren dürfe. Die Vorstellung, dass nach seinem Ableben eines seiner Körperbestandteile als formalinfixiertes Material auf Dr. Schönthalers Schreibtisch landen würde, war selbst ihm ein wenig zu bizarr.

Nach dem halbstündigen Gespräch mit dem evangelischen Gemeindepfarrer fühlte sich Tannenberg wie ein ausgedrückter Schwamm. Sein Kopf war völlig leer, und er bewegte sich wie in Trance durch die Straßen. Mit mechanischen Schritten schleppte er sich in die Innenstadt.

Unmittelbar vor der Eingangstür eines alteingesessenen Kaiserslauterer Bestattungsinstituts vibrierte sein Smartphone in der Hosentasche. ›Leichenschinder ruft an‹, leuchtete ihm auf dem Display entgegen.

Na, das passt ja mal wieder genau, dachte Tannenberg und drückte die grüne Taste.

»Wolf, ich muss dich unbedingt sofort sprechen«, tönte ihm die erregte Stimme des Rechtsmediziners aus der Hörmuschel entgegen.

»Das tust du doch gerade«, entgegnete der suspendierte Leiter des K 1.

»Nicht am Telefon.«

»Ich hab jetzt keine Zeit.«

»Es ist wirklich dringend«, bettelte Tannenbergs Freund.

»Dann sag's mir halt.«

»Nein«, blaffte Dr. Schönthaler. »Wo bist du gerade?«

Sichtlich genervt von der Penetranz des Anrufers teilte ihm Tannenberg seinen momentanen Aufenthaltsort mit. Der Rechtsmediziner versprach, gleich bei ihm zu sein. Nach gefühlten zehn Minuten knatterte Dr. Schönthalers laubfroschgrüner 2 CV 6 in extremer Schräglage um die Kurve. Direkt vor dem Bestattungsinstitut bremste Rainer Schönthaler seine Ente scharf ab und parkte im absoluten Halteverbot.

»Was ist denn los? Warum machst du solch einen Aufstand?«, fragte Tannenberg mit mürrischem Gesichtsausdruck.

Der Rechtsmediziner stand nun seinem besten Freund Aug in Aug gegenüber. Er setzte eine bedeutungsschwere Miene auf, wartete, bis ein junges Pärchen die beiden passiert hatte, und ging noch einen halben Schritt auf Tannenberg zu.

»Ich hatte dir doch gesagt, dass ich es nicht übers Herz bringe, Hanne zu …«, flüsterte er. »Verdammt, ich bring's noch nicht mal über die Lippen.«

Verlegen zupfte der Forensiker an seiner Fliege herum und versuchte diese gerade zu richten. Dann räusperte er sich lang gezogen. »Wie du weißt, hatte ich einen Kollegen darum gebeten.« Er machte keine Anstalten, weiterzusprechen, und kickte einen Zigarettenstummel in Richtung des Rinnsteins.

»Und?«, hakte Tannenberg nach.

Sein bester Freund atmete schwer, ließ dann aber endlich die Katze aus dem Sack. »Ich habe einige Zeit damit gerungen, ob ich es dir antun kann. Aber mich schließlich doch dazu entschieden, es zu tun. Auch wenn das, was ich dir jetzt mitteilen werde, sehr wehtun wird.«

»Was kann mir denn noch mehr wehtun, als das, was schon geschehen ist?«, murmelte Tannenberg. Ein Stromschlag peitschte durch seinen Körper.

»Ist … ist etwas mit meiner Familie passiert?«, stammelte er. »Mit Marieke oder Paul oder Emma oder …?«, schob er mit bebender Stimme nach.

»Nein, nein, Wolf, mit denen ist alles okay«, sagte sein Gegenüber und ergänzte kleinlaut: »Soviel ich weiß. Aber mach dir keine unnötigen Sorgen, denn nach dem zweiten Mordanschlag dürften wir die Hypothese, dass der Täter es auf deine Familie abgesehen haben könnte, wohl getrost ins Reich der Fantasie verdammen.« Ein erneutes Räuspern. »Nein, es geht um Johanna.«

Tannenberg zog die Brauen so eng zusammen, dass sich

über der Nasenwurzel zwei tiefe, senkrechte Falten bildeten. »Was ist mit ihr?«

»Johanna war schwanger.«

Wolfram Tannenbergs Kinn sank auf sein Brustbein nieder. »Das weiß ich bereits, Rainer«, erwiderte er. »Hanne hat es Mutter unmittelbar vor dem Anschlag erzählt.«

Er saugte die Spucke in seinem Mund zusammen, konnte aber trotzdem nur mühevoll schlucken. »Hanne hatte es erst kurz zuvor von ihrem Arzt erfahren und wollte mich nach ihrer Rückkehr mit dieser freudigen Nachricht überraschen«, erläuterte er.

Dr. Schönthaler nickte stumm.

»Freudige Nachricht«, wiederholte Tannenberg und wiegte den Kopf hin und her. »Wahnsinn. Was für ein Wahnsinn.«

Seine Mundwinkel zuckten und Tränen schossen ihm in die Augen. Er kramte ein Taschentuch hervor und schnäuzte sich die Nase. Dabei wandte er seinem Gegenüber den Rücken zu.

Doch er drehte sich gleich wieder zu ihm um, denn die Schaufensterauslage des Bestattungsunternehmens mit den aufgestellten Urnen, dem Sargkatalog und den Fotos diverser Blumenarrangements deprimierte ihn noch mehr.

»Du armer Sack musst jetzt hier reingehen, was?«, fragte Dr. Schönthaler, obwohl die Antwort auf der Hand lag.

Tannenberg seufzte und nickte mit leidender Miene. »Das Geschwafel von diesem Pfaffen vorhin war schon schlimm genug, aber nun auch noch einen Sarg aussuchen …«

Wortlos legte ihm Dr. Schönthaler eine Hand auf die Schulter und schob ihn durch die Tür ins Innere des Bestattungsinstituts. Er war der Überzeugung, dass er Tannenberg diesen Freundschaftsdienst schuldig war.

Wolfram Tannenberg war ihm ausgesprochen dankbar dafür und wehrte sich weder gegen seine Begleitung noch dagegen, dass er die Gesprächsführung übernahm. Johanna von Hohenecks Lebensgefährte musste nur ab und an nicken oder den Kopf schütteln und am Ende die Formulare unterschreiben.

Dr. Schönthaler kannte seinen alten Freund so gut, dass er ziemlich treffsicher Tannenbergs Vorstellungen von einer ebenso feierlichen wie schlichten Beisetzung darlegen konnte.

Zum Beispiel wusste er ganz genau, dass sein Freund den sogenannten Leichenimbiss zutiefst verabscheute und dieser somit aus der Planung der Beerdigung herausfiel. Nach der Beisetzung würden sich die Familienmitglieder und die engsten Freunde in das Haus in der Beethovenstraße zurückziehen und dort in aller Stille Johanna von Hoheneck gedenken.

Auf eine Traueranzeige in der Lokalpresse wurde aus zweierlei Gründen verzichtet: Zum einen hofften die Trauernden, auf diese Weise die Pressemeute von der Bestattung fernzuhalten, und zum anderen sollte die Beisetzung nur im engsten Kreis stattfinden. Johannas Freundinnen und Arbeitskollegen sollten später informiert werden.

Tannenberg hoffte, dass sie Verständnis für den Wunsch der Familie nach Abgeschiedenheit und stiller Trauer hatten – und falls nicht, war ihm das auch egal.

21

In diesem Jahr machte das Aprilwetter seinem Namen wieder einmal alle Ehre. Nach dem Unwetter, das ein paar Tage zuvor südlich von Kaiserslautern schwere Schäden angerichtet hatte, hatte sich ein Nordmeertief mit polarer Kaltluft auf den Weg in die Pfalz gemacht und der Region einen für diese Jahreszeit ungewöhnlich heftigen Wintereinbruch beschert. Seit dem späten Montagabend rieselten fette nasse Schneeflocken auf die frischbelaubten Äste der Sträucher und Bäume und erdrückten sie mit ihrer schweren Last.

Victor parkte seinen zu einem Betriebsfahrzeug der pfälzischen Schornsteinfegerinnung verwandelten Kastenwagen so, dass er die Umgebung bestens im Blick hatte. Nachdem er sich nach allen Seiten umgeschaut hatte, nahm er eine silberfarbene Pistole aus dem Handschuhfach und steckte sie in seinen Hosenbund. Als das kalte Metall des Pistolenlaufs seine Gesäßhaut berührte, zuckte er unwillkürlich zusammen.

»Scheißkälte«, zischte er in Anbetracht der Witterungsverhältnisse, die ihn im Freien erwarteten.

Für seine kleine Exkursion benötigte er die vorbereitete Schornsteinfegermontur noch nicht. Deshalb ließ er sie im Auto zurück und stapfte mit einer braunen Lederjacke, Buffalo-Boots und Jeans bekleidet wie ein Storch durch den knöchelhohen Nassschnee.

Obwohl er Regenschirme aus Prinzip hasste, da sie seiner Meinung nach nur von Weicheiern und Warmduschern benutzt wurden, spannte er den alten Knirps seiner Mutter auf, den er zu Hause in einer Truhe gefunden hatte.

Zum Glück sehen mich jetzt meine ehemaligen Kameraden nicht, die würden sich bei diesem Anblick glatt todlachen, sinnierte er. Ein Kampfeinsatz mit Elitesoldaten, die sich mit Regenschirmen vor der Witterung schützen. Bei diesem Gedanken musste er unwillkürlich lächeln. Einfach undenkbar so etwas! Grunzend schüttelte er den Kopf.

Aber im zivilen Leben bietet solch ein Ding schon gewisse Vorteile. Nicht nur, dass man von oben her nicht nass wird, man kann einen Regenschirm zum Beispiel auch als Sichtschutz verwenden oder als Schlagwaffe oder als …

Weitere Verwendungsmöglichkeiten fielen ihm momentan nicht mehr ein. Er warf einen Blick auf seine Armbanduhr.

Bis zu meinem nächsten Auftritt habe ich noch genügend Zeit. Diese Zeit werde ich für einen kleinen Spaziergang nutzen, entschied er.

»Wie immer alles perfekt geplant und getimt, Victor!«, prahlte er und klopfte sich dabei auf die Schulter.

»Wenn nur alle deine Kameraden deine Fähigkeiten besäßen«, rezitierte er ein Lob seines letzten Kommandeurs.

*

In der Nacht vor Johannas Beisetzung fand Tannenberg keinen Schlaf. Sobald ihm vor Müdigkeit die Augen zufielen, projizierte ihm sein pulsierendes Gehirn wie in einem Kaleidoskop Szenen aus den gemeinsamen Jahren auf seine innere Leinwand.

Merkwürdigerweise mischten sich zwischen diese Sequenzen immer wieder Blitzlichterinnerungen an seine schon lange verstorbene erste Ehefrau Lea, die ihn emotional zutiefst bewegten.

Irgendwann in den frühen Morgenstunden konnte er diese

schmerzlichen Erinnerungsschübe nicht mehr ertragen und flüchtete aus seinem durchwühlten Nachtlager in die Küche.

Dort entnahm er dem Kühlschrank eine Flasche Kristallweizen, schenkte sich ein und trank mit einem Zug das halbe Glas leer. Er stützte sein stoppeliges Kinn auf die Handflächen und beobachtete mit leerem Blick den Bierschaum, der immer mehr in sich zusammensackte.

Warum hat es einfach nicht sollen sein?, zermarterte er sich das Hirn. Was, du Scheißgott, habe ich dir nur angetan, dass du mich so brutal und unbarmherzig bestrafen musstest? Zweimal hast du mir das Herz aus dem Leib gerissen und mir das Liebste genommen, was ich hatte.

In meinem ganzen Leben habe ich nur zwei Frauen wahnsinnig intensiv geliebt, ja regelrecht vergöttert habe ich sie. Beide waren wunderbare Frauen, obwohl sie sich in ihrem Aussehen und ihrer Persönlichkeit ziemlich voneinander unterschieden.

Mit jeder dieser beiden Traumfrauen wollte ich Kinder haben. Gemeinsam mit ihnen wollte ich steinalt werden. Lea hast du mir durch eine grausame Krankheit genommen – und Hanne durch einen Mordanschlag. Warum, du verfluchter Scheißgott, hast du das gemacht? Ich habe dir doch nichts getan! Warum muss ich so leiden?

Doch auch diesmal bekam er keine Antwort.

Um wach zu werden, brauste er sich minutenlang mit kaltem Wasser ab. Trotzdem kannte der Badezimmerspiegel kein Erbarmen: Die Gestalt, die ihn da mit hängenden Mundwinkeln und leerem Blick anstarrte, hatte dunkel umschattete Ringe um die rotgeäderten Augen und eingefallene Wangen, auf denen graumelierte Bartstoppeln sprossen. Seine fahle, wächserne Gesichtshaut unterschied sich kaum von den zartbeigen Wandfliesen, mit denen Tannenbergs Bad seit Urzeiten gekachelt war. Angewidert von seinem Ebenbild hängte er das Handtuch, mit dem er sich kurz zuvor abgetrocknet hatte, über den Spiegel.

An diesem Morgen rasierte er sich ausnahmsweise nicht nass, sondern mit seinem alten Elektrorasierer. Danach schlüpfte er in die bereits zurechtgelegte Trauerkleidung und trottete anschließend hinunter in die elterliche Wohnung, wo ihn bereits seine Familie und Dr. Schönthaler erwarteten.

Beim Frühstück brachte er keinen Bissen hinunter und trank lediglich zwei große Tassen Kaffee. Mit Heiners Van und Mariekes Golf fuhr die Trauergesellschaft über die Barbarossa- und die Donnersbergstraße zum städtischen Hauptfriedhof.

»Gott sei Dank ist keiner der Pressegeier da«, stieß Tannenberg erleichtert aus, denn er hatte auf dem weitläufigen Parkplatzgelände lediglich seine Kollegen und deren Autos entdeckt.

Außer ihnen wusste auch niemand etwas von dem anberaumten Bestattungstermin. Johanna von Hoheneck hatte keine engere Verwandtschaft, nur in den USA lebte eine Tante, zu der sie aber seit Jahren keinen Kontakt mehr pflegte.

Nach einer knappen, stummen Begrüßung betraten die Trauerenden die Leichenhalle. Der Anblick des bewusst dezent geschmückten Sarges schnürte Tannenberg die Kehle zu. Er hatte Angst zu ersticken und lockerte den Krawattenknoten, während er sich matt auf einen der Stühle in der ersten Reihe niedersinken ließ.

Der Geistliche hielt sich an die Absprache und zelebrierte eine kurze und schlichte Trauerzeremonie. Als der Sarg an den Trauernden vorbeigeschoben wurde und Tannenberg sich erhob, um ihm als Erster zu folgen, überrollte ihn der Schmerz über den Verlust seiner geliebten Frau wie eine Lawine.

Er konnte sich kaum aufrichten, seine Knie zitterten. Mit der Schuhspitze blieb er an einem Eck der Holzbank hängen, stolperte und wankte bedrohlich. Heiner und Dr. Schönthaler griffen ihm gerade noch rechtzeitig unter die Achseln und stützten ihn.

Draußen an der frischen, eiskalten Luft ging es ihm wieder ein bisschen besser. Es schneite noch immer heftig. Der geteerte Weg hinüber zum Waldfriedhof war offensichtlich kurz zuvor von einer Kehrmaschine freigeräumt und zudem gestreut worden, denn auf der nassen, salzigen Asphaltdecke schmolzen die dicken Nassschneeflocken in Sekundenschnelle. Auf den Schirmen der Trauergäste dagegen blieben sie eine Weile liegen, bevor auch sie ihre Farbe und Form verloren und als glasige Regentropfen über die Schirmränder hinwegperlten.

Auf dem weitläufigen Friedhofsgelände hatte der überraschende Wintereinbruch die schon auf Frühling eingestellte Flora und Fauna regelrecht in eine Schockstarre versetzt. Die zentimeterdicke Schneeschicht hatte den Gräbern eine schwere, weiße Decke übergestülpt und die Blütenpracht der frisch eingepflanzten Vergissmeinnicht, Stiefmütterchen, Hornveilchen, Tulpen und Ranunkeln erstickt.

Die ganze Zeit über zeigte sich weder ein Eichhörnchen noch konnte man einen Singvogel zwitschern hören, nur ab und an krächzte ein Eichelhäher. Der Verkehrslärm aus Richtung der Mannheimer- und Donnersbergstraße drang merklich gedämpft an die Ohren der Trauergäste.

Die stille, feierliche Prozession folgte der freigeräumten schnurgeraden Teerstraße bis unmittelbar zu einem hohen Maschendrahtzaun, der den Waldfriedhof von dem im Osten angrenzenden amerikanischen Militärgelände abtrennte.

An dieser Stelle bog der Weg im 90-Grad-Winkel nach Norden ab, und der nassschwarze Asphaltstreifen geleitete die Trauergemeinde wie mit einem Leitstrahl eine kleine Anhöhe hinauf, wo Johanna von Hoheneck im Familiengrab der Tannenbergs ihre letzte Ruhestätte finden sollte.

Obwohl sie nicht den Nachnamen der seit mehreren Generationen in dieser Grabanlage beigesetzten Familienangehörigen trug, war es für alle eine Selbstverständlichkeit, dass Johanna hier beerdigt werden würde. An dieser Regelung hatte keine Sekunde lang irgendein Zweifel bestanden, es wurde auch kein einziges Wort über eine Alternative verloren.

Das Grab befand sich unter riesigen frischbelaubten Buchen, von deren schwer beladenen Ästen sich ab und an Schneefetzen lösten. Die gestern aufgeworfene Erde und die zur Seite geräumte Marmorplatte waren ebenfalls mit einer mehrere Zentimeter dicken Nassschneeschicht bedeckt.

Mit einem Abstand von ein paar Metern versammelten sich die Trauergäste im Halbkreis um das offene Grab, der Pfarrer postierte sich direkt davor. Tannenberg warf einen kurzen Blick auf die Sargträger, die sich inzwischen neben dem offenen Grab aufgepflanzt hatten, um den Holzsarg auf ein Nicken des Pfarrers hin in das Erdloch hinabzulassen.

Dabei bemerkte er im rechten Augenwinkel einen Mann, der in der nächsten Reihe an einem Grab niederkniete. Reflexartig schaute er in diese Richtung. In der linken Hand hielt der Mann einen Regenschirm, mit der rechten befreite er vorsichtig Blumen von ihrem eisigen Panzer.

Der junge Mann schien erst jetzt die Trauerprozession bemerkt zu haben. Daraufhin unterbrach er seine Tätigkeit und erhob sich pietätvoll. Ohne dem Friedhofsbesucher weitere Beachtung zu schenken, stierte Tannenberg mit versteinertem Blick in das offene Grab.

Dr. Schönthaler dagegen musterte den ungebetenen Zaungast argwöhnisch.

Los, Junge, zieh Leine! Wir wollen dich bei dieser intimen Zeremonie nicht dabeihaben, schimpfte der Rechtsmediziner in Gedanken. Bist du vielleicht ein verkleideter Journalist oder ein Fotograf, der die emotionalen Reaktionen der Trauernden mit Schnappschüssen festhalten und die Traueransprache belauschen will?

Einen Moment lang war er versucht, den Mann zur Rede zu stellen und zu verscheuchen, doch gleich darauf korrigierte er sein Vorhaben.

Na ja, wahrscheinlich ist der junge Mann völlig harmlos. Vielleicht ist er von weither angereist, um das Grab seiner Eltern zu pflegen, und muss gleich wieder weg. Ist eigentlich eher nett von ihm, dass er den Anstand besitzt, während der Beisetzung nicht weiterzuarbeiten.

*

Welch ein geiler Anblick, freute sich Victor im Stillen. Da steht diese Scheißbande fast zum Greifen nah vor mir – oder zum Erschießen. Zwölf Kugeln sind im Magazin. Die würden reichen …

Er spannte die Gesäßmuskeln an und vergewisserte sich so, dass sich seine Waffe noch am richtigen Ort befand. Durch die kleine Positionsveränderung der Pistole spürte er ein Stück des kalten Metalls, das nicht von seiner Haut erwärmt worden war. Ein wohliger Schauer rieselte seinen muskulösen Rücken hinab.

Die wichtigsten Mitglieder dieser Scheißfamilie sind erschienen, nur die beiden süßen kleinen Fratze sind leider nicht mitgekommen, bedauerte er. Schade, wirklich schade. Obwohl, eigentlich hätte ich mir das denken können, schließlich ist eine Beerdigung kein Kindergeburtstag. Klasse Spruch, lobte er sich selbst.

Er hatte seine liebe Mühe, einen spontanen Heiterkeitsausbruch zu unterdrücken. Aber diese Selbstdisziplin war dringend geboten, denn er musste weiter den pietätvollen Friedhofsbesucher mimen, der völlig überraschend von der Trauerprozession bei der liebevollen Pflege der letzten Ruhestätte seiner Angehörigen gestört wurde.

Gestern Morgen hatte er auf der Website des städtischen Friedhofsamtes Johanna von Hohenecks Bestattungstermin erfahren. Bei dieser Gelegenheit hatte er sich den Lageplan der Grabstätten ausgedruckt und die interessante Stelle mit einem roten Totenkopf markiert.

Mit dieser wertvollen Information war er nach Kaiserslautern zum Friedhofsparkplatz in der Mannheimer Straße gefahren, hatte das Grab auf dem Waldfriedhof aufgesucht und in aller Ruhe seine Vorbereitungen getroffen.

Dazu hatte auch gehört, dass er in der Friedhofsgärtnerei einige Topfblumen und zwei kleine Koniferen gekauft und sie auf einem in unmittelbarer Nähe von Tannenbergs Familiengrab gelegenen, völlig verwahrlosten Grab eingepflanzt hatte.

Seine Wahl war auf das Einzelgrab einer Frau namens Hermine Kling gefallen, die bereits vor gut 20 Jahren beigesetzt worden war. So konnte er mit hoher Wahrscheinlichkeit davon ausgehen, bei Johanna von Hohenecks Beisetzung nicht von einem Familienangehörigen der besagten Frau Kling gestört zu werden.

Eben habe ich dir Scheißkerl zum ersten Mal in meinem Leben direkt in die Augen geschaut, dachte Victor. Und ich habe deinem Blick standgehalten!

Er presste die Zähne so fest aufeinander, dass sie knirschten.

Mein Hass auf dich ist so grenzenlos, dass ich dich am liebsten auf der Stelle töten würde. Verdient hättest du es allemal.

Victor verlagerte sein Körpergewicht auf das andere Bein und legte seine rechte Hand um den Pistolengriff.

Einfach Wahnsinn, welche Handlungsmöglichkeiten einem solch eine Waffe eröffnet. Und welche Macht man damit besitzt. Die Macht über Leben und Tod. Wenn ich wollte, könnte ich dir Scheißkerl jetzt ganz schnell das Licht ausblasen. Aber dein Tod wäre eine viel zu milde Strafe für dich.

Victor schaute kurz auf seine Armbanduhr, dann fixierte er wieder Tannenbergs Gesicht, von dem er nur das Halbprofil sah, mit vernichtendem Blick.

Nein, ich töte dich jetzt nicht, denn der Tod wäre geradezu eine Erlösung für dich, redete Victor weiter mit sich selbst. Aber eine Erlösung hast du nicht verdient, du nicht! Bis zu deinem Lebensende sollst du leiden, leiden wie ein Hund, leiden wie ein räudiger Straßenköter.

Gerade in diesem Moment hoffst du vielleicht, dass deine Leidens- und Schmerzenszeit bald vorüber sein wird. Aber da täuschst du dich, und zwar gewaltig. Deine Leidens- und Schmerzenszeit hat erst begonnen, das verspreche ich dir. Du wirst noch viel mehr leiden müssen.

Du weißt es nur noch nicht, aber du bist eine ganz, ganz arme Sau, denn ich werde dich bis aufs Blut quälen. Du wirst so lange leiden, bis du all die Schmerzen getilgt hast, die du meiner Mutter und mir zugefügt hast. Und das wird sehr, sehr lange dauern, vielleicht sogar eine kleine Ewigkeit.

Nach einer kurzen Ansprache bat der Pfarrer die Trauergemeinde, gemeinsam mit ihm das Vaterunser zu beten. Victor beteiligte sich tonlos und bekreuzigte sich. Mit einer Kopfbewegung forderte der Geistliche die Sargträger auf, den Holzsarg ins Grab hinabzulassen. Als dies vollbracht war, wandte er sich wieder den Trauernden zu und zitierte in salbungsvollem Ton einen Bibeltext: »Gott hat den Tod nicht gemacht und hat keine Freude am Untergang der Lebenden. Zum Dasein hat er alles geschaffen. Die Toren sagen in ihrem falschen Denken untereinander: ›Kurz und traurig ist unser Leben; für das Ende des Menschen gibt es keine Arznei, und man kennt keinen, der aus der Welt des Todes befreit.

Durch Zufall sind wir geworden, und danach werden wir sein, als wären wir nie gewesen. Unser Name wird bald vergessen, niemand denkt mehr an unsere Taten. So denken sie, aber sie irren sich. Sie verstehen von Gottes Geheimnissen nichts.

Gott hat den Menschen zur Unvergänglichkeit erschaffen und ihn zum Bild seines eigenen Wesens gemacht. Die Seelen der Gerechten sind in Gottes Hand, und keine Qual kann sie berühren.

In den Augen der Toren sind sie gestorben, ihr Heimgang gilt als Unglück, ihr Scheiden von uns als Vernichtung. Sie aber leben in Frieden. Ihre Hoffnung ist voll Unsterblichkeit. Alle, die auf Gott vertrauen, werden die Wahrheit erkennen, und die Treuen werden bei ihm bleiben in Liebe.«

›Die Seelen der Gerechten sind in Gottes Hand‹, wiederholte Victor im Stillen. Er schniefte ergriffen. So ist es. Nur du, du allmächtiger Schöpfer von Himmel und Erde, hast die Macht, Racheengel wie mich damit zu beauftragen, auf dieser Scheißerde für Gerechtigkeit zu sorgen.

Sein verklärter Blick schwebte von dem Pfarrer hinüber zu Wolfram Tannenberg, der zwischen seinem Bruder und seinem Vater eingekeilt war und mit hängendem Kopf die Worte des Geistlichen vernommen hatte.

Ich kann deine Verzweiflung und deinen Seelenschmerz förmlich riechen – welch ein wunderbarer Duft!, ergötzte sich Victor an diesem Anblick.

Er drehte den Schirm kurz zur Seite, damit man seine hämische Grimasse nicht sehen konnte.

Och, wie süß, jetzt kommen dir auch noch die Kullertränchen, höhnte er, als er Tannenbergs Gefühlsausbruch beobachtete. Genüsslich weidete er sich in Tannenbergs wild zuckendem, aschgrauem Gesicht.

Ach, wie ist es herrlich, diesem Scheißkerl in einer der schlimmsten Stunden seines Lebens so nahe zu sein, seine Verzweiflung hautnah erleben zu können. Mann, habe ich diese Aktion mal wieder perfekt geplant, prahlte er.

Lange hatte ich überlegt, eine Kamera mitlaufen zu lassen. Tja, wenn ich mir dieses geile Szenario hier so anschaue, hätte ich das wirklich tun sollen. Eine kleine Kamera im Schirmgestänge versteckt, das hätte von diesem Trauervolk garantiert niemand bemerkt, so abgelenkt wie die alle sind.

Ich hätte aber auch an einem dieser Bäume eine Webcam anbringen können, so wie in der Beethovenstraße an der Laterne. Das wäre total sicher gewesen, und ich hätte noch nicht einmal hier sein müssen, sondern hätte mir alles zu Hause am PC anschauen können.

Was soll's, für eine Alternative ist es nun eh zu spät. Er seufzte kaum hörbar. Ganz so perfekt bin ich anscheinend manchmal doch nicht. Aber das weiß zum Glück niemand außer mir. Quatsch, so ist es doch viel spannender.

Der Kick, diese ergreifende Show live mitzuerleben, ist

doch viel geiler, als zu Hause am Laptop rumzusitzen und auf den Monitor zu glotzen.

Fast unmerklich wiegte er den Kopf hin und her. Mann, Victor, was bist du nur für ein verrückter Vogel! Ja, ich bin schon irgendwie ein komischer Vogel. Aber auf alle Fälle bin ich keine blöde, friedliche Taube, sondern ein gefährlicher Raubvogel!, stellte er klar.

Seit ein paar Minuten hatte der Schneefall ein wenig nachgelassen. Die Flocken schwebten im Zeitlupentempo auf die schwarzen Hüte und Mäntel der Trauernden und bedeckten sie mit ihrer nassen Pracht. Ab und an klopfte oder schob einer der Trauergäste einem der vor ihm stehenden Angehörigen vorsichtig den Schnee von den Schultern.

»Jesus spricht: Ich bin die Auferstehung und das Leben. Wer an mich glaubt, der wird leben, auch wenn er stirbt«, hörte Victor die sonore Stimme des Pfarrers, die ihn aus seinen abschweifenden Gedanken riss.

Der Geistliche nahm eine kleine Schaufel, die griffbereit in einem frisch aufgeworfenen Erdhügel steckte.

»Von Erde bist du genommen, zu Erde sollst du werden. Erde zu Erde, Asche zu Asche, Staub zu Staub. Unser Herr Jesus Christus möge dich auferwecken am Jüngsten Tag.«

Mit einem satten Geräusch traf die schwere Muttererde unterhalb des Blumenschmucks auf den Sargdeckel.

Soll ich hingehen und ebenfalls eine Schaufel Erde ins Grab werfen?, dachte Victor, nachdem der Letzte der überschaubaren Trauergemeinde seinen Abschiedsgruß im Grab hinterlassen hatte. Es wären nur zehn Schritte. Nein, nein, das wäre eine Provokation und würde mich ziemlich verdächtig erscheinen lassen, verwarf er gleich darauf die verlockende Idee.

Aber dann konnte er der Verlockung doch nicht widerstehen. Nachdem der letzte Trauernde die Begräbnisstätte verlassen hatte, kniete er sich erneut an Hermine Klings Grabstätte nieder und fuhr mit den Pflegearbeiten fort, und zwar so lange, bis auch die Sargträger verschwunden waren.

Nachdem er sich vergewissert hatte, dass sich bei diesen garstigen Witterungsverhältnissen außer ihm niemand mehr auf dem Waldfriedhof befand, stellte er sich vor das frische Grab, spuckte hinein und zischte mit Blick auf das Holzkreuz mit der Inschrift ›Johanna von Hoheneck‹ und den Geburts- und Sterbedaten: »Jetzt bist du endlich da, wo du schon lange hingehörst, du adlige Schlampe.«

Gemächlichen Schrittes schlenderte Victor zu seinem Auto zurück, das er auf dem weitläufigen Parkplatzgelände der 23er-Kaserne gegenüber abgestellt hatte. Von dort aus fuhr er über die Daenner-, die Saling- und die Velmannstraße zur Entersweilerstraße. Dabei überquerte er die Lauter und passierte das stadtbekannte Ausflugslokal Quack.

An der Straßenkreuzung nahm er die Abzweigung in Richtung Hungerbrunnen. Etwa auf halber Strecke verließ er die L 504 und schwenkte in einen Waldweg ein. Als er außer Sichtweite der Landstraße war, hielt er an und verwandelte sich innerhalb kürzester Zeit in einen Schornsteinfeger.

Zum krönenden Abschluss schmierte er sich schwarzgrauen Ruß ins Gesicht sowie an die Hände und Unterarme. Aus purem Übermut schwärzte er die Nasenspitze mit Ruß, verteilte aber gleich darauf die Asche über die Nasenflügel.

Anschließend kehrte er in die Barbarossastadt zurück, wo er im Musikerviertel einen Parkplatz fand. Er nahm den Rucksack auf, in dem er sein in die Einzelteile zerlegtes Präzisionsgewehr versteckt hatte, hängte sich den Schornsteinbesen, der an einer zehn Meter langen, zusammengerollten

Fiberglas-Flexstange befestigt und mit einem 1,6-Kilogramm-Vollgummi-Zuggewicht beschwert war, um und machte sich auf zu seinem neuen Einsatzort.

22

Zu diesem Zeitpunkt hatten sich die Trauergäste in der gemütlichen Wohnküche der Tannenbergs eingefunden. Unmittelbar nach der Beisetzung hatten sich Karl Mertel, Petra Flockerzie sowie Michael und Sabrina Schauß verabschiedet, schließlich hatten sie noch immer die spektakuläre Anschlagsserie aufzuklären, auch wenn die Federführung der Ermittlungsarbeit inzwischen von höchster Stelle an das Landeskriminalamt übertragen worden war.

Dr. Rainer Schönthaler war der einzige verbliebene Trauergast, der nicht mit den anderen Anwesenden blutsverwandt war, trotzdem war es für alle selbstverständlich, dass er an dieser kleinen, stillen Gedenkzeremonie teilnahm.

In der Mitte des feierlich eingedeckten Küchentischs hatte Margot ein gerahmtes Porträtfoto Johanna von Hohenecks aufgestellt, das vorher auf dem Schreibtisch in Tannenbergs Arbeitszimmer gestanden hatte. Tannenbergs Mutter, die ihre potenzielle Schwiegertochter sehr gemocht hatte, hatte um das Foto herum dezenten Blumenschmuck und mehrere brennende Teelichter arrangiert.

Wolfram Tannenberg und sein Vater saßen mit dem Rücken zur Fensterfront, zwischen ihnen der kleine Paul in seinem Hochstuhl. Den dreien gegenüber hatten Heiner, Marieke, Emma und der Rechtsmediziner Platz genommen. Der Stuhl, der an der zur Küchenzeile zugewandten Tischseite stand, war wie immer für Margot reserviert.

Heute Morgen in aller Herrgottsfrühe hatte die Seniorin zuerst Johannas Lieblingskuchen, einen Nusszopf, gebacken und anschließend auf dem Wochenmarkt die Blumen für die Tischdekoration gekauft. Nachdem Margot den Erwachsenen Kaffee und ihren Urenkeln Apfelsaft eingeschenkt hatte, schnitt sie in alter Gewohnheit den Kuchen auf und verteilte ihn auf die Teller.

Doch an diesem winterlichen Dienstagmorgen hatten noch nicht einmal die Kleinen Appetit auf diese Köstlichkeit. Obwohl Emma und Paul nicht an der Beerdigung teilgenommen hatten, spürten auch sie die deprimierende Trauerstimmung.

Selbst Kurt gebärdete sich völlig anders als üblich, als sich die Familie in der Parterreküche zu einer Zusammenkunft eingefunden hatte. Normalerweise legte er sich, nachdem er sich von allen Familienmitgliedern seine Streicheleinheiten abgeholt hatte, in seinem überdimensionierten Hundekorb ab und döste zufrieden vor sich hin. Doch heute wich er seinem geliebten Herrchen nicht einen Millimeter von der Seite, sondern klebte an ihm wie dessen eigener Schatten.

*

Victor ging wie immer hoch konzentriert und professionell zu Werke. Wie bei seinen militärischen Spezialeinsätzen, bei denen es stets um nichts Geringeres als um Leben oder Tod gegangen war, funktionierte er auch bei diesem zivilen Kampfeinsatz perfekt.

Sein Geist war hellwach, seine Sinnesorgane registrierten jede Bewegung und jedes noch so leise Geräusch um ihn herum, jede Muskelfaser seines durchtrainierten Körpers befand sich im Bereitschaftsmodus und wartete auf den Einsatzbefehl.

Victor war nicht pro forma in die Rolle eines Schornsteinfegers geschlüpft, nein, er war nun mit Haut und Haaren ein

Schornsteinfeger, wenn auch einer mit einem ungewöhnlichen Sonderauftrag.

Während er die Mozartstraße in Richtung Eisenbahnstraße entlanglief, scannte er routinemäßig die vorbeifahrenden Autos und die ihm begegnenden Passanten. Aber nirgendwo war nur die Spur eines Polizeibeamten oder eines Streifenwagens zu entdecken.

Kein einziger Bulle weit und breit, freute er sich im Stillen. Es sieht ganz danach aus, als ob mir mein Ablenkungsmanöver gelungen wäre. Diese Vollpfosten haben garantiert ihre Einsatzkräfte auf den Raum Pirmasens/Zweibrücken konzentriert.

Der ehemalige Elitesoldat konnte sich eines kurzen, hämischen Grinsens nicht erwehren.

Weil der heimtückische Hochsitzkiller angekündigt hat, in dieser Gegend gestern, heute oder morgen erneut zuzuschlagen, verspottete Victor seine Häscher. Tja, Jungs, man sollte sich eben immer zuerst die Frage stellen, ob es sich bei einer Information über die geplanten Aktivitäten des Feindes nicht um eine Finte handeln könnte.

Und vor allem sollte man seine Streitmacht nie auf nur eine mögliche Angriffsflanke ausrichten, sonst schlägt der Feind an einer ganz anderen Stelle zu. Selbst ein Oberbulle sollte sich eben ab und an ein wenig mit Strategien der Kriegsführung beschäftigen. Das hat noch niemandem geschadet. Was man dabei lernt, kann man auch im zivilen Leben ziemlich gut gebrauchen.

Das Möbelhaus in der Eisenbahnstraße hatte Victor in den letzten Wochen mehrfach aufgesucht und sich intensiv mit den dortigen Örtlichkeiten vertraut gemacht. Obwohl er nun zum wiederholten Male hier auftauchte, war er sich sicher, dass ihn keiner der Mitarbeiter in seiner Verkleidung erkennen würde.

Er überquerte den ausschließlich über die Weberstraße zugänglichen, nur mit wenigen Fahrzeugen bestückten Kundenparkplatz und betrat das alteingesessene Kaiserslauterer Möbelhaus über den Lieferanteneingang. Falls ihm jetzt jemand über den Weg laufen sollte, würde er freundlich kundtun, dass er von seinem Chef den Auftrag erhalten habe, die Schornsteine des Gebäudes außerplanmäßig einer Abgasmessung zu unterziehen.

Die ganze Zeit über hatte er strikt darauf geachtet, sich nicht zu schnell oder abrupt zu bewegen und sich damit verdächtig zu machen. Diese Vorgehensweise behielt er im Treppenhaus bei, obwohl dieses wie ausgestorben war.

In Sekundenschnelle hatte er das recht primitive Schloss der Zugangstür zum Flachdach aufgebohrt. Nachdem er durch den Türspalt geschlüpft war, drückte er die offene Metalltür vorsichtig zurück in den Rahmen und lehnte sich mit dem Rücken daran. In tiefen Zügen sog er die kalte, feuchte Luft ein und stieß eine graue Dampfwolke aus.

Der erste Schritt zum erfolgreichen Abschluss meines neuen Coups wäre damit schon einmal geschafft, dachte er erleichtert.

Mit schnellen Blicken scannte er das Flachdach ab, das er bislang noch nicht inspiziert hatte. Inzwischen rieselten nur noch vereinzelte Schneeflocken vom Himmel. Hier in der Stadt war der meiste Nassschnee bereits weggeschmolzen, nur an einigen exponierten Stellen der Dachterrasse fanden sich noch schmutzige Schneereste.

Das Flachdach war mit Tonnen loser Kieselsteine belegt, zwischen denen vereinzelte Grasbüschel sattgrüne Farbtupfer setzten. Zahlreiche Lichtkuppeln ragten wie Eiterbeulen aus der marmorierten Kiesfläche hervor. Die beiden Schornsteine bedachte Victor nur mit einem amüsierten

Blick, schließlich war er aus einem ganz anderen Grund hier oben.

Die Dächer der Wohnhäuser in der näheren Umgebung waren alle niedriger als das Dach des Möbelhauses, sodass er aufdringliche Blicke kaum fürchten musste. Trotzdem ließ er Vorsicht walten und huschte in geduckter Körperhaltung zum nördlichen Rand des Daches, das mit einem circa einen Meter hohen Metallgeländer umzäunt war.

Dort legte er sich neben einer Lichtkuppel auf den Bauch und breitete in Windeseile eine Tarndecke über seiner rabenschwarzen Schornsteinfegerbekleidung aus, die er eigens für diese Aktion angefertigt hatte. Nun war er fast nicht mehr von dem Dachbelag zu unterscheiden.

Mit wenigen routinierten Handgriffen baute er sein Scharfschützengewehr zusammen. Plötzlich nahm er schräg hinter sich eine Bewegung war. Er riss zuerst den Kopf und fast zeitgleich das Gewehr herum. Doch es war nur eine aufdringliche Taube, die rechts von ihm landete und nun gurrend und ruckend auf ihn zuschritt.

»Verpiss dich, du Scheißvieh!«, zischte er dem Stadtvogel wütend entgegen.

Als die Taube keinerlei Anstalten machte, wieder zu verschwinden, warf er einen Kieselstein nach ihr. Das zeigte umgehend Wirkung. Victor wartete noch, bis sich sein Pulsschlag normalisiert hatte, dann brachte er seine Waffe in Anschlag.

Das Fadenkreuz des Zielfernrohrs begleitete einen Postboten, der in der Beethovenstraße gerade eine Zeitschrift in einen Briefkasten steckte. Victor legte seinen Finger auf den eiskalten Abzugsbügel. Er saugte die Lippen ein, klemmte sie zwischen die Zähne und ließ sie dann mit einem leisen Knall nach vorn schnellen.

»Peng«, machte er. »Eine winzig kleine Fingerkrümmung, und schon bist du Beamtenarsch mausetot – und musst nie mehr Briefe und Werbebroschüren austragen.«

Victor grinste gehässig. »Na, was hältst du arme Sau davon, wenn ich dich jetzt für alle Zeit von diesem Scheißjob erlöse?«

Der Lauf seiner Waffe schwenkte einige Zentimeter nach rechts zu einem Laternenpfahl. »Ach, was sehen denn da meine staunenden Äuglein?«, sagte er in hoher Stimmlage. »Zwei Webcams.«

Victor brummte und schüttelte den Kopf. »Wer die wohl dort angebracht haben mag? Und vor allem zu welchem Zweck wurden sie ausgerechnet an dieser Stelle platziert?«

Der Gewehrlauf bewegte sich zwei, drei Millimeter nach links. »Na, wen haben wir denn da?«, murmelte Victor. »Eine Großfamilie am Frühstückstisch. Ach, was für ein schöner Anblick. Aber warum haben diese Leute denn alle schwarze Kleider an? Nein, nein, nicht alle, die beiden süßen kleinen Fratze tragen bunte Sachen.«

Das Fadenkreuz folgte dem Hinterkopf des jüngeren Kindes, das auf seinem Stuhl herumhampelte.

›Keine Schussabgabe auf ein sich bewegendes Ziel‹, klingelten ihm die Worte seines Ausbilder im Ohr. ›Lieber einige Zeit zuwarten und dann erst den Schuss setzen. Denkt immer daran: In unserem Geschäft zählt der Erfolg, nicht die Schnelligkeit‹.

Victor konzentrierte sich auf seine Atmung. Na, du Scheiß-Tannenberg, das hättest du wohl auch nicht gedacht, dass du heute gleich zwei Beerdigungen erlebst, sagte er zu sich selbst, während sein warmer Atem über die Fingerkuppen seiner rechten Hand strömte. Ein dezentes Schmunzeln umspielte seinen Mund, als er gedanklich ergänzte: besser gesagt erstirbst.

Dann drückte er ab.

*

Von tiefer Trauer um seine zu Grabe getragene Lebensgefährtin beseelt, beobachtet Wolfram Tannenberg seinen Bruder dabei, wie dieser mit Tränen in den Augen und zitternder Stimme das Gedicht »Stufen« von Johannas Lieblingsschriftsteller Hermann Hesse rezitierte.

Plötzlich entdeckte er mitten auf Heiners Stirn einen roten Laserpunkt. Tannenberg reagierte blitzschnell. Mit einem gewaltigen Satz hechtete er auf Heiner, stieß ihn vom Stuhl und schleifte ihn aus dem Schussfeld. Fast im selben Augenblick schlug das Geschoss hinter dem umgekippten Stuhl in die Wand ein.

Offensichtlich war der Schütze durch Tannenbergs Eingreifen so perplex, dass er nicht sofort weiterfeuerte. Dieses enge Zeitfenster nutzte Jacob, indem er geistesgegenwärtig von seinem Stuhl aufsprang und den in Griffweite befindlichen Rollladen heruntersausen ließ.

Hysterische Schreie, lautes Hundegebell. Tannenberg schnappte sich den kleinen Paul, Marieke ihre Tochter. Panikartig flüchteten alle aus der Küche und brachten sich so in Sicherheit. Doch wider Erwarten fielen keine weiteren Schüsse.

Zum Glück war das Küchenfenster nicht sehr breit, sodass sich Tannenberg vom Mauerwerk geschützt zum Fenster vorarbeiten konnte. Dort ging er in die Hocke, zog den Rollladen ein Stückchen hoch und lugte in die Richtung, aus der wahrscheinlich der Schuss abgegeben worden war. Er traute seinen Augen nicht: Auf dem Dach des Möbelhauses stand ein Schornsteinfeger und schwenkte mit breiter Brust ein Gewehr.

»Oh mein Gott, Wolfi, du blutest ja ganz schlimm«, rief Margot mit sich überschlagender Stimme.

»Wo?«, fragte ihr Sohn verdutzt.

»Am Kopf über dem linken Ohr.«

Tannenberg befühlte die betreffende Stelle und ertastete über seiner Schläfe eine mehrere Zentimeter lange, klaffende Fleischwunde.

»Streifschuss oder Steinbrocken aus der Wand«, spekulierte Jacob.

»Rainer, schau dir das sofort an«, wandte sich Margot Hilfe suchend an den Mediziner.

Ein kurzer Blick auf seine blutige Hand reichte Tannenberg aus, um vorläufig Entwarnung zu geben. »Egal, jedenfalls ist die Verletzung nicht so schlimm«, beschwichtigte er. Bevor sich seine Familie oder sein bester Freund versah, war er schon an ihnen vorbei ins Treppenhaus gestürmt.

»Wo willst du denn hin, Wolfi?«, schrie ihm seine Mutter verzweifelt hinterher.

»Bleib hier, Junge!«, brüllte Jacob, dem Fürchterliches schwante. »Du hast doch keine Waffe mehr!«

»Scheiße, stimmt«, fluchte der suspendierte Kriminalbeamte.

Aber das war ihm in diesem Moment egal, so wie ihm nach Johannas Tod zurzeit vieles ziemlich egal war. Er hatte keine große Hoffnung, den Todesschützen zu stellen und festnehmen zu können, zumal er davon ausgehen musste, dass diese heimtückische Muräne nach dem Anschlag umgehend die Flucht angetreten hatte und inzwischen wahrscheinlich bereits über alle Berge war.

Aber vielleicht sehe ich ihn ja noch und kann ihn verfolgen oder zumindest wichtige Informationen über ihn an meine Kollegen weitergeben, dachte er bei sich. Er schlug auf seine linke Hosentasche. Mein Handy hab ich ja zum Glück dabei. Vielleicht läuft er mir auch direkt in die Arme und ich kann ihn überwältigen. Dann würde ich nicht mit der Wimper zucken und ihn auf der Stelle erwürgen.

Während ihm diese Gedanken durch den Kopf schossen, rannte er wie ein Wahnsinniger durch die Beethovenstraße zum Haupteingang des Möbelhauses in der Eisenbahnstraße.

»Wie komme ich von hier aus am schnellsten aufs Dach?«, brüllte er in die Betten- und Matratzenlandschaft hinein.

Eine Verkäuferin, die gerade gestenreich einem älteren Ehepaar die Vorzüge einer Latexmatratze anpries, fiel vor Schreck fast ins Bett, als sie die Geisterbahngestalt am Eingang entdeckte.

Neben dem am Kopf verletzten, blutüberströmten Mann stand ein riesiger, kläffender Hund, der dieses unwirkliche Szenario noch bedrohlicher erscheinen ließ. Ihrer Kollegin, eine Kassiererin, die eben noch von einer Kundin lächelnd Geldscheine und Münzen entgegengenommen hatte, entgleisten die Gesichtszüge. Sie zitterte am ganzen Körper. Klirrend fiel das Münzgeld in die Ladenkasse.

»Das ist eine Polizeiaktion«, beeilte sich Tannenberg hinterherzuschieben. »Kurt, verschwinde«, zischte er seinem Hund entgegen.

Doch Kurt gehorchte nicht, denn mit seiner tierischen Intuition hatte er die Dramatik der Situation natürlich sofort erkannt. Wieso also ausgerechnet jetzt sein Herrchen im Stich lassen, wo er doch sonst immer mit ihm durch dick und dünn ging.

Offensichtlich wirkte der suspendierte Leiter des K 1 mit seinem blutüberströmten Gesicht und seinem schwarzen

Anzug nicht sonderlich vertrauenserweckend, denn vonseiten der Mitarbeiterinnen und Kunden erntete er lediglich schrille Verzweiflungsschreie als Antwort.

»Wo geht's zum Treppenhaus?«, blökte er weiter.

Als immer noch niemand wie gewünscht reagierte, schritt er energisch auf die Verkäuferin zu. Dabei verlor er einen der schwarzen Crocs, die er zu Hause als Hausschuhe trug. Während er wieder in den Gummischuh hineinschlüpfte, wies ihm die Frau nun endlich mit flatterndem Arm den Weg. In diesem Augenblick war sie sich sicher, dass ihr gerade der Leibhaftige erschienen war.

Tannenberg sprintete zu einer einflügeligen Tür, die in der weiß gestrichenen Wand auf den ersten Blick kaum auszumachen war, und riss sie auf. Dann blieb er stehen, horchte angestrengt in das Treppenhaus, doch er hörte keine Geräusche.

Dieser Drecksack ist bestimmt schon über alle Berge, dachte er ernüchtert, als er auf der gegenüberliegenden Seite eine weitere Tür entdeckte, hinter deren Glasfenster sich der Kundenparkplatz befand.

Trotzdem zog es ihn wie an magischen Gummiseilen die Treppenstufen hinauf. Am Ende der Treppe entdeckte er die Metalltür, die hinaus auf das Dach führte. Ein kurzer Blick auf das Schloss und die darunter am Boden liegenden Metallspäne machte ihm klar, dass das Schloss vor Kurzem aufgebohrt worden war.

Durch die körperliche Anstrengung blutete seine Kopfwunde immer stärker. Er musste das linke Auge zukneifen, um zu verhindern, dass ihm Blut ins Auge lief. Er zog ein weißes Taschentuch aus der Hose und drückte es auf die Wunde, aber der Blutstrom war kaum zu stoppen.

Ohne Vorwarnung überfiel ihn plötzlich Todesangst. Er zögerte und fragte sich, ob er tatsächlich dieses Risiko eingehen sollte, schließlich war er unbewaffnet. Andererseits konnte er sich beim besten Willen nicht vorstellen, dass sich der Schütze noch auf dem Dach aufhielt.

Dieser Mistkerl hat seine bisherigen Anschläge so perfekt geplant und durchgeführt, dass er an den jeweiligen Tatorten keine Spuren hinterlassen und sich wie ein unsichtbares Phantom bewegt hat, sinnierte der suspendierte Kriminalbeamte.

Bevor sein Kopf eine Entscheidung getroffen hatte, reagierte sein Körper bereits. Tannenbergs Hass auf den Mörder seiner Frau und seines ungeborenen Kindes war mit einem Mal wieder derart übermächtig, dass er sämtliche Vorsichtsmaßnahmen und Vernunftgründe über Bord warf und sich mit vollem Körpergewicht gegen die Tür lehnte.

Kurt zwängte sich an seinen Beinen vorbei und preschte kläffend auf das Dach, als wollte er mit seinem todesmutigen Auftritt sämtliche Gefahren, die dort möglicherweise sein geliebtes Herrchen erwarteten, vom Dach vertreiben.

Wolfram Tannenberg hatte die Tür noch nicht einmal im 45-Grad-Winkel geöffnet, als ein peitschendes, schneidendes Schussgeräusch ertönte. Sein Atem stockte.

Kurt!, schlug eine Schmerzrakete in seinem Kopf ein.

Trotz der augenscheinlichen Gefahr für sein eigenes Leben reagierte Tannenberg völlig widersinnig, denn anstatt die Tür zu schließen und sich dadurch in Sicherheit zu bringen, schob er mit der Schulter ruckartig die Tür nach außen. Mit eingeklemmtem Schwanz kam Kurt auf ihn zugeschlichen. Er jaulte herzerweichend, war aber offensichtlich unverletzt.

»Nimm deinen Scheißköter sofort an die Leine«, blaffte ihn der mit einem Scharfschützengewehr bewaffnete Schornsteinfeger an.

»Der nächste Schuss geht nicht mehr absichtlich daneben. Das garantiere ich dir.« Ein gemeines Grinsen. »Willst du riskieren, dass ich dieses Mistviech gleich töte, oder willst du lieber, dass ich damit noch ein bisschen warte?«

Natürlich hatte Tannenberg keine Leine dabei, also versuchte er, Kurt am Halsband durch die Tür zurück ins Treppenhaus zu zerren.

»Nix da, ihr beide bleibt schön hier bei mir!«, befahl der Schütze. Er hatte inzwischen das Gewehr in Anschlag gebracht und es auf Tannenberg gerichtet.

»So, du Scheißkerl, wir tauschen nun die Positionen. Ich gehe dorthin, wo du stehst, und du kommst mit deinem Köter hierher zum Geländer. Und zwar ganz langsam. Kapiert?«

Wolfram Tannenberg nickte und lief wie gefordert zum Dachrand, während Victor ihn in einem Abstand von ungefähr fünf Metern passierte. Als Tannenberg an dem verkleideten Schornsteinfeger vorbeilief, der ihn nach wie vor mit seiner Langwaffe bedrohte, fasste er den Mann scharf ins Auge. Trotz des rußgeschwärzten Gesichts kam er ihm irgendwie bekannt vor, aber er wusste nicht, woher.

Etwa in der Mitte der ehemaligen Distanz zwischen den beiden Männern blieb Victor plötzlich stehen und bewegte sich so weit rückwärts auf die Schornsteine zu, dass er sowohl Tannenberg als auch die Zugangstür zum Dach gut im Blick hatte. Er zog eine Pistole aus dem Hosenbund und lehnte sein Präzisionsgewehr an eine der Lichtkuppeln.

»Ich gehe davon aus, dass du keine Waffe am Mann hast, oder täusche ich mich da?«, rief er Tannenberg hinterher. Der drehte sich um und schüttelte den Kopf.

»Wie siehst du denn eigentlich aus?«, höhnte Victor. »Wer oder was hat dich denn über deinem linken Ohr verletzt?«

»Na, wer wohl?«, knurrte sein Gegenüber.

»Deinen Bruder hat es vorhin ja leider nicht erwischt. Schade, wirklich jammerschade.«

Tannenberg ignorierte die provokante Spitze. »Platz!«, fauchte er, um den geliebten Vierbeiner im wahrsten Sinne des Wortes aus der Schusslinie zu bringen.

Kurt protestierte mit einem brodelnden Kehllaut, legte sich dann aber doch neben den Füßen seines Herrchens ab.

»Wegen deiner brutalen Attacke auf den Staatsanwalt hat man dich suspendiert und du musstest deine Dienstwaffe abgeben. Stimmt's?«

Knappes Nicken.

»Aber meinen Respekt hast du für diese Aktion. So etwas trauen sich nur ganz wenige. Wahrscheinlich hat der Typ die Prügel verdient gehabt, oder?«

Als Tannenberg nicht sofort zustimmte, wiederholte Victor brüllend: »Oder? Antworte mir, du Drecksack, sonst mach ich dich und deinen Scheißköter auf der Stelle platt!«

»Ja, das hatte er verdient«, entgegnete Tannenberg mit fester Stimme.

Er wunderte sich darüber, dass er trotz dieser Extremsituation einigermaßen gefasst war, und stellte erfreut fest, dass sein Gehirn dadurch nicht blockiert war, sondern gut funktionierte, sprich analytisch arbeitete.

Der Typ ist total durchgeknallt, fügte er tonlos seiner letzten Antwort hinzu. Ich muss unbedingt vermeiden, ihn zu provozieren. Und ich muss Zeit gewinnen. Zeit, bis das SEK da ist und den Irren aus dem Verkehr zieht. Hoffentlich erschießen sie ihn.

Verdammt, die sind ja alle im Großraum Pirmasens/Zweibrücken eingesetzt, fiel ihm plötzlich ein. Die brauchen mindestens eine halbe Stunde, bis sie hier eintreffen und sich in Position gebracht haben. Verfluchte Hacke!

»Wie gefällt dir denn eigentlich meine originelle Verkleidung?«, wollte der Schornsteinfeger von ihm wissen.

Tannenberg brummte. »Geschmackssache.«

»Warum denn so kritisch? Diese Glücksbringeruniform passt doch optimal zum heutigen Tag. Sie ist schön schwarz und sie ist so wunderbar symbolträchtig. Nicht wahr?«

Verständlicherweise war Tannenberg für derartig makabre Scherze gegenwärtig nicht zu begeistern. »Na ja«, schnaubte er verächtlich.

»Ist dir eigentlich schon aufgefallen, dass wir beide schwarze Kleidung tragen?«

»Natürlich ist mir das aufgefallen. Ich bin ja nicht blind.«

»Apropos schwarze Kleidung: Wie geht's dir denn heute eigentlich so, du armer, kleiner Trauerfrosch?«, fragte Victor in gekünstelter Tonlage. »Schließlich ist heute ein ganz besonderer Tag.«

Der Typ ist wirklich völlig irre, wiederholte Tannenberg seine Einschätzung. Er zog sein blutdurchtränktes Taschentuch aus der Hose und betupfte damit seine nur noch leicht blutende Kopfwunde.

Selbst bei scharfen Verhören mit Schwerstkriminellen hatte Tannenberg stets versucht, den Delinquenten nicht zu duzen, sich nicht auf die gleiche Kommunikationsebene mit ihm zu begeben.

Dadurch wahrte er die Distanz zwischen sich und den skrupellosen Straftätern, die oft auf brutalste Art und Weise Menschenleben ausgelöscht hatten. Und er demonstrierte ihnen auf diese Art und Weise die eindeutige moralische Hierarchie, die bei solch einem Verhör herrschte und die er auch stets den Kriminellen mitteilte.

»Damit eins von Anfang an klar ist: Die Rollenverteilung zwischen uns beiden ist ganz einfach zu verstehen. Ich bin der Gute und Sie sind der Böse«, verkündete er stets mit Nachdruck.

Diese Klarstellung war er sich und seinem Berufsstand schuldig. Meist konnte er diesen Vorsatz auch in die Tat umsetzen, nur manchmal, wenn ihm der Kragen platzte und er in den Brüllmodus wechselte, war ihm ein Du herausgerutscht.

Aber diesmal ist es von vornherein anders, denn dieser gemeingefährliche Psychopath, der mir da Aug in Aug gegenübersteht, ist kein Mensch, er ist nichts als Abschaum, eine stinkende Wanze, die man so schnell wie möglich zertreten muss!, rechtfertigte Tannenberg die Tatsache, dass er keine Sekunde daran gedacht hatte, den Mann zu siezen.

Sein Zorn wurde immer übermächtiger, und er warf den Vorsatz, den maskierten Todesschützen nicht zu provozieren, über Bord.

»Warum hast du meine Frau und mein Kind getötet?«, brüllte er mit hochrotem Kopf dem verkleideten Schornsteinfeger entgegen.

Victor schien irritiert. Er nahm das Kinn zurück und schürzte die Lippen. »Wieso dein Kind?«, fragte er.

»Meine Frau war schwanger, du Arschloch!«

Victor kicherte stakkatoartig. »Das wusste ich ja gar nicht. Eh, Mann, was für eine tolle Nachricht.«

Tannenbergs Hass steigerte sich ins Unermessliche. »Du hast einen Doppelmord begangen«, schrie er wie von Sinnen. »Du hast mir meine Frau *und* mein Kind genommen.«

Victor winkte ab. »Sei doch froh, dass dein Balg nicht in diese Scheißwelt geboren wurde, dadurch kannst du als Vater wenigstens nicht versagen.«

Wolfram Tannenberg wollte in diesem Moment nichts anderes tun, als sich auf seinen Peiniger zu stürzen und ihn zu töten. Doch sein Körper reagierte nicht. Ein innerer Bremsmechanismus hielt ihn zurück. Denn eins war sonnenklar: Eine überstürzte Aktion hätte unweigerlich seinen Tod bedeutet.

Bis in die Haarspitzen mit Adrenalin und Wut gefüllt, klammerte er sich mit beiden Händen an den Metallstangen des Dachgeländers fest. Seine Handknöchel wurden weiß und er atmete schnell.

»Warum wolltest du auch noch meinen Bruder töten?«, stieß er hechelnd aus.

Victor reagierte mit einem überheblichen Lächeln. »Warum sollte ich es denn nicht tun? Nenne mir einen vernünftigen Grund, der dagegen spricht.«

Diese Frage war derart verstörend, dass Tannenbergs Bewusstsein sie schlichtweg ignorierte.

»Warum hast du auch noch diese andere Autofahrerin erschossen?«, legte er gleich darauf nach.

»Na, diese Frage sollte ein erfahrener Bulle wie du sich eigentlich selbst beantworten können«, spottete Victor.

»Du wirst es nicht glauben, du Scherzkeks, das kann ich sogar«, konterte Tannenberg. »Dieser heimtückische Mordanschlag war ein sadistisches Ablenkungsmanöver von dir.«

»Ersetzen wir doch bitte dieses eklige Wort durch ›genial‹, dann stimme ich deiner Einschätzung gerne zu«, schmunzelte Victor. »Aber ich muss dich loben«, schob er nach. Der ehemalige Elitesoldat legte den Kopf schief und nickte wohlwollend. »Das war nämlich gerade eine sehr gute Interpretation, Herr Hauptkommissar«, entgegnete Victor, wobei er die einzelnen Worte betont in die Länge zog.

»Oder besser gesagt, Herr Ex-Hauptkommissar«, feixte er. »Denn dir dürfte sicherlich klar sein, dass du nie mehr als Kriminalbulle arbeiten wirst, noch nicht einmal mehr als Streifenbulle.« Ein affektiertes, hüstelndes Kichern.

Trotzig schenkte ihm Tannenberg sein dreckigstes Grinsen. »Das ist zurzeit wirklich mein geringstes Problem.«

Victor lächelte süffisant. Sein Blick streifte seine silberfarbene Pistole, bevor er wieder zu Tannenberg zurückkehrte. »Ja, das kann man durchaus so sehen. Anders ausgedrückt: Du befindest dich in einer wahrlich beschissenen Lage«, posaunte Victor lauthals hinaus.

Er kratzte sich mit dem Korn seiner Pistole am Hals, wodurch die Laufspitze ein wenig mit Ruß verschmiert wurde. »Aber du musst schon zugeben, dass mein Ablenkungsmanöver prächtig funktioniert hat. Oder?«, provozierte er sein Gegenüber weiter.

Keine Reaktion.

»Oder?«, brüllte Victor. »Antworte mir, du Scheißkerl, wenn ich dich etwas frage. Sonst erschieße ich zuerst deinen Köter vor deinen Augen und danach dich.«

»Gelungene Finte«, gehorchte der suspendierte Leiter des K 1 mit verkniffenem Gesicht.

Nun wird es aber Zeit, dass ich wieder die Initiative ergreife, dieses Gelaber ist mir zu unproduktiv. Schließlich soll er mir noch einige wichtige Fragen beantwortet, bevor das SEK eingreift, sagte er sich. »Ja, trotz dieses gelungenen Ablenkungsmanövers ist selbst mir inzwischen klar geworden, dass du es auf mich abgesehen hast. Ich frage mich nur, warum? Ich kenne dich doch überhaupt nicht. Ich habe dich noch nie zuvor gesehen.«

Victor grunzte amüsiert. »Das stimmt aber nicht, mein lieber Wolfram. Du hast mich schon einmal gesehen.«

»Wann?«

Victor leckte sich genüsslich die Lippen und ließ ein paar

Sekunden verstreichen. »Vorhin bei der Beerdigung hast du mir sogar ein paar Sekunden lang direkt in die Augen geschaut«, fuhr er fort.

Schlagartig wurde Tannenberg bewusst, wieso ihm dieser Mann vorhin bekannt vorkommen war. Doch wegen seiner Verkleidung hatte er ihn nicht gleich identifizieren können.

»Wieso warst du bei der Beerdigung meiner Frau?«, wollte er von dem Serienkiller wissen.

»Na, wieso wohl?«, echote Victor. »Die Erklärung ist recht einfach: Ich wollte dir und deiner Vorzeigefamilie einmal ganz nah sein.« Er streckte die Hand aus und spreizte die Finger mehrmals hintereinander. »Ihr wart mir alle quasi zum Greifen nah. Zum Erschießen sowieso.«

Wolfram Tannenberg ging auf diese zynische Bemerkung nicht ein. »Also, noch einmal meine Frage: Was willst du von mir?«, ließ er nicht locker.

Victor zog einen Mundwinkel hoch. »Och, eigentlich gar nichts Besonderes. Ich will dich nur bestrafen.«

»Wofür willst du mich bestrafen?«

»Für das, was du meiner Mutter und mir angetan hast. Dafür sollst du büßen.« Ein hämisches Grinsen. »Zum Teil hast du das ja schon getan.«

Tannenberg breitete die Arme zu einer fragenden Geste aus. »Was soll ich dir und deiner Mutter denn angetan haben? Wie heißt du überhaupt?«

»Mein Name ist Victor, Victor Nolde. Meine Mutter hat mich Victor genannt, weil ich ein Sieger werden sollte. Das ist mir schließlich auch gelungen.«

Tannenberg traute seinen Ohren nicht. Ausgerechnet du sollst ein Sieger sein? Dass ich nicht lache!, höhnte er in Gedanken. Das bezweifle ich doch stark, du Pfeife! Du bist kein Sieger, du bist ein Loser, ein Versager, ein perverser, geisteskranker Killer, der bei Wasser und Brot lebenslang hinter Schloss und Riegel gehört! Oder besser noch auf den elektrischen Stuhl. Den würde ich selbst einschalten und dich grillen!

»Der Name meiner Mutter lautet Eva Nolde«, fuhr der in einen Schornsteinfeger verwandelte Mehrfachmörder fort.

Tannenberg legte die Stirn in Falten und grübelte angestrengt nach. »Eva Nolde? Der Name deiner Mutter sagt mir beim besten Willen nichts«.

Er löste seine Hände von dem Metallgeländer und knetete die eiskalten, steifen Finger. »Wie gesagt: Ich kenne euch beide nicht, bin dir oder deiner Mutter noch nie in meinem Leben begegnet.«

Als er seine eigenen Worte hörte, korrigierte er sich umgehend: »Okay, von mir aus: Dir bin ich vorhin auf dem Friedhof schon einmal begegnet.«

»Es stimmt, wir zwei sind uns heute zum ersten Mal begegnet«, pflichtete ihm Victor bei.

»Na also, sag ich doch.«

»Meiner Mutter bist du aber schon einmal begegnet. Das ist allerdings schon eine Weile her. Und zwar ziemlich genau 35 Jahre.« Victors Augen verengten sich zu schmalen Schlitzen, aus denen er hasserfüllte Giftpfeile abschoss.

»Was? Wo soll das denn gewesen sein?«, fragte Tannenberg verdutzt.

»Du Scheißkerl bist ihr nicht nur begegnet, sondern du hast sie brutal vergewaltigt«, spuckte ihm Victor förmlich entgegen. In seinen zuckenden Mundwinkeln hatten sich weißliche Speichelfäden gebildet.

Tannenbergs Kinnlade klappte herunter. Er benötigte ein paar Sekunden, bis ihm die Tragweite dieser Anschuldigung klar wurde.

»Was soll ich getan haben?«, fragte er abgehackt.

Victor zog geräuschvoll den Nasenschleim hoch. Anstatt zu antworten, öffnete er den Reißverschluss seiner Schornsteinfegeruniform und kramte aus der Innentasche ein vergilbtes, an den Rändern ausgefranstes Foto im DIN-A6-Format hervor.

Als er auf der Abbildung seine junge Mutter erblickte, konnte er die Emotionen nicht mehr im Zaum halten. Dicke Tränen perlten aus seinen Augenwinkeln über die Wangen hinweg und versickerten in der schwarzen Berufskleidung. Mit dem Handrücken wischte er sich die Feuchte aus dem Gesicht, wodurch seine Kriegsbemalung an diesen Stellen deutlich heller wurde.

Victor räusperte sich und ging zu einer Lichtkuppel, die sich ziemlich genau auf halber Strecke zwischen den beiden Kontrahenten befand. Mit dem Jackenärmel rieb er eine Stelle trocken und legte das Foto darauf ab. Anschließend begab er sich zurück auf seine Ausgangsposition.

»Los, schau dir das Foto an«, ordnete er in Kasernenhofton an.

Tannenberg machte drei Schritte nach vorn und pickte vorsichtig die alte Fotografie von der gebogenen Kunststoffoberfläche. Es zeigte ein Gruppenfoto mit circa zwei Dutzend jungen Männern und Frauen in Partystimmung. Obwohl die Farben ziemlich ausgewaschen waren und die Aufnahme ein wenig unscharf, erkannte er sich sofort auf diesem Foto. Er stand in der letzten Reihe und hielt einen Bierhumpen in der Hand.

»Die junge Frau, die vorne quer auf der Couch liegt, ist meine Mutter. Schau sie dir ganz genau an«, forderte Victor.

Tannenberg tat wie ihm geheißen. Der attraktive Partygast mit dem süßen Lockenkopf und dem geknüpften, bunten Stirnband, bei dem es sich angeblich um Victors Mutter handelte, war zum Zeitpunkt der Aufnahme augenscheinlich bereits ziemlich betrunken gewesen.

»Und, erkennst du sie wieder?«

Wolfram Tannenberg schüttelte vehement den Kopf. Doch in seinem Inneren schrillten die Alarmglocken. Mit heftigem Bauchgrimmen erinnerte er sich an die wilde Zeit, als er das harte Ausbildungsprogramm der Polizeischule in Schifferstadt durchzustehen hatte.

Umso gelegener waren ihm damals die Einladungen von ehemaligen Schulkameraden gekommen, die in Saarbrücken, Mainz oder Heidelberg studierten und ihn zu ausschweifenden Studentenpartys eingeladen hatten.

Fast jedes freie Wochenende hatte er sich in einen regelrechten Partyrausch gestürzt, der für ihn oft mit regelrechten Abstürzen geendet hatte. Mit Grausen erinnerte er sich an die Alkoholexzesse und vor allem auch daran, dass er nicht selten morgens mit einem Filmriss neben einer jungen Dame aufgewacht war. Oft konnte er sich beim besten Willen nicht mehr daran erinnern, wer dieses Betthäschen war, wie es auf seiner Maxiluftmatratze gelandet war und was in dieser berauschten Nacht passiert war.

Das ausgebleichte Farbfoto zeigte einen jungen Mann mit kurzgeschnittenen Haaren, bei dem es sich auf den zweiten Blick unzweifelhaft um ihn, den damaligen Polizeischüler Wolfram Tannenberg handelte. Doch es blieb dabei: Selbst nach der erneuten, noch intensiveren Begutachtung des Partyfotos konnte er sich nicht an die junge Frau darauf erinnern.

Allerdings war nicht völlig auszuschließen, dass er irgendwann in dieser Zeit tatsächlich mit ihr in irgendeinem Bett oder auf irgendeiner Luftmatratze gelandet war.

»Mutter hat mir dieses Foto erst kurz vor ihrem Tod gegeben«, sagte Victor in einer Art und Weise, als habe er für einen Moment vergessen, in welcher Situation er sich gerade befand. »Es ist das einzige Bild, das ich von meinem Vater besitze.«

»Wie, von deinem Vater?«, stieß Tannenberg entgeistert aus. »Du glaubst doch hoffentlich nicht, dass ich dein Vater bin.«

»Doch, das bist du.« Victor richtete die Pistole auf Tannenbergs Kopf. »Du bist mein Papa.«

Tannenberg hatte das Gefühl, als ob ihm jemand ein Brett gegen den Kopf schlug. »Was? Wie? Dein Vater?«, stammelte er.

Victor fixierte Tannenberg mit einem triumphalen Blick. »Ja, du bist mein leiblicher Vater. Das hättest du nicht für möglich gehalten, oder?«

»Nee«, war alles, was Kurts Herrchen herausbrachte. Sein Gehirn stellte spontan die Arbeit ein, zu schockierend war diese Behauptung.

Ich, Vater dieses Killers?, war der erste Satz, den er nach dem lähmenden Schock wieder denken konnte. Wie wildgewordene Flipperkugeln schossen Gedankenfetzen durch sein pulsierendes Hirn.

Das glaubt dieser Irre wirklich. Klar, das erklärt alles. Der Typ will sich an mir rächen, indem er meine Familie auslöscht. Was mache ich jetzt bloß?, fragte er sich verzweifelt. Auf alle Fälle muss ich ihn so lange hinhalten, bis das SEK da ist. Also darf ich ihn nicht provozieren. Unabhängig davon, ob er mit dieser verrückten Behauptung recht hat oder nicht, muss ich unbedingt eine Eskalation verhindern. Das versuche ich am sinnvollsten, indem ich das Gespräch in andere Bahnen lenke.

»Woher weißt du denn überhaupt, dass ich der Mann auf diesem Foto bin?«, fragte Tannenberg so gefasst wie möglich.

Er fröstelte, denn die dünnen Hausschuhe an seinen Füßen boten nur unzureichenden Schutz vor der Kälte, die von dem eiskalten Untergrund durch seine Füße und Unterschenkel immer weiter nach oben kroch.

»Weil mir meine Mutter auf ihrem Sterbebett endlich verraten hat, wer mein Vater ist. Sie wollte dieses streng gehütete Geheimnis nicht mit ins Grab nehmen.« Victor seufzte. »Wahrscheinlich wollte Mutter ihr Gewissen erleichtern und mir endlich die Wahrheit sagen. Ich hatte sie nämlich bestimmt tausend Mal vorher darum gebeten … Was heißt gebeten, ich habe sie auf Knien angefleht, mir den Namen meines leiblichen Vaters zu nennen. Sie hat dann immer behauptet, dass mein Vater kurz nach meiner Geburt bei einem Verkehrsunfall ums Leben gekommen sei. Ein glücklicher Zufall hatte ihr bei dieser Schwindelei in die Hände gespielt, denn zwei Wochen nach meiner Geburt war tatsächlich ein junger Mann tödlich verunglückt, ein gewisser Michael Müller. Also hieß mein vermeintlicher Vater seitdem Michael Müller.«

Victor gluckste vor Vergnügen. »Dieser Michael Müller war natürlich zufälligerweise Vollwaise und hatte keine Familienangehörigen. Das hat meine Mutter jedenfalls immer behauptet. Deshalb hatte ich nicht nur keinen Vater, sondern auch keine Großeltern oder Onkel und Tanten.«

»Deine Mutter hat dich also zeitlebens angelogen«, konnte sich Tannenberg nicht verkneifen.

»Das war allenfalls eine kleine Schwindelei, mit der sie Schaden von ihrem einzigen Kind fernhalten wollte, keine Lüge. Hätte sie wirklich einem kleinen Jungen die schockierende Wahrheit erzählen sollen?«

Ein paar Sekunden lang wanderte das Schweigen zwischen den beiden Kontrahenten hin und her.

»Wie hast du mich denn nun ausfindig gemacht?«, hakte Tannenberg nach, um das Gespräch wieder in Gang zu bringen.

Ein Ruck ging durch Victors Körper, und er richtete seine Pistole, die er kurzzeitig abgesenkt hatte, wieder auf Tannenbergs Kopf. »In Zeiten des Internets war das nun wirklich nicht schwer, zumal du in Kaiserslautern eine recht bekannte Persönlichkeit bist«, erwiderte er mit hohngetränkter Stimme.

Victor schob die Unterlippe vor und nickte eifrig. »Hört, hört, ihr lieben Leute«, rief er wie ein Marktschreier in Richtung der tiefer liegenden Dächer des Musikerviertels. »Wolfram Tannenberg ist mein Vater. Er ist ein berühmter Mann, ein Promi mit blütenweißer Weste, ein Vorzeigepfälzer. Aber nicht genug damit. Mein Vater ist auch ein legendärer Kriminalist, der jeden Verbrecher irgendwann zur Strecke bringt. Also, liebe Kaiserslauterer Knackis, nehmt euch vor ihm in Acht, denn ihr habt keine Chance gegen ihn, wenn er euch erst mal in seinen Fängen hat.«

Genervt verdrehte Tannenberg die Augen.

»Ach, es gefällt dir also nicht, wenn ich dich in aller Öffentlichkeit lobe. Okay, okay, dann kehren wir doch am besten zu unserem brisanten Ausgangsthema zurück. Ja, ich habe dich ziemlich schnell aufgespürt. Das war keine ernsthafte Herausforderung für mich. Aber ich habe nicht nur dich gefunden, sondern auch deine liebe Familie. Jacob, den täglichen Tchibo-Gast, deinen Bruder Heiner, der als Lehrer arbeitet, die kleine Emma und der kleine Paul, die beide die Kita am Stadtpark besuchen und …«

»Hattest du es wirklich auch auf die Kleinen abgesehen?«, fiel ihm Tannenberg ins Wort.

Victor schnaubte verächtlich und zeigte dem suspendierten Kriminalbeamten den Vogel. »Du spinnst ja. Glaubst du tatsächlich, ich würde mich an kleinen Kindern vergreifen? Wie krank muss jemand wie du in seinem Hirn sein?«

Wenn einer von uns beiden geisteskrank ist, dann ja wohl eindeutig du, du geisteskrankes Arschloch!, konterte Tannenberg, dessen Kamm immer stärker anschwoll. Doch aus strategischen Gründen hielt er diesen Gedanken unter Verschluss.

»Ach, und deine Mutter dürfen wir nicht vergessen, die liebe Margot«, legte Victor genüsslich nach, »die gemeinsam mit der lieben Johanna mittwochs immer nach Krickenbach zu diesem blöden Landfrauentreffen fährt …«

»Es reicht!«, platzte es aus Tannenberg, trotz seiner Vorsätze, heraus.

Er konnte einfach nichts mehr von den hinterhältigen Mordanschlägen auf seine Familienmitglieder hören. Doch er durfte sich nicht zur Weißglut provozieren lassen, sondern musste wenigstens einen einigermaßen kühlen Kopf bewahren.

Seine wichtigste Aufgabe bestand immer noch darin, Zeit zu gewinnen und darauf zu hoffen, dass endlich das SEK auftauchen und diesem Wahnsinn ein schnelles Ende bereiten würde. Folglich musste er versuchen, die Themenhoheit bei diesem Dialog wiederzugewinnen.

»Warum hat sich deine Mutter denn nie bei mir gemeldet?«, ging er in die Offensive und brachte sein Gegenüber damit in die Rolle des Reagierenden.

Wie ein angriffslustiges Raubtier fletschte Victor die Zähne und fuchtelte gleichzeitig bedrohlich mit seiner Waffe herum.

»Weil sie sich geschämt hat, obwohl sie ja gar nicht für ihre Schwangerschaft verantwortlich war, weil du versoffener Scheißkerl sie brutal vergewaltigt hast«, brüllte er so laut, dass seine Beschimpfungen wahrscheinlich noch auf dem Kaiserberg zu hören waren.

Angesichts dieses gravierenden Vorwurfs konnte Wolfram Tannenberg einfach nicht mehr an sich halten. Er lachte schallend auf und blökte los: »Ich soll dein Vater sein? Ich soll deine Mutter vergewaltigt haben?«

Tannenberg stach mit der Spitze seines Zeigefingers so fest auf sein Brustbein ein, dass es schmerzte. »Ich soll der leibliche Vater eines … eines perversen Gewaltverbrechers sein?«, brüllte er so laut er konnte seinem Peiniger entgegen. »Der Vater eines feigen Serienkillers, der aus dem sicheren Hinterhalt heraus wehrlose Opfer erlegt? Wie ein Jäger vom Hochsitz aus eine Wildsau?«

»Kein schlechter Vergleich, Papa.«

Bei diesem Wort verspürte Tannenberg einen Würgereiz, den er fast nicht beherrschen konnte.

Ich darf diesem Irren jetzt nicht vor die Füße kotzen, hämmerte es in seinem Kopf, sonst flippt er völlig aus. Ich muss mich zusammenreißen.

Wann kommt denn endlich dieses Scheiß-SEK?, fluchte er tonlos.

23

Als Tannenberg fluchtartig sein Elternhaus verlassen hatte, war Dr. Schönthaler seinem Freund mit geringer zeitlicher Verzögerung gefolgt, denn er hatte zuvor noch im Adressbuch seines Handys Michael Schauß' Telefonnummer herausgesucht und die Verbindungstaste gedrückt.

Auf dem Weg zum Möbelhaus hatte er den kommissarischen Leiter des K 1 über die dramatischen Entwicklungen im Musikerviertel informiert. Nun stand der Rechtsmediziner hinter der nur einen Spaltbreit geöffneten Metalltür, die auf das Flachdach hinausführte, und lauschte gebannt dem Dialog der beiden Kontrahenten.

Margot, Jacob und Marieke waren in der Parterrewohnung zurückgeblieben. Nun hätte der Senior der Großfamilie seinen Spitznamen »Sherlock Holmes aus der Beethovenstraße« wahrlich nicht verdient, wenn er sich mit seiner passiven Rolle zufriedengegeben hätte.

Natürlich war auch er unbewaffnet und zudem viel zu alt, um seinem Sohn hilfreich zur Seite springen zu können beziehungsweise ihn durch sein beherztes Eingreifen aus dieser Gefahr retten zu können, aber irgendetwas Sinnvolles musste er einfach tun.

Also zog er vorsichtig den Rollladen des Küchenfensters ein Stückchen hoch – und erblickte seinen jüngsten Sohn, der mit dem Rücken an das Metallgeländer der Dachumrandung lehnte. Um eine bessere Beobachtungsposition zu erhalten, eilte Jacob auf den Dachboden und öffnete eine kleine Dachluke. Durch diesen veränderten Blickwinkel erspähte er nun nicht nur seinen Sohn, sondern auch Kurt und den Kopf des schießwütigen Schornsteinfegers.

Michael und Sabrina Schauß waren sofort nach Dr. Schönthalers Anruf in die Eisenbahnstraße gefahren und standen nun mit gezogenen und entsicherten Waffen neben dem Rechtsmediziner hinter der einzigen Zugangstür zum Dach.

Victor hatte diese Entwicklung natürlich antizipiert. Aus den Augenwinkeln bemerkte er plötzlich, wie sich das Türblatt nach außen schob und der Lauf einer schwarzen Pistole sichtbar wurde.

»Wenn sich diese Tür nur einen Zentimeter weiter öffnet oder ich noch mehr von der Knarre sehe, hat euer Freund hier ein Loch im Kopf!«, brüllte er in maximaler Lautstärke gegen den anschwellenden Lärm einer Militärmaschine, die sich im Landeanflug auf die Ramsteiner Air Base befand.

Sofort bewegte sich das Türblatt zurück in seine Ausgangsposition, die Handfeuerwaffe verschwand.

Tannenberg wartete, bis sich der ohrenbetäubende Krach so weit reduziert hatte, dass sein Widersacher ihn gut hören konnte, dann rief er: »Wo hast du eigentlich so gut schießen gelernt, Victor? Bestimmt nicht an einer Jahrmarktsbude, oder?«

Der ehemalige Elitesoldat lachte herzhaft. »Nee, dort garantiert nicht.« Er legte eine kurze Pause ein. »Obwohl, dort, wo ich war, ging es manchmal auch so unübersichtlich wie auf einer gutbesuchten Kirmes zu.«

»Warst du als Scharfschütze in Kriegsgebieten eingesetzt? Wo denn überall?«, fragte Tannenberg, um das Gespräch in Gang zu halten.

»Das willst du gar nicht wissen. Und was ich so alles bei meinen Einsätzen getan habe, möchtest du erst recht nicht wissen.«

Victor nahm einen Kieselstein und warf ihn Tannenberg vor die Füße. Kurt sprang auf, fletschte die Zähne und knurrte wie ein aggressiver Hofhund.

Tannenberg packte seinen Hund am Halsband und drückte ihn nach unten. »Aus! Platz!«, fauchte er. Kurt kam dem Befehl nur widerwillig und in Zeitlupentempo nach.

Aus Richtung des Hauptbahnhofs ertönte Sirenengeheul der mobilen Einsatzkräfte. Victor machte eine ausladende Handbewegung zu den Hochhäusern, die hinter den Einfamilienhäusern wie Pilze hervorragten. »Hört, hört, da kommen ja auch schon meine Kollegen. Was denkst du, wie lange es noch dauert, bis mich die Scharfschützen in ihren Fadenkreuzen haben werden? Zwei, drei, fünf Minuten? Dann sind sie bereit für den finalen Rettungsschuss, wie es so schön heißt.«

Victor legte den Kopf ins Genick, schaute zu der grauen Wolkendecke empor, aus der immer noch vereinzelte Flocken herunterschwebten. »Was für ein scheinheiliger Begriff für einen eiskalt geplanten Mord. Findest du das nicht auch?«

Tannenberg hob die Schulterblätter.

»Apropos eiskalt: Übrigens muss ich diese Fähigkeit zur eiskalten Brutalität von dir geerbt haben, Papa, denn von meiner Mutter können diese Gene nicht stammen«, behauptete der verkleidete Schornsteinfeger. »Meine Mutter war ein sanfter, friedfertiger Mensch. Nie ein böser Blick oder ein böses Wort zu mir, nie! Bis zum Schluss. Du kannst mir glauben, dass ich weiß, wovon ich rede, denn ich habe mich bis zu ihrem letzten Atemzug um sie gekümmert. Ich habe sie so aufopferungsvoll gepflegt, dass mich sogar meine Freundin deswegen verlassen hat.«

Den kurzen Erinnerungsschub an diese Episode seines Lebens kommentierte er mit einem gezischten »Scheißschlampe!«, dann hakte er dieses leidige Thema gedanklich ab und kehrte mit einem gewaltigen Stoßseufzer zu seiner Mutter zurück.

»Ja, meine Mutter war ein wunderbarer, liebevoller Mensch«, tönte er. Sein Gesichtsausdruck veränderte sich. »Aber du bist ein Choleriker, der zu unkontrollierten Gewaltausbrüchen neigt.«

Tannenberg wollte etwas entgegnen, doch Victor gebot ihm mit einer energischen Geste Einhalt. »Halt ja die Fresse!«, fauchte er.

»Interessiert habe ich die Medienberichte über dich verfolgt, Papa. Der Tenor war eindeutig: Mein leiblicher Vater ist ein brutaler Schläger-Bulle.«

Victor hob drohend einen Zeigefinger. »Also kritisiere nie das, was wir in unseren Kampfeinsätzen getan haben oder tun mussten.«

Er wies mit dem Finger auf Tannenbergs Oberkörper. »Du wärst zu genau denselben Schandtaten fähig wie ich. Es kommt immer nur auf die Situation an. Jeder Mensch ist zu allem fähig.«

Damit hast du nicht ganz unrecht, stimmte Tannenberg im Stillen zu.

»Aggressivität liegt uns beiden in den Genen, mein lieber Papa.« Victor warf einen Blick auf seine Armbanduhr. »Ich denke, es ist an der Zeit, dass wir nun zum Ende kommen, denn das SEK müsste eigentlich gleich hier sein. Und was deine Kollegen, die ja streng genommen auch meine sind, dann tun werden, ist dir genauso klar wie mir. Stimmt's, Papa?«

Tannenberg erstarrte zu einer Eissäule.

Wird er mich jetzt erschießen?, kreischte es in seinem Kopf. Als Vergeltung für eine Vergewaltigung, die ich hoffentlich nie begangen habe? Das kann doch alles überhaupt nicht sein.

»So, lieber Papa, du kletterst jetzt über den Zaun.«

»Was?«

»Du hast mich schon richtig verstanden.«

Wolfram Tannenberg zögerte.

Victor spannte den Abzugshahn. »Muss ich erst deinen blöden Köter erschießen, damit du tust, was ich von dir verlange?«

Stumm schüttelte Tannenberg den Kopf. Er zitterte am ganzen Körper, kam der Aufforderung aber nach und kletterte über die Schutzabsperrung. Nun lehnte er wieder mit dem Rücken an den eiskalten Metallstäben des Geländers, jedoch hatte er jetzt keinen ebenerdigen Kieselsteinbelag mehr vor sich, sondern einen zehn Meter tiefen Abgrund.

Als er an der Fassade vorbei hinunter auf die Straße schaute, wo sich inzwischen eine Unzahl Schaulustige eingefunden hatte, um das makabre Spektakel hautnah mitzuerleben, erinnerte er sich in einem Gedankensplitter an seinen Beinahe-Suizid vom Humbergturm.

Diese Erinnerung raubte ihm den Lebenswillen. Vor ihm tauchte ein riesiges schwarzes Loch auf, das die Energie aus seinem Körper heraussaugte und ihn mit Haut und Haaren verschlingen wollte.

Hanne und mein Kind sind tot, ich bin ein unbeherrschter Schläger, der einem Vorgesetzten das Nasenbein gebrochen hat. Außerdem bin ich womöglich ein brutaler Vergewaltiger und Vater eines gemeingefährlichen Mehrfachmörders. Das ist einfach zu viel für mich.

Tannenbergs Knie schlotterten, sein rechter Fuß rutschte nach vorn und der Hausschuh segelte hinunter zu den sensationslüsternen Gaffern, die mit hysterischen Schreien auf die Eskalation reagierten. Auch im linken Bein verließ ihn die Kraft und er landete mit dem Hosenboden auf der nur etwa 15 Zentimeter breiten Dachumrandung.

Seine eiskalten Hände umklammerten noch immer die Gitterstäbe, allerdings nicht mehr so fest wie noch vor einigen Sekunden. Sein Körper wurde immer schwerer, tonnenschwere Bleigewichte zogen ihn hinunter in den Abgrund. Die Griffe lockerten sich.

»Steh auf«, brüllte Victor. »Ich will, dass du aufrecht wie ein Mann in den Tod springst, nicht wie eine Memme dich einfach nur fallen lässt.«

»Ich kann nicht«, stöhnte Tannenberg.

»Mach sofort, was ich sage, sonst knalle ich deinen Scheißköter ab.«

Wie auf Kommando begann Kurt die eiskalten Hände seines Herrchens mit seiner rauen Zunge abzuschlecken. Das hauchte Tannenberg wieder Leben ein. Ächzend zog er sich am Geländer in die Höhe.

»So ist es gut«, kommentierte sein Peiniger. »Und jetzt machst du einen schönen Hechtsprung hinunter.«

»Ich will nicht«, greinte Tannenberg verzweifelt.

»Ach, mein werter Herr Vater will nicht in die Tiefe springen«, spottete Victor. »Ist mein Papa etwa ein Hosenschisser? Weißt du was, mir ist es scheißegal, was du willst. Du springst jetzt entweder freiwillig oder ich jage dir eine Kugel in den Kopf. Dann segelst du eben als Leiche vom Dach runter. Nur werde ich anschließend deinen Köter töten, was ich nicht tun werde, wenn du freiwillig springst. Darauf gebe ich dir mein Ehrenwort.«

»Du und Ehrenwort. Ich scheiße auf dein Ehrenwort, du Arschloch«, giftete Tannenberg zurück.

»Mir reicht es jetzt mit dir. Ich zähle auf drei. Eins …«

Weiter kam er nicht, denn Michael Schauß streckte Victor Nolde mit zwei gezielten Schüssen in die Herzgegend nieder.

Mit letzter Kraft hangelte sich Tannenberg über die Brüstung und fiel wie ein nasser Sack auf die Kieselsteine.

»Du hast meinen Sohn getötet«, lallte er, dann verlor er das Bewusstsein.

24

Nach Tannenbergs psychischem Zusammenbruch hatte Dr. Schönthaler seinem besten Freund eine derart hohe Dosis Sedativa verpasste, dass diese einen ausgewachsenen Elefantenbullen in einen mehrtägigen Tiefschlaf versetzt hätte.

»So, mein liebes Wölfchen, du hast jetzt fast 30 Stunden am Stück geschlafen, du darfst nun zu den Lebenden zurückkehren«, sagte der Rechtsmediziner, der seit einer halben Stunde mit Argusaugen Tannenbergs Aufwachprozess beobachtete.

»He? Was ist los?«, kam es dem Langschläfer abgehackt über die Lippen.

Dr. Schönthaler tätschelte betont vorsichtig Tannenbergs linke Wange, denn auf der anderen Seite des Kopfes befand sich die Fleischwunde. Sie war zwar noch im Krankenwagen fachgerecht gesäubert, genäht und zugepflastert worden, schmerzte aber sicherlich noch.

»Alles okay, mein alter Junge«, beruhigte ihn der Pathologe. »Du warst gestern Morgen psychisch dermaßen im Eimer, dass ich gezwungen war, dich mitsamt deiner lädierten Birne dauerhaft aus dem Verkehr zu ziehen.«

Mühsam richtete sich Tannenberg in seinem Bett auf und betrachtete seinen Freund mit vernebeltem Blick. »Gestern? Wie spät ist es?«, lallte er.

Grinsend zog Dr. Schönthaler seine an einer langen goldenen Kette befestigte Taschenuhr aus dem Sakko, ließ den Sprungdeckel aufschnappen und zeigte das Zifferblatt.

»Es ist 17 Uhr, 25 Minuten und 20 Sekunden«, ahmte er die telefonische Zeitansage nach, die beide noch aus der mobilfunkfreien Zeit kannten.

»Folglich hast du noch exakt 35 Minuten, um dich ein wenig frisch zu machen, bevor du dich wieder unter Menschen begeben kannst. Denn wie dir durchaus bekannt sein dürfte, wird in der Familie Tannenberg stets um Punkt 18 Uhr zu Abend gegessen. Oder hast du Murmeltier das etwa in deinem Winterschlaf vergessen?«

»Nee, nee«, war alles, was Tannenberg dazu über die Lippen kam.

Unter der Dusche kehrten nach und nach die durch die starken Medikamente betäubten Erinnerungen an die dramatischen Ereignisse des vorigen Tages in Tannenbergs Bewusstsein zurück, und zwar in all ihren Facetten.

»Rainer, glaubst du auch, dass ich der leibliche Vater dieses Monsters bin?«, fragte der suspendierte Leiter des K 1 mit gebrochener Stimme, als er in Unterwäsche in sein Schlafzimmer zurückkehrte.

»Da musst du einen Pfarrer fragen.«

»Was muss ich, seinen Pfarrer fragen?«

»Ach, herrje, wie ich höre, umwölken noch immer die von gewissen pharmazeutischen Produkten erzeugten Nebelschwaden dein dementes Hirn«, spottete der Rechtsmediziner. »Nicht seinen Pfarrer, Wolf, sondern einen Pfarrer.«

Tannenberg verstand nur noch Bahnhof. »He?«

»Für Glaubensangelegenheiten ist üblicherweise ein Pfarrer zuständig, mein lieber Wolfram. Rechtsmediziner dagegen, auch wenn man dies nicht für möglich halten mag, sind Wissenschaftler«, dozierte Dr. Schönthaler. »Und Wissenschaftler glauben nicht an irgendwelche Hirngespinste, magische Kräfte oder metaphysische Heilslehren, sondern sie halten sich an überprüfbare Fakten. Na, klingelt's jetzt bei dir?«

Tannenberg rang sich ein gequältes Grinsen ab und nickte. »Ich denke schon. Du hast …«

»Na also, es wird ja allmählich wieder klarer bei dir da oben in deinem Dachstübchen«, würgte ihn Dr. Schönthaler ab. Dann tippte er seinem alten Freund zart an die Stirn. »Ja, um diese extrem spannende Frage objektiv abzuklären, habe ich gestern eine DNA-Analyse in Auftrag gegeben. Schließlich interessiert mich brennend, ob ich mit einem brutalen Vergewaltiger befreundet bin.«

»Hoffentlich nicht.«

»Wir werden es bald wissen, denn dieser unbestechliche Test wird die Wahrheit hammerhart an den Tag bringen.«

Nachdem sich Tannenberg einen alten Jogginganzug übergestreift hatte, setzte er sich zu Dr. Schönthaler an den Küchentisch, dem Lieblingsplatz der beiden, schließlich befand sich dort in Griffnähe der Kühlschrank mit verlockenden Innereien.

Sein Freund hatte Mineralwasser ausgeschenkt. Tannenberg leerte sein Glas in einem Zug. Nach einem herzhaften Rülpser verdüsterte sich seine Miene. »Hat Michael während der Zeit, in der ich geschlafen habe, weitere Informationen zu dem verrückten Killer einholen können?«

Dr. Schönthaler saugte die Unterlippe ein und nickte. »Ach, übrigens, das wird dich interessieren: Als Victor Nolde auf das Dach stieg, waren nur zwei Patronen in seinen Waffen, eine in der Pistole und auch nur eine einzige in seinem Gewehr.«

»Was?«, fragte Tannenberg verdutzt. »Die erste Kugel hat er auf Heiner abgefeuert und die zweite auf Kurt. Dann hatte er ja keine Munition mehr, um mich zu erschießen.«

»So ist es. Die Spusi hat keine weiteren Patronen entdeckt. Weder in den beiden Waffen noch in seinem Rucksack noch in seiner Kleidung. Vielleicht gehörte es ja auch zu seinem verqueren Berufsethos als Profikiller, dass er nur einen einzigen Schuss abgeben durfte, um seinen Auftrag zu erfüllen. Aber das ist alles reine Spekulation, Wolf, sonst nichts.« Der Pathologe winkte lässig ab. »Ach, was weiß denn ich, was sich in solch einem kranken Hirn so alles abspielt.«

»Wenn er keine weitere Munition dabeihatte, würde dies logischerweise nichts anderes bedeuten, als dass er dort oben auf dem Dach von einem Polizeibeamten getötet werden wollte«, bemerkte Tannenberg. »Also Suicide by cop.«

»Du sagst es, Wolf. Eine besonders in den USA anzutreffende Selbsttötungsvariante, die nichts anderes zum Ziel hat, als von einem Polizisten getötet zu werden«, erläuterte Dr. Schönthaler überflüssigerweise, denn Tannenberg war dieser Terminus und dessen Bedeutung selbstverständlich bekannt.

»Irre Welt.«

»Dem ist nichts hinzuzufügen«, pflichtete ihm der Pathologe bei. »Zur Sicherheit hatte er aber noch eine Handgranate in der Tasche. Ich vermute, dass er das Ding zur Explosion bringen wollte, wenn er nicht tödlich getroffen worden wäre.«

»Er hatte also vorher schon geplant, dieses Dach nicht lebend zu verlassen.«

»Ja, es sieht ganz danach aus. Darüber hinaus habe ich noch eine andere Vermutung.«

»Und welche?«, fragte Tannenberg in die kurze Pause hinein, in der sich sein Freund die Lippen mit einem Fettstift eincremte.

»Ich könnte mir gut vorstellen, dass er geplant hatte, dass du ihn ins Jenseits befördern sollst.«

»Warum ich?«

»Ganz einfach, Wolf: Neben all dem anderen Leid, das er dir zugefügt hat, hätte er, aus seiner abgedrehten Sicht der Dinge heraus, dir die Höchststrafe dadurch verpasst, indem du dein einziges Kind getötet hättest. Mann, das erreicht ja schon fast das Niveau der griechischen Tragödie.«

Tannenberg grunzte fassungslos. »Irre.«

»Aber nachdem du suspendiert wurdest und in der Zeitung stand, dass du deinen Polizeiausweis und deine Dienstwaffe abgeben musstest, war er gezwungen, umzudisponieren, denn ohne Waffe konntest du ihn ja schlecht erschießen. Und die Möglichkeit, dass du dir eine Waffe von einem deiner Kollegen besorgen würdest, hat er wahrscheinlich ebenfalls ausgeschlossen.«

»Wie geht es eigentlich Michael?«

Dr. Schönthaler verzog das Gesicht. »Nicht sonderlich gut, schließlich hat er einen Menschen getötet.«

»Keinen Menschen, sondern eine gemeingefährliche Bestie«, berichtigte Tannenberg. »Ich habe ihm, auch nachdem er behauptet hat, ich sei sein Vater, nichts anderes als den Tod gewünscht.«

Wolfram Tannenberg schossen Tränen in die Augen. »Der Drecksack hat mir Hanne und mein ungeborenes Kind genommen. Und um ein Haar auch noch meine Mutter.«

Der Rechtsmediziner legte seine Hand auf den Arm seines Freundes. »Ich verstehe natürlich deinen Hass auf ihn, aber auch wenn es dir nicht passt, Wolf«, sagte er. »Selbst der Mehrfachmörder Victor Nolde war ein Mensch. Trotz allem, was er gerade dir angetan hat.«

Kommentarlos steckte Tannenberg den Rüffel weg.

»Nachdem Michael die gezielten Schüsse abgegeben hatte, war er ja im Glauben, dir durch sein beherztes Eingreifen das Leben gerettet zu haben. Deshalb löste sich seine Anspannung und er reagierte einen Moment lang sogar regelrecht euphorisch. Aber als er dann erfahren hatte, dass sich keine Munition in der Pistole befand und Victor Nolde quasi unbewaffnet war, als er ihn erschoss, ging's ihm natürlich nicht mehr so gut.«

»Aber Michael hat mir doch das Leben gerettet«, beharrte Tannenberg. »Wenn er nicht geschossen hätte, wäre ich gesprungen.«

»Das solltest du ihm so bald wie möglich selbst sagen, Wolf. Ich denke, diese Klarstellung wird ihm sehr dabei helfen, über die Sache so schnell wie möglich und einigermaßen unbeschadet hinwegzukommen.«

»Mache ich. Versprochen.«

»Informationen über Victor Nolde liegen noch nicht viele vor«, wechselte Dr. Schönthaler das Thema. »Aber einige Infos hat Sabrina bereits zusammentragen können. Victor Nolde diente jahrelang beim Kommando Spezialkräfte der Bundeswehr. Vor einem Jahr musste er allerdings wegen posttraumatischen Belastungsstörungen und starken Depressionen den aktiven Dienst quittieren. Anschließend wurde er stationär in der psychiatrischen Abteilung des Bundeswehrkrankenhauses aufgenommen, wo er sich anscheinend mehr und mehr in religiöse Wahnvorstellungen hineinsteigerte. Vor etwa drei Monaten hat er seine Therapie abgebrochen und ist im Saarland auf dem Bauernhof seiner Großeltern untergekommen, wo er seine Mutter bis zu ihrem Tod aufopferungsvoll gepflegt hat.«

Dr. Schönthaler seufzte. »Eigentlich war dieser Victor

eine arme Sau, der all seinen Lebensfrust auf seinen biologischen Vater projiziert hat, den er für sein eigenes beschissenes Schicksal und sogar für den Tod seiner Mutter verantwortlich machte.«

Er zuckte mit den Schultern. »Mehr haben deine Kollegen in der kurzen Zeit noch nicht über ihn herausfinden können.«

Anschließend erhob er sich vom Stuhl und klopfte seinem Freund aufmunternd auf die Schultern. »Es ist gleich 18 Uhr. Wir müssen runter. Die warten alle schon sehnsüchtig auf dich.«

Kurt war natürlich ganz und gar nicht damit einverstanden gewesen, als Jacob und Heiner ihm tags zuvor klargemacht hatten, dass sein Herrchen unbedingte Ruhe brauche und er deshalb nicht an seinem Bett Wache halten dürfe.

Nach Verhängung dieser völlig inakzeptablen Kontaktsperre zeigte er seiner Familie die kalte Schulter und schmollte zu Tode beleidigt in seinem überdimensionalen Hundekorb vor sich hin.

Umso überschwänglicher reagierte der bärenartige Vierbeiner, als er endlich Tannenbergs Schritte auf den knarzenden Treppenstufen vernahm. Nach einer intensiven Begrüßungsorgie kamen die anderen Familienmitglieder nacheinander an die Reihe und drückten ihren Wolf beziehungsweise Wolfi, wie Margot ihren jüngsten Sohn gerne nannte, fest ans Herz.

Während dieser innigen Begrüßung läutete Dr. Schönthalers Handy. Der DNA-Abgleich bestätigte seine Vermutung: Wolfram Tannenberg war nicht der leibliche Vater des geisteskranken Todesschützen. In der geräumigen Wohnküche brach daraufhin euphorischer Jubel aus.

»Sag mal, Wolf, hast du eigentlich irgendeinen blassen

Schimmer, wieso sich diese Frau ausgerechnet dich für ihre Wahnsinnsstory ausgesucht hat?«, wollte Heiner wissen.

Tannenberg, dem die Erleichterung über diese erfreuliche Nachricht deutlich anzumerken war, schüttelte den Kopf. »Nee, ich habe nicht die geringste Ahnung.«

Sein Vater grinste so breit, dass beide Zahnreihen seiner falschen Zähne sichtbar wurden. »Wolfram war in seiner Sturm-und-Drang-Zeit eben ein richtiger Weiberheld.« Er bedachte seine Ehefrau mit einem Augenzwinkern. »Genauso wie sein Vater, der den Lautrer Mädels früher den Kopf verdreht hat. – Gell, Margot?«

Und schon klatschte ein nasses Geschirrhandtuch in sein Genick.

»Den Grund dafür werden wir wohl nie erfahren«, sagte Margot, »denn die Frau hat ihr Geheimnis mit ins Grab genommen.« Sie schlug die Hände zusammen. »Schluss jetzt mit diesem Thema«, sprach sie ein Machtwort. »Lasst uns nun in Ruhe Abendbrot essen.« Folgsam setzten sich alle an den ausladenden Küchentisch.

Als Tannenberg auf der gegenüberliegenden Seite des Buchenholztisches den leeren Stuhl erblickte, auf dem noch bis vor ein paar Tagen Johanna von Hoheneck gesessen hatte, legte sich Schwermut auf sein Gemüt und er sackte regelrecht in sich zusammen.

Margot konnte das Leid ihres Sohnes nicht länger mit ansehen. Sie holte eine Flasche Mirabellengeist aus dem Kühlschrank und füllte ein Schnapsglas randvoll. »Wolfi, trink, das hilft.«

Tannenberg hatte seinen bleischweren Kopf auf die Handflächen gestützt. Ein todtrauriger Blick wanderte am Kleid seiner Mutter nach oben.

»Ich hab keine Frau mehr, ich hab kein Kind mehr, ich

hab keinen Job mehr«, jammerte er. »Ich weiß nicht, wie es jetzt weitergehen soll.«

Jacob donnerte ihm einen kräftigen Prankenhieb auf die Schulter. »Keine Panik, Junior. Es geht immer irgendwie weiter.«

ENDE

Website des Autors:

www.tannenberg-krimis.de

BERND FRANZINGER
Tannenberg ermittelt wieder in der Pfalz

978-3-8392-1584-5 (Paperback)
978-3-8392-4457-9 (pdf)
978-3-8392-4456-2 (epub)

VERBRECHERISCHE PFALZ Wenn in Kaiserslautern das Verbrechen tobt, gibt es nur einen, der Einhalt gebietet: Kommissar Wolfram Tannenberg. In 30 Fällen stellt er seine kriminalistischen Fähigkeiten unter Beweis und löst die unterschiedlichsten Fälle. Ob Banküberfall, Diebstahl oder Schmierereien an einer Hauswand, Tannenberg ist stets zur Stelle und überführt den wahren Täter. Sind auch Sie, lieber Leser, bereit die Rätsel zu lösen?

BERND FRANZINGER
Hexenschuss

978-3-8392-1411-4 (Paperback)
978-3-8392-4135-6 (pdf)
978-3-8392-4134-9 (epub)

MÄNNERJAGD Norbert Basler, Personalvorstand einer Bank, wird in seiner Kaiserslauterer Villa tot aufgefunden. Ein Schuss in den Lendenbereich kostete ihn das Leben. Kurz darauf werden zwei weitere tote Personaler gefunden, beide auf die gleiche Art ermordet.

Bei seinen Ermittlungen trifft Kommissar Tannenberg auf eine Mauer des Schweigens. Erst eine Diskussion über die Frauenquote bringt ihn auf eine Idee: Dient die Mordserie an einflussreichen Männern womöglich dem Ziel, auf morbide Weise Frauenförderung zu betreiben?

Das Neueste aus der Gmeiner-Bibliothek

Unser Lesermagazin

Bestellen Sie das kostenlose Krimi-Journal in Ihrer Buchhandlung oder unter www.gmeiner-verlag.de

Informieren Sie sich …

www … auf unserer Homepage:
www.gmeiner-verlag.de

@ … über unseren Newsletter:
Melden Sie sich für unseren Newsletter an unter www.gmeiner-verlag.de/newsletter

f … werden Sie Fan auf Facebook:
www.facebook.com/gmeiner.verlag

Mitmachen und gewinnen!

Schicken Sie uns Ihre Meinung zu unseren Büchern per Mail an gewinnspiel@gmeiner-verlag.de und nehmen Sie automatisch an unserem Jahresgewinnspiel mit »mörderisch guten« Preisen teil!

GMEINER SPANNUNG